바람이
되기에는

아직

바람이 되기에는 아직

2026년 3월 17일 1판 1쇄 인쇄
2026년 3월 31일 1판 1쇄 발행

지은이   사사하라 치나미
옮긴이   유태선
펴낸이   한기호
책임편집   유태선
편집   도은숙, 정안나, 김현구, 김혜경
디자인   늦봄
마케팅   윤수연
경영지원   국순근
펴낸곳   요다
         출판등록 2017년 9월 5일 제2017-000238호
         주소 04029 서울시 마포구 동교로12안길 14, 2층(서교동, 삼성빌딩 A)
         전화 02-336-5675 팩스 02-337-5347
         이메일 kpm@kpm21.co.kr
         홈페이지 www.kpm21.co.kr

ISBN   979-11-90749-95-4   03830

• 요다는 한국출판마케팅연구소의 임프린트입니다.
• 책값은 뒤표지에 있습니다.
• 잘못된 책은 구입처에서 교환해드립니다.

바람이 되기에는 아직

사사하라 치나미 지음
유태선 옮김

요다

차례

바람이 되기에는 아직

144센티미터에 43킬로그램. 완벽히 똑같았다. 나는 아르바이트를 구하고 있었다. '정보 인격'이 되어 살아가는 나라야마 씨는 실재하는 사람의 몸을 찾고 있었다.

접수 마감을 3일 앞두고 초조한 마음으로 구인 사이트에 개인정보를 입력하면서 이것은 내 운명이라고 생각했다. 검사도 면접도 깔끔하게 합격했고, 데이터 조정 기사가 깜짝 놀라는 걸 보니 나와 나라야마 씨의 상성도 좋았나 보다.

모니터 너머로 그녀를 만났을 때, 고맙다는 말 몇 년치를 한꺼번에 들었다. 나라야마 씨는 계속 울먹이는 듯했고, 마흔둘에도 저렇게 생길 수 있다니 이상하다는 생각도 들었다.

이것은 기적이었다. 신체 조건 등이 비슷한 사람이 아니면 몸을 빌려줄 수 없다는 것이 우리에게는 굉장히 불리하기 때문이다. 예전부터 나를 나타낼 만한 특징이라고 말할 수 있는 것은 작은 키 정도였다. 대학에 들어가면서 복장도 수업도 자유로워졌지만, 좋아하는 것도 잘하는 것도 찾지 못한 채 어느새 스물하나가 되었다. 3학년으로 보내는 11월도 절반쯤 지났다. 취업 활동 전망을 들으며 '키는 이력서에 써도 큰 의미 없겠지'라고 생각하곤 했다.

'하지만 지금 나라야마 씨에게 나는 세상에서 가장 특별한 존재야. 나만이 할 수 있는 일이 있어'라고 생각하니 좀처럼 가만히 있을 수 없었다. 간질간질한 느낌이 드는 건 머릿속에 집어넣은 나노봇 때문만은 아닐 것이다.

목을 만져보니 손가락만 한 굵기의 기계가 빙글 한 바퀴 돌았다. 매끈한 재질에 검은색으로, 식물이 서로 뒤엉킨 무늬가 새겨져 있다. 감각 데이터를 전송할 뿐만 아니라 스피커까지 달린 이 초커는 나라야마 씨의 특별 주문품이라고 한다. 이 하루를 위해 얼마를 쓴 걸까? 내가 느끼는 모든 감각이 전해진다니 조금은 부끄럽다. 내가 무엇을 보고 있는지도 알 테니까. 그래도 서둘러야 한다. 약속 시간이 얼마 남지 않았으니.

좁은 호텔방의 침대와 책상 사이 의자에 앉아 하얀 새 모양 이어폰의 케이스를 연다. 나란히 서로 마주 보는 두 마리의 눈과 부리는 금색이었다. '이 사람, 디자인에 진심이구나. 이런 거 다른 사람에겐 안 보일 것 같은데.' 한 쪽씩 살짝 귀에 얹는다. 뼈에 잘 맞춰서 꽂으니 나에게 딱 맞았다.

이어폰과 초커와 함께 방에 전달된 단말기에 카드를 꽂자 카운트다운이 시작되었다. 3, 2, 1, 동기화 완료. 이것으로 나의 눈과 귀, 내가 느끼는 감각까지 모두 나라야마 씨의 것이 된다. 어쩌지, 무슨 말이라도 해야 하나?

―들리세요?

머릿속에서 소리가 난다. 나라야마 씨가 스스로 말하는 것처럼 느끼도록 최대한 조정하는 것 같다. 내 안에 울리는 목소리는 그녀와 미팅했을 때보다 부드럽고 희미했다.

"네, 들립니다. 연결이 잘 되어 있나요?"

―네, 문제없습니다. 오늘 아무쪼록 잘 부탁드립니다.

말끝이 부드럽게 풀렸다. 웃는 것 같았다.

책상에는 흰 봉투가 놓여 있다. 수신인은 나라야마 코하루. 오늘은 이 이름으로 불리는 거다. 봉투를 열려고 보니 페이퍼 나이프라고 할까, 은색에 날이 그다지 날카롭지 않은 나이프가 준비되어 있다. 처음 사용하는 페이퍼 나이프는 묵직한 느낌이다. 슥, 슥 하고 종이의 접착면이 떨어져간다. 절대 실패해선 안 된다는 생각에 두근거렸다. 땀 때문에 손이 미끄러졌다.

―혹시 긴장하고 계세요?

들켰다는 생각에 얼굴이 발갛게 달아올랐다.

“죄송해요. 그리고 조금 더 편하게 말씀해주셔도 됩니다. 나라야마 씨가 저보다 훨씬 나이가 많으시잖아요.”

― 신경 쓰이세요?

“이전에 대화했을 때는 ‘좋네’라는 생각이 들 정도였거든요.”

나라야마 씨의 온화한 목소리도, 정중하게 말하는 모습도.

― 제가 당신에게 말할 때는 가능한 한 몸 가까이에서 들리도록 설계되어 있어서 그 근처의 감각이 영향을 미치는지도 모르겠네요. 존댓말이라는 것이 다른 사람과 어느 정도 거리를 두는 말투이기도 하고요.

고개를 갸우뚱하기만 해도 나라야마 씨에게 전해진다. 밝은 목소리가 봉투 안을 보고 싶다고 말했다. 두툼한 카드를 사뿐히 끄집어낸다. 화려하진 않지만 약도 디자인까지 센스가 넘친다. 맨 위에 ‘○○식 초대장’이라고 쓰여 있는데, 대체 뭘까?

“이거, 무슨 식이라고 읽어야 해요?”

― 결혼식은 아니고, 다른 명칭으로 하자니 또 뭔가 너무 의욕적으로 보이는 것 같아서 결국에는 당사자들도 아직 정하지 못한 것 같아요.

나는 나라야마 씨가 되어 모임에 참석한다. 마치 인형처럼 옷을 갈아입고 생글생글한 표정을 짓고, 다른 누군가의 몸이 된다. 특별하고 중요한 일이다.

—출발할까요? 일단 옷부터 사러 가시죠. 장소는 단말기로 보냈습니다. 아침 식사는 하셨나요?

"음, 아직입니다."

—그러면 도중에 식당을 찾아서 들르죠.

"나라야마 씨가 원하는 메뉴가 있으면 좋겠네요."

방을 나서며 거울 앞을 지나간다. 체형에 맞게 스르르 떨어지는 검은색 니트 원피스. 유행을 타지 않을 뿐만 아니라 개성도 없는 나의 옷. 색깔을 최대한 맞춰보려 했지만 나라야마 씨가 준비한 초커와는 어울리지 않았다. 새 스타킹을 신은 다리가 남의 것처럼 보인다. 왠지 움직일 수가 없었다.

—혹시 괜찮다면…… 옷을 좀 만져주시겠어요?

시키는 대로 나는 옷을 향해 손을 뻗었다. 어떻게 만져야 하지?

* * *

모습이 눈에 들어온 순간, 납득하고야 말았다. 나를 농락하는 선명한 감각이 이 몸에서 생겨나고 있었다. 확실한 질량을 가진 젊고 건강한 육체. 피부가 있고 망막이 있다. 인간이라는 그릇을 내가 얼마나 값지게 생각하는지 그녀는 모를 것이다.

동기화하자 바로, 눈이 녹으면서 활기를 띠는 큰 강물처럼 감각이 몰려들었다. 땀에 젖은 손바닥, 차가워진 손가락, 손등에 닿은 니트 소매. 건조하고 따뜻한 바람이 뺨을 스친다. 먼지 냄새, 앉은 자세에서도 움직이는 골격근, 엉덩이 아래의 딱딱한 의자. 조금만 움직여도 옷이 스치는 느낌과 피부에 느껴지는 자극이 동시에 전달된다. 불규칙적으로 주시점이 흔들리는 시야, 형광등의 미묘한 깜빡임, 열린 채 방치된 이어폰 케이스, 전자 제품 소리, 멀리서 울리는 경찰차의 사이렌, 어깨를 올렸다가 내리는 호흡, 비강으로 숨 쉬는 소리가 귀에도 들린다. 그녀와 이야기를 나누고, 초대장을 개봉하고, 짐을 싸서 방을 나갈 때까지 수없이 많은 체험을 했다.

좀 더 이질적으로 느껴져야 하는 것 아닐까. 키와 몸무게는 똑같더라도 관절의 가동 범위나 각 부위의 사이즈, 근육이 붙는 방법도 다 다르다. 게다가 나는 그녀의 신체를 조작할 자유가 없다. 어디까지나 수동적으로, 그녀가 하는 일을 느낄 뿐이다. 그럼에도 나는 나로서 그녀의 신체를 경험하고 있다. 남의 지각인 것이 거짓말 같다.

다시 태어난 기분이었다. 가상 세계에서의 모든 경험이 밋밋하고 오래된 꿈처럼 느껴졌다. 내가 신체를 버렸을 무렵과 비교해, 현재 가상 도시의 풍경이나 사회 시스템은 더욱더 현실에 가까워지고 있었다. 진짜 삶을 따라 하는 것은 중요한 일이다. 먹기, 운동하기, 잠자기, 다른 사람과 어울리기. 메커니즘은 불명하지만, 생물로서 인간의 삶과 너무 동떨어지면 소멸이 빨라진다는 통계가 있다. 정보 인격으로서 죽음을 멀리하기 위해 육체를 가지지 못한 이들은 더욱 정밀하게 육체를 실험하려고 했다.

그렇다 보니 존재하지 않는 신체를 가지고 자극적인 즐거움을 추구하는 일은 뒷전으로 밀려났다. 저쪽 세계에서 가장 활발하게 거래되는 것은 사람의 몸이다. 또한 가상 세계에서의 삶을 최대한 '진짜'처럼 느끼고 싶어 하는 이들을 위해 경미한 질병마저 고가의 옵션으로 존재한다고 들었다.

내가 생활을 유지하는 데 드는 비용은 벌어들이는 수입보다 크다. 그래서 늘 가계에 대한 고민이 따른다. 가상의 동네에 조촐하게 자리를 잡고, 유행을 타지 않는 웹 디자이너로 일한다. 원하는 것을 위해 식비를 줄이는 생활은 값싼 탄수화물로 절약하려 했던 학창 시절을 방불케 한다.

근근이 저축한 돈의 대부분은 오늘을 위해 쏟아부었다. 대학 연구실에서 만난 친구들 모임에 신체를 가지고 참석하기 위해서. 과거에 대한 관심이 많아지는 걸 보니 노년의 시작일까. 현실을 본뜬 세월의 변화는 나이를 충실히 알려준다. 외모도 그렇고 운동 능력도 그렇고. 눈만은 되도록 천천히 노화가 진행되도록 설정해주었지만, 장시간 작업할 때면 피곤해졌다.

깊은 생각에서 빠져나왔을 때 그녀는 여전히 거울 앞에 서 있었다. 긴장의 흔적이 남은 오른손 집게손가락이 간신히 움직인다. 초대장을 꺼냈을 때의 촉감이 되살아난다. 섬유의 거친 면과 축축한 손끝 사이의 마찰은 피부뿐 아니라 온몸에 와닿는 듯했다. 올록볼록 엠보싱 인쇄된 부분은 부드러웠고, 재단된 두꺼운 종이의 가장자리는 자칫 베일 듯 날카로웠다.

나는 신체를 잃어버린 이후로 종이에 손을 베인 적이 없다. 가상의 질감에 아쉬움이 남는 건 그래서일까. 만지면 상처 입을 수 있는 살아 있는 신체를 가졌기에 사람은 더욱더 간절하게 물건을 만지는 것일지도 모른다.

─혹시 괜찮다면…… 옷을 좀 만져주시겠어요?

입고 있는 옷에 손길이 닿는다. 굵은 털실로 짠 오버핏 원피스. 프리 사이즈인지 작은 체구에는 너무 커서 어깨선이 내려가 있다. 옅게 물든 검은색. RGB값이 각각 45 정도가 아닐까 싶어 먼셀 색체계의 N2로 변환한다(RGB값을 각각 45로 설정하면 어두운 회색이 되는데, 먼셀 색체계에서 N2는 무채색NEUTRAL 명도 2단계를 나타내는 것으로 이것 역시 어두운 회색에

해당한다-옮긴이). 일하던 때의 버릇은 좀처럼 사라지지 않는
다. 거울은 컴퓨터 모니터가 아닌데.

나보다 가느다란 손끝이 옷자락의 리브에 닿는다. 새 상
품에 가까운 것 같고, 보풀이나 털 뭉침은 보이지 않는다. 동
물 털처럼 보이는데, 균질하고 가벼우며 탄력 있는 질감은
아크릴과 비슷했다. 요즘에는 화학 섬유도 식물이나 미생물,
균류에서 유래하는 제품이 주류라고 하니까, 내가 만져본 적
없는 소재일 가능성도 높다. 미련이 남은 듯 업계 뉴스를 계
속 살펴봤자 기억할 수 있는 것은 상품명이나 원료뿐이었다.

그녀는 학생이고, 패션에 신경 쓰지 않는다고 했다. 그녀
의 처지와 태도에 어울리는 값싼 기성품이었지만, 교수님을
따라간 전시회에서 희귀한 소재를 조심스럽게 만져보았을
때처럼 아주 새로운 흥분을 느꼈다.

다시 냉정을 되찾았을 때 그녀의 얼굴에서 당혹감을 발
견했다. 난데없이 옷을 만져달라니, 이것이 변태적인 발언이
었음을 깨닫고는 침착하게 해명했다.

―제가 그쪽 세계에 있을 때 의류 디자이너로 일했거든
요. 옷 소재가 궁금해서 그만. 괜히 이상한 부탁해서 미안합
니다.

작은 끄덕임은 내 것이기도 했다. 소박한 움직임에 각오
가 내비친다. 나는 그녀가 왠지 모르게 자기 몸을 아끼지 않

는다는 인상을 받았다. 정말 약하고 위태로운 듯한 그 모습을 보니 나에게 팔이 존재한다면 잡아서라도 멈추고 싶었다. '무엇을?'이라고 물으면 대답할 수 없다. 나의 말이나 소망 외에 도대체 어떤 것이 그녀를 해한다는 것일까. 모순적이다. 그녀를 이용하는 처지인 내가 보호자와 같은 감정을 품다니.

낯선 호텔 복도를 걸어가 엘리베이터 버튼을 눌렀다. 하강 움직임으로 전신의 무게가 줄어들어 공중에 붕 뜬 듯한 기분이 유쾌했다. 프런트에 카드 키를 돌려줬다. 이용료는 이미 지불한 상태다.

자동문을 빠져나와 13년 만에 진짜 바깥 공기를 느꼈다. 11월 오전 10시. 역에서 가까운 번화가. 혼잡스러운 도시 특유의 냄새 안에서 달콤한 낙엽 향기가 코끝을 간지럽힌다.

니트의 코 틈새로 찬바람이 빠져나간다. 추워서 감각이 없어질 정도는 아니지만 목덜미의 털이 살짝 곤두서는 것을 느낀다. 피부에 닿는 것은 프로그래밍된 바람이 아니다. 노이즈도 아니다. 변덕스럽고 어떤 의도도 없는 공기다.

에나멜 스트랩이 달린 발레 슈즈의 얇은 밑창이 노면의 단단함을 받아들인다. 빌딩 골짜기에서 햇빛이 비쳐 망막의 일을 방해한다. 큰길에는 가게들이 즐비하고, 현란한 빛깔의 간판이 행인들의 마음을 끌어당긴다. 차가 지나간다. 사람들과 부딪치지 않으려 어깨를 당기고 팔로 균형을 잡으며 달리는 자전거를 피한다.

체격만 비슷할 뿐이지만 걸음걸이에 집중하면 스스로 걷는 듯한 기분이 들기도 했다. 내가 이 몸에 빙의했을 뿐이라고 인식하는 것은 그녀와 대화를 주고받을 때 정도일까.

―잡담은 별로 안 좋아해요?

"싫지 않아요. 그렇다고 잘하지도 못하지만요."

―그렇다면 혹시 계속 수다를 떨어도 괜찮을까요?

나와 그녀가 다른 사람이라는 사실을 계속 자각하고 싶었다. 각자 한 명의 개인임을 잊지 않고 대하고 싶다.

"좋아요. 그쪽 세계는 어떤 모습인지 궁금해요."

오늘 가장 쾌활한 모습으로 그녀는 볼과 입술에 미소를 머금었다. 표정은 나의 의식에도 영향을 준다. 친밀감과 기쁨이 몰아쳤다.

―경치는 크게 다르지 않아요. 삶의 터전은 기본적으로 현실 세계를 그대로 모방하고 있으니까요. 얼마나 진짜에 가까워질지는 가격에 따라 달라지지만 저렴한 시뮬레이션이라도 우리는 그것을 자기가 사는 세계로 느낍니다.

"다르지 않다는 말을 들어도 상상이 잘 안 돼요."

―거리의 풍경을 경험하고 싶다면 VR 관광도 있고요. 별로 재미는 없겠지만.

흥미를 가지면 주저하게 된다. 다른 사람 몸을 빌려서 모임에 가면 어떻겠느냐고 했을 때도 루코에게 이런저런 질문을 받고 만족스럽게 대답하지 못해 치사키가 수습해주었다. 차라리 가상 세계를 싫어하는 편이 나로서는 마음이 편하다.

그녀가 고개를 갸웃거린다.

"느끼는 방법이 어딘가 신경 쓰이네요. 몸을 가지고 있었던 당시와 역시 다르지 않을까 싶어서요. 제가 느끼는 감각이 싫다거나 이상하다든가, 그런 거 없으세요?"

— 한결같이 선명하고 아름답습니다.

"그럼 다행입니다. 뭐든지 명령만 내려주세요!"

— 그런 말투 안 쓰셔도 되니까 그냥 편하게 말해주세요.

"고맙습니다. 그렇다면, 저기, 배가 좀 고프네요."

노면에서 올라간 시선을 패스트푸드 체인의 간판이 사로잡는다. 내가 신체를 가졌던 시절에는 어디서나 볼 수 있는 가게였는데, 지금도 그런 것일까. 대학 뒤편에도 있어서 과제에 치이느라 학생 식당이 문을 닫았을 때면 종종 들르곤 했다. 혼자서, 혹은 나처럼 끼니를 거른 친구와.

기름 냄새와 가게 안의 웅성거림, 끈적끈적한 바닥이 생각난다. 20년도 더 된 사소한 기억이지만, 무척이나 선명했다.

— 이 가게 아직도 있군요. 학생 때 가끔 갔었어요.

"저쪽 세계에서는 햄버거 같은 건 안 먹나요?"

—일부러 사 먹진 않아요.

"드실래요? 저 칼로리 높은 음식 엄청 좋아해요."

그녀는 가게 앞에서 나의 결단을 기다린다. 주차된 오토바이의 사이드미러가 눈동자를 비춘다. 그녀가 나를 바라보고 있다.

* * *

나는 거리에 세워진 오토바이의 거울을 보고 말한다. 그렇게 하면 나라야마 씨가 여기에 있다는 느낌이 드니까.

—그쪽은 어떠세요?

"저는 뭐든지 상관없어요. 나라야마 씨가 조금이라도 즐거운 쪽이 좋습니다."

가게에 들어가서 벽에 걸린 메뉴판으로 직행한다. 찬찬히 살피면서 음성 인식 기능을 켰다.

"오랜만에 목소리 내서 주문해보시면 어떨까요?"

나와 소통하기 위한 목소리는 기본 옵션, 외부와 직접 대화하기 위한 목소리는 유료 옵션. 그렇게 가르쳐주면서 나라야마 씨는 "계속 내 말을 전달하게 시키면 미안하니까요"라고 말했다.

나도 싫었다. 나라야마 씨처럼 품위 넘치는 말투는 쓸 수 없고, 가끔 무슨 말인지 모를 때가 있었다. 옷이라든가 색과 관련된 내용은 특히나 그랬다. 처음 대화했을 때 나라야마 씨가 말한 색이름은 절반도 알아들을 수 없었다.

"흐음."

초커에서 미팅 때 들었던 목소리가 흘러나온다. 나라야마 씨는 이상한 느낌이지 않을까? 녹음한 자기 목소리를 듣는 것 같겠지.

"치즈버거 세트 주세요. 감자튀김도 주시고, 음료는 뜨거운 커피로 부탁드립니다."

가슴이 두근두근했다. 가슴 언저리가 쪼그라드는 느낌이었다.

"메뉴 이대로 해도 괜찮아요?"

"괜찮습니다."

대답하면서 손가락으로 슬쩍 물을 주문했다. 이런 가게에서도 커피를 판다는 걸 깜빡했다. 사실 커피를 잘 못 마신다. 하지만 나라야마 씨가 원한다면 마셔야 할 것 같은데, 내가 한 모금도 참지 못하면 어쩌지.

단말기를 가져다 대기만 하면 결제는 끝. 함께 있는 동안 돈은 전부 나라야마 씨가 부담하기로 했다. 그러니까 나라야마 씨가 하고 싶은 대로 해야겠다고 생각했다. 음식을 받고 구석 자리에 앉았다.

"커피는 저쪽에서도 자주 마셔요?"

―이젠 습관이에요. 신체가 있었을 때는 빼놓을 수 없는 작업의 동반자였으니까.

그녀가 명함을 대신해서 알려준 작품집 페이지가 떠올랐다. 다 예쁜 색이고 멋있지만, 왠지 우아하고 아름다웠다.

"그럼 그 홈페이지도 커피 마시면서 만들었겠네요."

―아, 보셨군요. 감사합니다.

"제가 잘은 모르지만, 예뻤어요."

―기분 좋네요. 현실을 살아가는 젊은 분에게 칭찬받다니, 감회가 새롭습니다.

"예전에는 의상 디자이너셨죠?"

―네, 당신이 생각하는 것과는 다를지도 모르지만. 개인의 이름이 남을 만한 일은 아니라서 기업의 부품과 같은 역할이었죠. 구매하는 사람도 만드는 사람에겐 관심을 두지 않는 브랜드였거든요. 지금은 없어졌더라고요.

감자튀김을 집었다. 음미하며 먹기는 생각보다 어렵다.

"회사가 없어져서 직업을 바꾼 거예요?"

―아니요, 회사가 망한 것은 제가 그만둔 이후예요. 그 무렵에 이미 저는 정보 인격이었고요.

"정보 인격이 되면 일을 계속하는 것도 어렵다는 건가요?"

—그건 아니에요.

엄청난 속도로 말이 가로막혔다. 그만두게 된 일 따윈 말하지 말았어야 했다. 비슷한 뉴스를 어딘가에서 봤다고 해서 나라야마 씨에게 딱 들어맞는 것도 아니다.

—제가 더 이상 일을 할 수 없게 됐거든요. 정보 인격이 된 후, 회사에서는 돌아오라곤 했지만 부서를 옮겨야 한다고 했어요. 하지만 더 이상 옷을 다룰 자신이 없었습니다. 컴퓨터 화면 너머의 의류는 신체를 가진 사람들을 위한 것이고, 질감이나 감촉을 예리하게 느낄 수 없게 되었으니까요. 미안해요. 우울한 이야기가 되어버렸네요.

나는 치즈버거 포장지를 벗기고는 그것을 먹기 전에 무슨 얘기라도 듣고 싶다고 말했다.

—그토록 신체 감각에 집착하는데 왜 버렸을까 궁금하겠죠.

나라야마 씨는 자기 몸을 소중히 여겼겠지. 특별하고, 무엇도 대체할 수 없는 거라고.

—제가 처음에 잃어버린 것은 색깔이었어요. 색을 판단하는 감각에 이상이 생겼는데 의사도 원인을 모르겠다고 하더군요. 시력도 시야도 전혀 이상이 없었습니다. 색각 검사에서도 뚜렷한 이상은 확인되지 않았고요. 각막도, 망막도, 시신경도, 뇌도, 어디에서도 이상한 점은 발견되지 않았어

요. 그렇다고 증상이 저절로 사라지지도 않았습니다. 일을 잠깐 쉬면서 이직을 고민했지만 잘되지 않았고 마지막 희망으로 매달린 것이 속되게 말하면 디지털 이민, 즉 인격 정보화 처리였습니다.

"무섭다거나 하진 않았나요?"

—너무 무서웠어요. 기계로 재현된 인격이 정말 나일까, 진짜 내가 밀려나거나 하는 일은 없을까, 실패하진 않을까. 나쁜 상상이 계속 떠올라 잠을 잘 수 없었습니다. 이행하는 순간 육체는 죽어버리고, 이행한 사람들의 경험담이 사실은 교묘하게 조작된 가짜가 아닌지 증명하기도 어려우니까요. 의심하기 시작하면 끝이 없는 건 확실하죠.

"기술적인 것 말고도 이런저런 말이 돌았잖아요. 신경 쓰이지 않으셨어요?"

인격 정보화 기술은 외국의 천재가 만든 회사가 독점하고 있었다. 나쁜 소문도 가끔 떠돈다. 아빠는 필시 함정 같은 거라고 곧잘 말했다. 비용이 너무 싸고 정부가 돈을 많이 들이는 것도 이상하다, 저런 데 손대는 사람은 분명 미친 거라고 했다. 이 아르바이트도 들키면 혼나겠지.

—믿을 수밖에 없었으니까요. 누군가는 '고작 그거 때문에?'라고 말할지도 모르지만, 저는 어떻게든 색각이 손상되지 않은 시야를 되찾고 싶었습니다. 당신이야말로 무섭지

않았나요? 감각을 저에게 전달하기 위해 뇌에 기계까지 심었잖아요. 한두 달이면 사라진다는 설명을 듣긴 했지만 불안했을 것 같은데요.

단호하게 고개를 내저었다. 하기로 했으니 후회하지 않는다.

"모집한다는 글을 봤을 때 운명 같았어요. 나도 누군가에게 특별한 존재가 될 수 있다고 생각했죠. 그리고 또 친해지고 싶었을지도. 우리 부모님은 그런 거 싫어하니까, 반대로 해보자는 반항심도 있었죠. 보수도 셌고요."

—뭐, 이 일 때문에 당신에게 피해가 갈 일은 없을 거예요. 안전성은 상당히 보장된 것 같고, 약관을 자세히 읽어봤는데 몸을 빌려주는 쪽에 이익이 되는 내용이 대부분이더라고요. 당신에 대해 공식적으로 알려진 것은 나이뿐이고, 키와 몸무게도 당신이 말하지 않으면 정확한 숫자는 알 수 없었습니다. 오히려 우려되는 점은…….

"……뭐죠?"

—그만둡시다. 억측에 불과하니까요. 그보다 너무 제가 하고 싶은 말만 했네요. 다른 질문이 있으면 대답해줄게요.

정보 인격으로 살아가는 사람에게 물어보고 싶은 것.

"몸이 없어지고 나서 실망한 적 있으세요?"

—충분치 못하다고 느낄 때가 종종 있죠. 특히 현실 세계

와의 관계가 한정되어버리는 점이 괴롭더라고요. 친구와 이야기할 때도 기본적으로는 화면을 가려놓습니다. 모든 감각을 갖춘 로봇이라도 있었다면 당신에게 부담을 주지 않아도 됐을 텐데.

"부담이라니요. 저는 좋아서 하는 건데요. 즐거운 이야기도 듣고 싶어요. 정보 인격이 돼서 다행인 점이라든지. 눈은 좋아지셨어요?"

—네, 덕분에 디자이너로 일하고 있습니다.

"다행이다."

나라야마 씨는 소중한 것을 되찾았다. 안심하고 중얼거렸더니, 나라야마 씨도 '후후' 하고 웃는다.

—눈을 제외한다면, 몸이 가벼워졌다는 것?

"여행하기 편할 것 같아요. 몸이 없으면 멀든 가깝든 상관없잖아요. 평소에는 어떻게 지내세요?"

—육체가 있는 사람처럼 식사하고, 일하고, 잠을 잡니다.

"귀찮지 않으세요? 밥은 안 먹어도 된다고 들은 적이 있는데."

—권장하는 건 아니에요. 생물로서 인간다운 생활을 하는 것이 오랫동안 자아를 유지하는 데 중요하다고 여겨지니까요.

"하지만 그건 안 먹어서 죽는 거랑은 다르지 않나요?"

—이상한 걸 신경 쓰네요. 혹시, 이쪽으로 넘어오려고 한다거나 그런 거 아니죠?

나라야마 씨는 나를 향해 한숨을 쉬었다.

—정보로 이루어진 세상에는 바람이 불어요. 시뮬레이션을 통해 만들어낸 것이 아니라 인간의 슬픈 말로가 노이즈가 되어 피부에 스치는 것입니다. 저도 언젠가 그렇게 되겠지요.

"저, 무슨 말씀인지 이해가 잘……."

—바람 같은 이야기는 갑자기 들으면 이해하기 어렵죠. 아무래도 설명하기가 어려워서.

"유령 같은 건가요?"

—유령이 오히려 더 사람에 가까운 형태를 띠고 있을지도요. 정보 인격은 흩어지거든요. 누구의 것인지 판별할 수 없을 정도로 세세한 조각이 되어버립니다. 아시는지 모르겠지만, 처음 인격이 흩어져 사라지는 현상이 발견되었을 당시에는 엄청 충격적인 뉴스였다고 합니다. 제가 고등학교 진학을 고민할 때였고, 현실에서도 떠들썩했던 기억이 납니다.

본 적이 있다. 아르바이트가 확정되고 나서 인터넷에서 읽은 기사 속 서비스가 시작되고 2년 만에 사라진 사람의 이야기. 영원한 존재로 여겨졌던 정보 인격이 사실은 그런 꿈 같은 존재가 아니라고 세상에 알려지게 된 사건이다.

─당초 화려한 미래와 영원의 상징으로 여겨졌던 가상 세계는 이후 죽음과 가까운 곳이 되었습니다. 정보 인격의 수명이 늘고 있다고는 하지만, 현실에서 달리 살 방도가 없는 사람이 가는 장소인 것은 분명합니다. 당신처럼 젊고 감각 제공자가 될 수 있을 만큼 건강하다면, 몸의 수명이 다하는 시기보다 정보 인격이 되어 소멸하는 시기가 더 빨리 올지도 몰라요. 자칫 잘못하면 수십 년은 차이가 날지도 모르고요.

"건강한 사람은 가면 안 되나요?"

─아니요. 저도 병에 걸린 건 아니었어요. 진단상으로는 건강한 사람 그 자체였어요. 죽음에 처한 사람에게만 정보화를 허용한다면 인가가 날 리도 없죠. 다만 이행을 원한다면 왜 몸을 버리고 싶은지, 그 문제를 다른 방법으로 해결할 순 없는지 잘 생각해보고 결정해야 합니다.

"나라야마 씨는 후회하시나요?"

─가끔은요. 다른 방법이 있었다고는 생각하지 않지만.

그녀를 후회하게 만드는 건 무엇일까. 미지근해진 커피를 힘껏 들이켰다. 쓰고, 시고, 혀가 저릿했다. 결국 목구멍을 지나가지 못해 사레들리고 말았다.

─커피를 잘 못 마시는군요. 미리 말씀해주셨으면 좋았을 텐데.

신경 쓰고 있다는 의미인가? 그렇다면 정말 싫은데. 기침이 멎지 않아 좀처럼 말을 잇지 못했다. 숨을 실컷 들이마셨더니 가슴이 아프다.

"그냥 내버려두세요. 저는 나라야마 씨와는 달라요. 저에게는 아무것도 없어요. 나라야마 씨처럼 소중한 것이라든가 좋아하는 것이 있는 사람은 절대 이해할 수 없을 거예요."

아차, 사과해야만 한다. 나라야마 씨는 고객이고, 비싼 돈을 주고 나를 샀다. 종이컵에 담긴 커피에 내 얼굴이 흔들흔들 일그러져 비친다.

—쓸데없는 참견이었네요. 죄송합니다. 물 좀 마셔주실 수 있나요?

플라스틱 컵을 잡고 혀에 느껴지는 쓴맛을 물로 씻어낸다. 조금은 나아졌다.

"죄송해요. 이럴 생각은 아니었는데."

—모처럼 즐겁게 이야기하고 싶었는데. 저도 모르게 심각한 쪽으로 흘러갔네요.

"이젠 어떤 얘기든 괜찮아요. 화내거나 하지 않을게요."

—남들이 싫어하는 이야기를 하는 취미는 없어요.

"하지만 저는 나라야마 씨 이야기를 듣기 위해 있는 건데."

—내가 부탁한 일이긴 하지만, 당신이 당신으로서 여기에 있다는 사실은 변하지 않아요. 나는 당신이라는 사람과

대화하고 싶을 뿐이에요. 명령 따위가 아니라.

나랑? 예를 들면 친구처럼? 잘 모르겠지만, 나라야마 씨가 그렇게 하고 싶다면. 나는 고개를 끄덕이고 컵에 남은 얼음을 씹어 먹었다.

＊　＊　＊

움켜쥔 종이컵에서 미지근하게 물결치는 액체의 무게를 느낀다. 점차 잦아드는 흔들림 속에서 그녀의 얼굴이 얼비친다.

소금과 지방과 탄수화물에서 느껴지는 도취감은 독과 같은 쓴맛에 깨져버렸다. 체질에 맞지 않는 것이리라. 압도적인 사실감이 기억 속 깊숙이 박힌 취향을 완벽히 지워버렸다. 그녀와 헤어지게 되더라도 더는 즐길 수 없을 것 같다. 커피를 싫어하는 나는 상상해본 적도 없는데.

그녀는 사과한 뒤 물을 마시게 해줬다. 수지樹脂제 컵에 맺힌 물방울이 손가락 끝을 적신다. 물방울이 손바닥을 타고 손목에 이른다. 혀에 착 달라붙은 쓴맛이 흘러간다. 아무런 맛이 나지 않아야 할 물이 달았다. 그녀는 얼음까지 씹어 넘기고 자리를 떴다.

"나갈까요?"

그녀의 목소리에서 뾰족한 가시가 점차 사라지고 있다. 쟁반 위에서 햄버거 포장지가 미끄러졌다.

길을 건너 내부가 잘 보이는 쇼핑센터에 발을 들여놓았다. 모임에 입고 갈 옷을 고민하는 나를 위해 치사키와 루코가 골라준 가게가 이 안에 있다. 작은 사이즈 옷을 판매하는 곳 중에서 그녀의 분위기와 어울릴 만한 베이직하고 귀여운 아이템이 갖추어진 가게를 점찍었다.

따뜻한 공기에 둘러싸여 걷는다. 한없이 밝은 회색 바닥재가 조명에 빛난다. 구두 굽 소리가 울린다. 젊은이들이 만드는 웅성거림. 잘난 체하는 듯한 화장품 냄새.

나는 망막의 중심에 보이는 것에 대해 두서없이 언급했다. 기계적으로 명사를 중얼거리며 미안할 정도로 감상을 덧붙였다. 이야기를 그만두고 싶지 않았다. 그녀가 아니라 나로서 세계를 인식하고 있다고, 나라는 주체가 분명히 있다고 믿고 싶었다. 바라는 것에는 결코 향할 수 없는 시선, 말로 하지 않고서는 가고 싶은 곳에 도달할 수 없는 다리, 그녀의 말에 의해서만 움직이는 입술과 혀. 그러면서도 나의 의식은 그녀의 육체 구석구석에 둘러싸여 있다. 팔꿈치의 가동 범위가 다른 것도 손가락의 길이가 다른 것도 신경 쓰지 않게 되었다.

본래의 나여야 할 가상의 몸을 잊어가고 있다. 그녀가 잠자코 있었다면 빌린 몸이라는 사실조차 깜빡할 것만 같았다. 뚜렷한 윤곽을 가진 육체가 나를 끌어당긴다. 그녀의 지각에 젖어들수록 나라는 존재가 한없이 약하게 느껴진다.

몸을 빌리는 것은 예상보다 더 위험한 일이었을지도 모른다. 팸플릿에 있던 긍정적인 내용을 하나하나 돌이켜본다. 이것은 그런 선전을 해서는 안 되는 체험이지 않을까.

소멸을 피하고 싶어서 우리는 육체의 불편한 부분까지 재현하기 시작했다. 가상의 몸에 노화나 아픔을 허용하고, 보다 현실에 가까운 물건과 경험을 산다. 예전 자신과의 괴리를 최대한 좁히면서 동시에 현실 세계의 새로운 정보를 받아들인다. 내가 웹 디자이너로 일하는 이유도 육체를 가졌을 때 하던 업무와 비슷하고 현실에 사는 사람들과 어울릴 수 있기 때문이다.

현실 세계에서의 죽음보다 정보 인격의 소멸이 언제든 일어날 수 있는 일처럼 느껴지고 삶과의 경계가 흐리다. 가상의 거리에서 스치는 노이즈는 과거 누군가를 구성했던 정보다. 대부분은 의미를 알 수 없지만, 그중에는 무엇인지 알 수 있는 것도, 개인의 기억이라는 사실이 명백한 것도 있다.

바람은 나의 표층을 쓰다듬을 뿐만 아니라 깎기도 한다. 누군가의 것이었던 정보라는 바람이 너무 많이 불어온 뒤에는 항상 나를 구성하는 프로그램에 미세한 구멍이 뚫린 기

분이 들었다. 조금씩 내가 변해가는 것을 살아 있다는 증거
로 받아들이고 있다. 하지만 변화의 끝에 기다리는 것이 저
바람이라고 생각하니 무서웠다. 이렇게까지 그녀에게 영향
을 받는다니, 나는 앞으로도 무사히 살아갈 수 있을까.

불안하니까 그녀에게 자꾸 쓸데없는 참견을 하고 싶어진
다. 그녀는 내 나이의 겨우 절반밖에 되지 않았다. 정보 인격
이 되는 것에 대한 생각도 나와는 다를 것이다. 인격 소멸에
관한 스캔들을 나는 실시간으로 경험했지만, 당시에 그녀는
아직 태어나기도 전이었다.

에스컬레이터가 우리를 실어 나른다. 가속도로 인해 살짝
눌리는 발바닥에서 벌레가 날갯짓하는 듯한 미세한 진동을
느낀다. 한쪽 다리에 체중을 맡기고 서 있다. 성장이 끝나 굳
어버린 무릎도 다음 층에 도착하자 다시 매끈하게 움직이기
시작한다. 작은 코너를 돌아 에스컬레이터를 갈아탄다.

—예전 이야기를 들려드려도 될까요? 오늘 만날 사람들
에 대해 당신도 알아두었으면 해서요.

추억담이라곤 하지만 사실 몸을 빌린 목적과 관련된 일
이긴 하다.

그녀는 입안에 머무는 목소리로 나의 제안을 받아들였다.
그녀가 듣는 소리는 나에게도 들린다. 그녀가 취하는 움직
임을 나도 느낀다. 그녀의 목소리는 마치 내가 말하는 것처

럼 느껴진다. 꿈속에서 혼자서 떠드는 듯한 기분이다. 그녀와 대화를 이어나가는 행위도 본래의 나를 의식시키기에는 부족할지도 모른다. 그래도 나는 과거를 이야기한다. 그녀와 나 사이에 선을 긋듯이.

—여섯 명 모두 대학 연구실 친구라는 것은 이야기했죠? 여대 의상계열 학과였는데 조금 특이한 곳이었어요. 주변 연구실과는 교류가 없었고 모인 사람의 면면도 재미있었고요. 오늘 참석할 행사의 주인공인 두 사람도 마찬가지예요. 절대 결혼식은 아니에요. 연애나 사랑보다는 드라이한 계약이라고 할까요. 공동 생활자라고 부르는 편이 확 와닿겠네요.

4층에서 내려 가게를 찾는 시선이 빙글빙글 주위를 훑는다.

—왼쪽입니다. 벽을 따라서 두 번째 집.

통로에 서 있는 마네킹이 시야에 들어온다. 상쾌한 아이스 그린의 새틴 드레스. 먼셀값으로 말하면 5BG 8/6 정도려나. 나보다 그녀에게 더 어울릴 것 같은 색깔이다. 그녀의 의상을 검은색으로 하겠다고 결정한 사람은 나인데도 흔들린다. 이런 계통이라면 절충안으로 가능하지 않았을까.

만지고 싶었다. 물처럼 시원하고 유연해 보이는 원단, 패턴과 바느질이 만들어내는 입체감. 천 위의 음영에서는 무한한 조화로움이 느껴진다. 그녀의 건강한 눈은 경계도 없고 수치로도 나타낼 수 없는 색의 변화를 남김없이 포착하고 있다. 나의 갈망이 전해진 듯 그녀는 풍성한 드레이프로 손을 뻗었다.

손에 닿기까지 몇 센티미터를 남기고 멈춘다. 점원이 그녀를 알아챈 것이다. 온화한 목소리였지만 왠지 모르게 팔근육이 긴장했다. 마치 장난하다 들킨 아이처럼 몸을 움츠리고 있다. 꺼림칙한 일은 하지 않은 것 같은데. 대답도 못하는 그녀를 대신해 나는 목소리를 냈다. 남의 것처럼 들리는 목소리다.

"검은색 드레스를 찾고 있어요. 파티용으로 너무 화려하지 않은 것으로요."

손님 대접을 받는 것에 익숙하지 않은 모습의 그녀와 내 단적인 요구의 낙차 탓인지 점원의 눈이 번쩍 뜨인다. 그녀는 점점 움츠러든다. 내가 어떻게 설명할지 망설이는 사이 상대방이 접객용 표정을 지으며 "찾아보겠습니다"라고 말했다.

추천받은 옷 중에서 너무 짧거나 타이트한 것, 초커가 어울리지 않는 옷깃이 달린 디자인, 답답한 자카르 체크는 제외했다. 남은 후보는 세 가지. 실이 세로로 얽힌 라셀 레이스 소재의 퍼프 슬리브 A라인, 광택이 과하지 않은 벨벳 느낌의 클래식한 7부 소매, 오건디organdy 원단을 듬뿍 사용한 피트 앤드 플레어. 피팅 룸으로 발걸음을 옮긴다. 점원이 세 개의 옷걸이를 벽에 달린 고리에 걸고 나간다.

―옷을 다 갈아입을 때까지 나가 있겠습니다. 당신 목소리는 들을 수 있게 해둘게요.

그녀의 몸을 떠났다. 툭, 하고 오감이 끊어졌다. 가상 세계로 돌아올 때까지 걸리는 시간은 1초도 안 된다고 여겨지지만, 단순히 암전이라고 부르기에는 너무 강렬한 불쾌감이 존재했다. 팽팽한 장력이 가해지는 날실에 가위를 가져다 대는 것처럼 의식이 튕겨 나간다.

빛이 비친다. 아무리 필사적으로 모방해도 진짜가 될 수 없는 몸을 느낀다. 손을 움켜쥐었다가 편다. 내부에 살이 있고, 경계에 피부가 있으며, 바깥에는 공기가 있다. 하지만 여기에서는 디지털 화면이 픽셀로 구성되는 것처럼 나의 지각도 적당한 수치로 분해할 수 있을 것이다. 말하자면, 나는 조각조각 나뉜 존재다. 그녀의 풍부한 감각을 체험한 후에는 각 조각의 감각이 두드러졌다.

기분 좋게 정돈했을 흰색 바탕의 작업실. 넓은 책상에 이행 전에 사용했던 것과 동일한 디자인의 PC를 두고, 선반에는 귀중한 종이 서적 형태의 자료를 몇 권 진열했다. 그 모든 것이 희미하고 멀게 느껴졌다.

입고 있는 옷자락을 손으로 잡았다. 민트 그린색 샨 통shantung 원단. JIS 관용색명 기준이며, 먼셀값으로는 2.5G 7.5/8의 밝은 녹색이다. 내가 학창 시절 마지막 과제에서 사용한 색깔이기도 하다. 당시에 나는 염색에도 공을 들였는데 작품의 색을 흔한 이름으로 평가받는 것을 싫어했다.

이런 모습을 보여줄 생각은 아니었기에 오늘 만남에 어울리는 원피스를 준비했었다. 색깔만 보고 선택한 고가의 브랜드 옷이었는데, 과연 모델이 되는 제품도 데이터도 매우 좋아 보였다. 손에 쥐었을 때의 질감은 자못 진짜처럼 느껴졌다. 쌍고치실을 본뜬 마디가 있는 씨실이 만드는 불규칙한 줄의 모양을 여러 번 더듬었다. 하지만 이 옷은 찢어질 수도, 상할 수도 없다. 손톱을 세워 직조를 일그러뜨려봤자 세탁하면 원래대로 돌아온다. 고의로 망가뜨린다면 몰라도 통상적인 사용 범위 내에서는 언제까지나 새 상품 그대로다.

"입었어요."

오랫동안 사용 중인 심플한 마이크가 달린 이어폰에서 그녀가 부르는 소리가 났다. 나는 그녀의 몸으로 다시 옮겨간다. 매우 짧은 죽음이라고 부를 만한 단절을 사이에 두고 육체 감각이 흘러 들어온다. 잡다하게 뒤섞인 감각이 넘쳐흐르는 바람에 하마터면 취할 뻔했다.

탈의실 거울에 비치는 그녀의 모습을 점검한다. 먼저 레이스. 캐주얼한 인상. 퍼프 소매와 둥근 목, 잘록한 부분이 거의 없는 실루엣으로 어려 보인다. 반면 그녀의 귀여움은 강조되고 있다.

"어때요?"

—원단을 만져봐주실 수 있나요? 옷단이랑 목 주변도.

세로로 짜인 다소 느슨한 조직을 손가락으로 만져본다. 좀 더 촘촘하면 고급스러운 느낌도 날 텐데.

—다음 거 입어볼까요?

감각에서 멀어진다. 아무것도 없는 어둠을 통과해 다시 나는 형태를 얻는다. 짧은 시간에 반복하고 싶지는 않지만 동기화한 채로 옷을 갈아입게 할 수도 없다.

나지막한 소음이 방 안을 가득 채운다. 살아 있는 육체의 감각이 벌써부터 그리운데 돌아오니 신기하게도 편안해진다. 숨을 들이마셨다가 내쉬어야만 목소리를 낼 수 있다.

—우리 연구실은 주위에서 장난감 방이라고 불렸어요. 교수님이 사 모은 직조기나 편물기 같은 것이 군데군데 있었거든요. 패턴이나 봉제, 디자인은 제쳐두고 소재만 생각했습니다. 그래서 이렇게 옷을 봐도 먼저 만져보고 알고 싶어져요. 어떻게 엮거나 짜서 가공하는지.

"그러면 실컷 만져보세요. 자, 우선 입었습니다."

신축성 있는 원단이 그녀의 몸 선을 따라 감긴다. 직물인 벨벳이 아니라 편물인 벨루어로 분류되는 소재다. 기모의 밀도도 윤기도 더할 나위 없는 매력적인 소재였다. 움직이면 옷자락이 사르르 흔들린다. 스퀘어 형태로 처리된 목 언저리에서 쇄골이 엿보인다. 의외로 섹시해 보여 신경 쓰인다.

나는 다시 가상의 몸으로 돌아간다. 현기증이 날 것 같은 부유감에 사로잡힌다. 작업용 의자에 걸터앉아 눈을 감고 목소리만큼은 애써 밝게 말한다.

―상당히 좋은 벨루어 원단이네요.

"지금 옷이요?"

―맞아요. 편물은 캐주얼한 느낌을 주기 쉬운데, 그 밀도와 광택이라면 평소에 입기에는 아까울 정도의 소재예요.

"정말 잘 아시네요. 친구들도 모두 원단을 좋아하나요?"

―방향성은 각자 다르지만, 소재로서 옷감을 정말 좋아합니다. 그런 사람이 여섯이나 모이다니 꽤 드문 일이었다고 해요. 바로 위와 아래 학년에는 아무도 없었고, 우리가 졸업하고 몇 년 뒤에 연구실이 없어져버렸거든요. 정말 희귀했죠.

그녀 몸으로 돌아오자 가장 먼저 무릎 뒤에 스치는 안감의 촉촉한 질감, 어깻죽지에 닿는 오건디의 팽팽함이 느껴졌다. 허리도 가슴도, 내가 지각할 수 있는 범위 내에서는 잘 맞았다.

거울 속에서 섬유 깊숙이 물든 검은색 안으로 그녀의 피부가 비치고 있었다. 상의 부분은 군더더기 없는 선을 그리고 넓게 펼쳐진 치마는 투명한 수채화처럼 무릎 아래에서 물결친다. 어깨를 가리는 정도의 프렌치 소매와 살짝 파인 목. 뺄 수 없는 초커와의 조화도 매우 훌륭하다. 화려하고 품위가 있다. 진기하게 빼어나지도, 고지식하지도 않다. 내가 고른다면, 바로 이거다.

—어때요?

눈동자가 똑바로 이쪽을 향한다. 싱글벙글 상기된 듯한 모습이다. 기뻤다. 마음에 들어 하는 듯한 모습에 안도했는지, 아니면 그녀의 표정 자체가 나에게 기쁨을 주고 있는지는 확실하지 않지만.

"나라야마 씨는요?"

—저는 지금 입고 있는 것이 제일 좋아요.

깊은 한숨. 이번에야말로 확실한 미소가 지어진다.

"저도요."

* * *

나라야마 씨가 나에게 웃어준 것만 같았다. 몸을 움직이는 것은 나인데.

풍성한 드레스를 보고 그만 황홀해졌다. 내가 기뻐하다니, 뭔가 잘못됐다. 싱글벙글해진 볼을 꼬집고 싶었지만, 나라야마 씨까지 아플 테니까 그만둔다.

아까 나라야마 씨는 점원이 쉬지 않고 가지고 오던 옷들을 순식간에 눈으로 훑더니 후보를 세 개로 줄였다. 자신 있는 목소리였다. 피팅 룸에서는 목소리도 말투도 상냥했다. 어울리는지 어떤지 잘 봐주었고, 내 의견도 들어주었다. 충분히 그럴 수 있는 사람이었구나 싶었다.

다음으로 신발을 골랐다. 나라야마 씨가 웬일로 오랫동안 말하지 않아서 이유가 뭘까 궁금했는데 흰색 하이힐을 신어보고 싶다고 했다. 왠지 어렵게 말을 꺼낸 거 같은데 거절하면 미안하겠지?

그 신발은 가느다란 금색 선으로 무늬가 들어가 있어서 지금 내가 쓰고 있는 이어폰과 조금 닮았다. 확실히 좋아할 것 같았다.

—신발을 벗고 올라가는 장소인 것 같고, 길을 걸어 다니기에는 적합하지 않으니 신어보기만 하는 거예요.

평소에는 굽이 거의 없는 신발만 신어서 몰랐다. 굽 높은 신발이 얼마나 힘든지. 발을 넣고 서봤는데, 점원이 도와주지 않았으면 넘어질 뻔했다. 잠깐 체중을 싣고 서 있었을 뿐인데 벌써 발끝이 아프다.

"안 될 것 같아요. 죄송합니다."

―나야말로 미안해요. 위험한 일을 시켜서.

신경 쓰이게 하는 것도 부끄러웠다. 나라야마 씨는 저런 신발을 신고 걸을 수 있었을까. 나라야마 씨가 나의 몸을 움직일 수 있다면, 더욱 능숙하게 사용해서 멋지고 특별한 인생으로 만들 수 있지 않을까. 나를 달래려는 목소리가 귓가를 스쳐 갔다.

굽이 낮은 구두를 신어본다. 나라야마 씨가 고른 것은 전부 귀여웠고 착화감도 꽤 괜찮았지만, 오히려 나라야마 씨가 살짝 작다는 둥 어딘가가 쓸린다는 둥 부산하다. 나보다 나를 잘 아는 것 같아서 이상했다.

이것저것 시도하고 나니 결국 신발도 검은색으로 결정됐다. 앞코가 둥근 형태에 낮지만 군더더기 없는 굽이 달려 있다. 이거라면 넘어지지 않고 걸을 수 있겠다.

작은 가방과 코트도 샀다. 태그는 드레스를 입은 채로 점원이 잘라줬다. 바코드를 스캔할 때마다 늘어나는 금액에도 나라야마 씨는 전혀 반응하지 않았다. 외면하고 싶었던 것은 오히려 나였다.

내가 입고 있던 옷들은 쇼핑백에 정리해서 역내에 설치된 로커에 보관하고, 새로 산 가방에는 초대장과 단말기, 손수건 정도만 넣은 뒤 미용실로 향했다. 예약해서인지 내 몸에서 나라야마 씨 목소리가 들려도 이상하게 여기지는 않았다.

드레스를 조심히 정리해 앉았다. 우비 같은 케이프를 걸쳐주고, 머리를 감겨준다. 쫀득쫀득한 스펀지로 파운데이션을 칠한다. 화장품 냄새 때문에 재채기가 날 것만 같았다.

미용사와 나라야마 씨가 주고받는 대화가 나에게는 마치 주문처럼 느껴져서 도저히 따라잡을 수 없었다. 무슨 무슨 레드가 대체 어떤 건지. 눈꺼풀에 반짝이를 듬뿍 얹히고, 붓으로 입술을 바른다. 새빨갛다. 이렇게 화려한 건 처음이다. 내가 아닌 것 같았다.

몸을 빌려준 동안에는 다른 내가 되고자 했다. 나라야마 씨의 뜻대로 하자고. 하지만 나의 결심 따위는 상관없이 나라야마 씨의 말과 미용사의 손이 나를 변신시킨다. 멍한 눈이 또렷해진다. 눈썹이 예쁜 아치를 그리고, 마무리로 브러시가 가볍게 스쳤다. 간지러웠다.

"어떠세요?"

나라야마 씨는 미용사의 물음에 답하지 않고, 나를 향해 속삭인다.

— 당신은 어때요?

"멋져요, 정말. 내가 아닌 것 같아서. 처음이에요. 다른 사람에게 화장을 받는 건."

미용사가 케이프를 벗겨준다.

"마음에 드신다니 다행입니다. 저희는 메이크업에서 고객님의 얼굴을 살리는 것을 무엇보다 중요하게 생각하거든요. 평소에 생김새를 완전히 바꾸는 메이크업을 하셨다면 부족하다고 느끼시는 분도 계실 정도예요."

"하지만 정말 달라 보여요."

"너무 달라지지 않아도 곤란하지만, 고객님 모습 그대로 살려 최대한으로 아름다워질 수 있도록 도와드리는 것이 저희 일이니까요."

내가 나인 채로……. 그런 식으로 말할 만한 것이 나에게도 있을까. 오늘은 전부 나라야마 씨에게 맞춰줄 생각으로 왔는데, 내 본모습을 중요하게 여기고 있다. 이러면 누가 고객인지 알 수 없다.

거울을 보고 웃어보았다. 나라는 느낌이 들지 않았다.

누구냐고 하면 역시 나지만, 나라야마 씨가 없었다면 이렇게 될 수 없었겠지. 왠지 나라야마 씨가 내 안에 섞여 다른 존재가 되어가는 것만 같다.

* * *

미용실 거울에 그녀의 미소가 비친다. 포피 레드 립스틱은 얇은 입술을 실크 같은 질감으로 물들인다. 윤기를 억제한 파운데이션은 젊고 부드러운 피부를 균일하게 가꿔준다. 샴페인 골드 아이섀도, 뷰러와 마스카라의 도움으로 중력을 거스른 속눈썹이 시원한 눈매에 포인트를 준다.

충만감에 들떠 있었다. 원래의 나라면 어울리지 않을 옷이나 메이크업이 멋지게 들어맞는다. 그것을 나의 시점에서 경험하고 있는 것이다. 흥분을 억누를 수가 없다. 소리 내어 멋지다고 말해준 것이 나를 안도하게 했다.

나는 쉽게 그녀의 표정에 영향을 받는다. 그것 때문에 감정까지 공유하고 있다고 착각할 것 같지만, 실제 속마음은 그녀의 말을 통해서만 알 수 있다. 신체를 가진 사람끼리 있을 때처럼 말이다.

우리는 역 앞에서 버스를 탔다. 오후 시간, 차내에는 승객이 드문드문 있다. 약속 장소인 하우스 스튜디오(실제 집처럼 꾸며진 촬영 공간을 말한다-옮긴이)까지는 여기서 15분 정도 걸린다. 그녀는 빈자리 옆에 섰다. 단추를 푼 상태로 걸친 코트의 옷깃을 한 손으로 살짝 끌어당긴 뒤, 손잡이를 잡는다.

―앉지 않아도 괜찮아요?

그녀에게 묻자 남의 시선을 의식하는 듯 입술을 작게 움직인다. 엔진음은커녕 에어컨 소리에도 묻힐 정도로 작게 대답한다.

"괜찮아요. 옷이 구겨질까 봐."

—무리는 하지 말아주세요.

"넘어지면 더 큰일이죠. 알고 있어요."

손잡이에 몸을 맡기고 발에 실리는 무게를 줄이려고 한다. 꼼지락거리는 발끝에 스타킹이 스친다. 새로 산 펌프스의 안쪽을 느낀다. 가게 안을 돌아다니는 정도로는 알 수 없었던 발과 신발의 어긋남이 분명해지고 있었다. 그렇다고 피로하게 느껴지지는 않았다. 고개를 들고 흐르는 경치를 바라본다. 때때로 발뒤꿈치가 들떠 리드미컬하게 바닥을 두드린다. 그녀는 어떤 음악을 좋아할까. 슬플 때마다 듣는 곡이 있을까.

아니, 더 이상 그녀를 모르는 편이 좋을 듯하다. 이름도 모르고, 다시는 만나지 않을 사람에 대해 이미 너무 많은 애착을 갖고 있다.

교차로에서 좌회전한다. 햇빛이 각도를 바꾸어 눈을 비춘다. 잠시 혈관의 형태가 시야에 들어온다. 눈꺼풀이 닫힌다. 핏빛에 시각을 빼앗기고, 나의 의식은 귀와 손발을 향한다. 엔진의 진동은 3센티미터 힐을 통해 뼈로 전달된다. 버스가 흔들릴 때마다 아킬레스건과 종아리가 붓는다.

손잡이를 잡은 손이 손바닥에 맺히는 땀 때문에 미끄러져 눈꺼풀이 벌어진다. 다시 움켜쥔다. 저층의 주택이 눈에 들어온다. 겨자색 잎이 달린 어린나무가 드문드문 서 있는 공원에서 아이가 놀고 있다. 곱게 만 머리가 에어컨 바람에 살랑거린다.

─몸을 빌렸다는 것과 당신의 나이는 참석자 전원에게 전달했습니다. 대화는 제가 직접 하면 되고, 나머지는 먹는 것 정도일까요. 서로 취향을 공유해가면서 먹으면 좋겠네요.

"아까와 같은 상황이 될 만한 건 커피 정도일 거예요."

─뭐, 요리를 보고 생각나면 편하게 말해주세요. 메인 이벤트로 주인공인 두 사람이 직접 만든 드레스를 선보일 예정이에요. 만지게 해줄지는 모르겠지만, 그럴 경우에는 가능한 한 정중하게 다뤄주시면 좋겠어요.

"조심하겠습니다."

─긴장할 필요는 없어요. 특별한 걸 원하는 게 아니니까요. 당신이 평소 당연하게 느끼는 감각을 조금 나누어주었으면 하는 것뿐입니다.

신묘한 끄덕임 덕분인지 몸을 긴장하게 만들던 힘이 약간 빠졌다.

"주인공 두 사람은 어떤 분들인가요?"

─정반대의 성향이에요. 그렇기 때문에 서로 부족한 점을 채워주는 상대로서 최적이었을지도 모르겠네요. 치사키는 실수하는 법이 없고 우등생이며 디자인을 중요시합니다. 루코는 평소에는 허둥대지만 어떻게든 일을 해내는 힘이 있

고 감성에 힘을 불어넣는 천재성을 가지고 있어요. 소식을 들었을 때는 놀랐지만, 모하게 잘 어울리는 조합입니다.

"나라야마 씨와도 좋은 친구였군요."

—엄청 친하진 않아요.

"하지만 나라야마 씨 즐거워 보여요. 그리워하는 느낌인데요."

—그리운 것은 어쩌면 사람이라기보단 장소일지도 모르겠네요. 결코 돌아갈 수 없으니까 괜히. 그 무렵으로부터 꽤 시간이 지났고, 저는 더 이상 신체를 가진 인간도 아니고요. 연구실은 없어지고 학교 건물도 재건축되었습니다. 추억과 관련해 남은 것은 사람뿐인데, 그들도 한 사람 한 사람 다 제작이나 디자인에서 멀어졌고요.

나만 매달리고 있다. 재능도, 운도, 신체도 없는 나는 기억 속 동경에 이끌리고 반발하면서 물건을 만드는 일에서 벗어날 수 없다. 단 하나 남은 나다움이라고 믿으니까. 이것을 버리면 내가 더 이상 나로 존재할 수 없을 것 같으니까.

—두 사람은 제가 특히나 동경하는 대상이었어요. 당신이 느낀 그리움은 분명 오래된 동경일 겁니다.

집게손가락으로 하차 버튼을 밀어 넣었다. 완만한 브레이크, 낮은 목소리의 안내 방송, 김빠진 소리와 함께 슬라이딩 도어가 열린다.

내린 곳은 주택가였다. 아무렇게나 늘어선 화분에 쓰레기장 그물, 실용성에만 중점을 둔 듯한 자전거, 생활감 넘치는 집들을 곁눈질한다. 그녀는 카드형 단말기에 의지하며 골목을 나아갔다. 결제나 연락, 계약 기간 중의 스케줄 등을 관리하는 기기로, 그녀를 위한 안전장치도 겸한다. 신체를 빌려주는 쪽이 알아야 할 점도 있겠지. 디스플레이 표시는 나에게 보이지 않게 정밀하게 만들어져 있다.

"저기 맞죠?"

가리킬 필요도 없이 시선이 건물을 향하고 있었다. 각진 콘크리트 구조로, 정면에 큰 창문은 없다.

알루미늄 소재의 대문을 열고 안으로 들어간다. 차가워진 금속에 손끝이 아릴 정도다. 차콜 그레이색 현관문까지는 부드럽게 모르타르로 다져져 있다.

문 앞에 서서 길게 내쉬는 숨이 마치 내 것처럼 의식에 전해졌다. 아직 세상 물정을 모르는 몸. 교수님에게 불려 가서는 떨고 있었던 나와 딱 같은 나이다.

입꼬리가 확 올라갔다. 일부러 웃는 얼굴을 한 것은 알았지만, 힘이 너무 많이 들어가 있어서 나까지 긴장된다.

열쇠로 잠기지 않은 문은 보기보다 가볍게 열렸다. 난방이 잘되어 있어 들어가자마자 그녀는 코트를 벗었다. 현관 타일은 매트한 검은색이다. 낮은 높이의 마룻귀틀부터 복도

까지 희끄무레한 목재에 니스를 입혔다. 벽은 촬영용 배경
으로 사용할 수 있는 스노우 화이트다.

복도 중간쯤 문으로 갑자기 얼굴이 들여다보였다. 루코였
다. 정돈된 머리에 최소한의 화장을 한 상태였다. 주인공이
갈팡질팡하고 있어도 되는 것일까. 현관까지 날아오는 그녀
는 검정 슬랙스에 흰 셔츠, 제복처럼 보이는 조끼 차림으로
오히려 이곳의 직원 같다.

“어서 오세……요?”

물음표를 띄운 표정 그대로 셔츠의 소맷부리를 걷어 팔
안쪽으로 시선을 떨어뜨린다. 코랄 핑크색 작은 글자가 빼
곡하게 적혀 있고, “코하, 몸 빌리기, 검정” 등의 단어가 보였
다. 시간표 같은 것도 보였다. 루코는 강평회에서 발표할 때
면 상세한 커닝 페이퍼를 지니기로 유명했고, 주저 없이 몸
을 메모장으로 쓰기도 했다. 그런데 설마 행사 대본까지 팔
에 새길 줄이야.

드레스가 긴 소매인지 나중에 지울 생각인지 소매를 되
돌린 루코가 눈웃음을 지어 보인다.

“코하 맞지?”

“루코가 나보다 키 큰 것을 까맣게 잊고 있었어.”

“나도 상대가 내려다보는 경우가 많아서 신선해. 거기가
낮아서 더 그렇잖아. 얼른 올라와.”

"그래, 그럴게. 오늘 초대해줘서 고마워."

"어서 와, 만나서 반가워. 그리고 같이 오신 분도 천천히 즐기다 가세요."

악의 없는 목소리에 긴장이 풀렸다. 루코는 신발장에서 검은색 레이스와 스팽글로 장식한 실내화를 꺼내 얌전히 내려놓았다. 품이 많이 들어간 듯한 신발이다. 안창의 민트 그린색은 내가 지키지 못한 드레스 코드로, 마지막 과제에서 사용한 색이다. 오래된 기억이 따스하게 번진다.

"그 원피스 정말 잘 어울리네. 오건디 예쁘다. 날개옷 같아."

"덕분에. 신경 많이 써줘서 고마워."

"화장실이랑 짐 보관하는 곳은 복도 끝에 있어. 보면 알 거야. 이토도 아까 왔어. 논타만 아직 도착 전이고. 다 모이면 시작할게."

―얘가 루코예요. 오늘의 주인공 중 하나. 화장실 미리 다녀올까요?

그녀는 고개를 끄덕였다.

복도 끝 좌우에 미닫이문이 있고, 한쪽이 열려 있었다. 워크인 클로젯이다. 옷걸이를 잡고 코트를 걸었다. 선반에는 각각의 짐이 자유분방하게 놓여 있었다. 개인 물품을 코인 로커에 맡기길 잘했다. 가족끼리의 편안함이 느껴지는 이곳에 두었다면 마음이 불편했을 것이다.

맞은편은 화장실이었다. 미닫이문을 열자 손안에서 드르륵하고 진동한다. 화장대도 갖춘 넓은 세면 구역에서 일본식 복장을 한 인물이 이쪽으로 등을 돌리고 있었다. 초콜릿 브라운 컬러의 외출복. 명도 높은 맑은 색조의 당국화 문양은 언젠가 본 적이 있다. 다만 당시 내가 본 것은 후리소데(미혼 여성들이 입는 기모노로, 소매가 매우 길다—옮긴이)였다. 길게 늘어뜨린 소매의 현란한 무늬를 기억한다.

"이토."

돌아본 얼굴엔 두려움이 서려 있었다. 결국 다 받아들이지 못했나. 이토가 싫어하리라는 것을 예상했기 때문에 사실을 있는 대로 다 말했고, 통화라면 지난주에도 했다. 몸을 빌리고 싶은 이유도, 외모에 대해서도 이야기했다. 이토는 그런 자신의 마음을 숨기려는 듯 미간을 찌푸리며 웃는다.

"코하, 그렇구나. 그랬었지."

"응. 내가 너무 놀라게 한 건 아니지?"

"아무렇지도 않아."

"소매 잘랐네."

"이혼하면서 잘랐어. 왜 그랬을까? 그 전까지 소중히 간직하고 있었는데 말이야."

"자유로워져서? 잘 어울려, 지금 너한테."

"고마워."

들뜬 얼굴로 이토는 눈을 내리깔았다.

"그런데 너, 왜 살아 있는 사람 몸을 빌린 거야?"

그녀에게서 새어 나온 목소리가 심장을 조인다. 말실수했다는 걸 눈치챘는지 이토가 작게 입술을 깨물었다. 하지만 빨라지는 맥박 탓인지 나의 반론에선 분노의 감정이 고스란히 드러났다.

"그건 전에도 설명했잖아. 육체가 없으면 느끼지 못하는 것을 느끼고 싶었다고. 같은 장소에 있다고 생각하고 싶었어. 다들 하고 싶은 대로 하라고 했는데 새삼스럽게 왜 그러는 거야."

"들었어. 알아. 기적적으로 만난 몸이라는 것도. 너한테 중요한 일이니까 이해하려고 했어. 그래도 역시 내 입장에서는 모르는 사람이잖아."

"그렇지 않아. 이 사람은 자기 몸을 나로 취급해도 좋다고 허락해줬어. 나야. 지금은 나라고."

"하지만 사실은 여기 있잖아. 듣고 있고 기억한다고. 게다가…… 절대로 너랑 똑같이 웃어주지 않아."

몸이 굳어버렸다. 공포가 근육을 수축시켰다. 시선이 바닥에 떨어졌다. 나라면 이토와 이야기할 때 눈을 피하지 않는다.

"나한테 선택지는 하나뿐이었으니까. 온전한 내 모습으로 이 자리에 오는 것은 내가 할 수 없는 일이야."

"알고 있어. 머리로는 계속 이해해. 이 방법밖에 없다는 걸. 평소처럼 대할 수 있을 거라고 생각했는데. 미안해. 내 말이 너무 심했어. 그쪽한테도 미안해요. 나 머리 좀 식히고 올게."

종종걸음으로 이토는 떠났다. 이제 우리 둘만 남았다. 나도 이 몸을 내가 아니라 그녀라고 생각하고 있고, 실제로 그렇다. 당신은 당신으로서 여기에 있는 것이라고 그녀에게 말하기까지 했다. 만나는 상대에게 온전한 나로 받아들여지지 않으리라는 것은 예상했다. 무엇을 하든 자연스러운 오감을 원했다. 육체가 있는 친구들과 같은 장소에 서고 싶었다. 그런데 그들이 거부감만 보여도 동요하다니, 정말 한심하다.

―죄송해요. 제 설명이 충분하지 않았나 봐요. 일단 연결 끊을게요. 편히 쉬세요. 소리도 끊습니다. 다시 돌아올 때는 단말기로 연락할게요.

그녀는 고개를 들어 거울을 보았다. 서글프게 고개를 끄덕인 것을 마지막으로 감각이 끊겼다. 화장실을 핑계 삼아 체면을 구기지 않고 달아난 형국이다. 동기화를 끊을 때 밀려오는 허무가 마치 벌 받는 것처럼 느껴졌다.

자극이 부족한 가상의 몸 때문인지, 아니면 13년 전의 분위기를 그대로 간직한 방 덕분인지 기분은 곧 가라앉았다. 할 일이 없어져서 창문을 열었다. 계산된 공기의 흐름과 함께 설명할 수 없는 촉각이 피부를 자극한다.

창문을 열어두면 잡념이 들어오기 쉽다. 정보의 무리가 나에게 잇따라 닿으면서 사고나 감정을 휩쓸어 가는 것 같았다. 마른 손가락 같은 감촉이 짧게 뺨을 어루만졌다. 누군가의 기억. 그 손가락을 느낀 사람은 더 이상 어디에도 존재하지 않는다. 시야의 가장자리에 새로 도착한 알림이 켜졌다. 이토가 보낸 메시지다.

[저 아이 눈이 너무 좋다고 기쁜 듯이 말했을 때, 나도 굉장히 기뻤어. 코하가 인정한 시각은 과연 어떨까 궁금해하면서 분명 내 눈보다 훨씬 예쁘고 섬세하게 색이 보일 거라고 상상했어. 아무것도 알아줄 수 없지만, 가능한 한 평범하게 이야기할 수 있도록, 코하와 그 아이가 오늘 더 이상 불편한 마음이 들지 않도록 조심할게.]

20년 넘게 친구 관계를 이어왔지만, 그 절반 이상을 나는 기계로 재현된 의식으로 살고 있다. 이토는 끝까지 내가 몸을 버리는 것을 반대했고, 그녀는 병에 걸린다 해도 정보 인격이 되지 않고 생명체로서 죽음을 맞이할 것이다. 그래도 이토는 나에게 예전과 다름없는 우정을 보여주었다. 고민이

나 기쁨도 육체가 있을 때와 똑같이 공유해주었다. 안이한 이해나 공감보다 훨씬 따스하게 다가와주었다.

[고마워. 가까운 시일 내에, 다음에는 우리끼리 이야기하자.]

이토가 친구로 지내주는 것이 얼마나 나에게 버팀목이 되는지 그녀에게 직접 말한 적은 없다. 네 덕분에 나를 진짜 나라야마 코하루라고 믿으며 여기까지 올 수 있었다고 말한다면 그야말로 동등한 관계가 깨져버릴 것만 같았다. 그러니까 말하지 않을 생각이다. 그저 진심으로 바라는 바를 적어 메시지를 보냈다.

* * *

화장실 칸에서 나오자 번쩍이는 거울 속으로 내가 비쳤다. 지금은 오프라인 상태. 즉, 현재 내 감각은 나만의 것이다. 손을 씻는 물의 차가움도 나라야마 씨에게는 전해지지 않는다.

나라야마 씨 친구들과 이야기하기 위한 첫 번째 시도는 실패였다. 내가 친구끼리 주고받는 이야기를 듣는 것을 싫어하는 사람도 분명 있을 거라고 상상은 했다. 하지만 눈앞에서 그렇게 거부당하니 어쩔 줄을 몰랐다. 정말 끔찍한 표정을 짓고 있었다.

어디까지나 일이니까, 다시 할 수 없는 일이니까 정신 바짝 차려야 해.

드레스가 살짝 접혀 있어 옷매무새를 고치고 나라야마 씨를 내 안으로 받아들인다.

—그럼, 잘 부탁드립니다.

"열심히 해보겠습니다."

—여기 있어주는 것만으로도 충분해요.

그렇다고 하기엔 이야기에 어울리는 표정을 짓거나, 나라야마 씨가 지시하지 않아도 어느 정도 알아서 움직이도록 생각하거나, 해선 안 되는 것들도 많지만.

아까 루코 씨가 나온 문을 열었다. 좌우로 긴 방이었다. 정면은 대부분 창문이다. 그늘진 좁은 정원과 녹색 산울타리가 보였다. 오른쪽 안쪽에는 호화로운 주방이 있다. 평상복을 입은 여자가 앞치마를 두르고 쭈그리고 앉아 오븐을 들여다보고 있다. 부엌에서 서너 걸음 떨어진 큰 테이블은 요리가 담긴 접시로 가득 차 있다.

의자는 인원수만큼 준비된 것 같은데, 기모노를 입은 이토 씨와 또 한 명, 늘씬한 보라색 드레스를 입은 사람이 선 채로 이야기를 하고 있다.

여기는 누군가의 집은 아니지만, 홈 파티라고 하면 이런 느낌일지도 모르겠다. 왼쪽에는 소파와 전원이 꺼진 대형 모니터가 있고, 거기에는 아무도 없다.

알고 있었지만, 모두 어른이다. 잘할 수 있을지 갑자기 긴장된다.

—주방에 있는 사람은 또 한 명의 주인공 치사키입니다. 보라색 옷은 시나이고요.

"애들아 논타가 왔어."

루코 씨가 새로운 사람을 데려왔다. 레몬색의 무릎보다 짧은 스커트. 상의도, 모자 모양의 머리 장식도 눈부실 정도의 노란색이다. 루코 씨가 준비했을 룸 슈즈까지 전부 같은 색이었다.

"다들 안녕!"

엄청난 에너지다. 얼굴의 모든 부위가 웃고 있다. 이토 씨의 양손을 꽉 쥔 채 붕붕 흔들고, 보라색 드레스의 시나 씨에게 달려들며 포옹한다. 오븐 앞에 있던 치사키 씨에게는 거의 등에 올라탄 자세로 말을 건다. 마지막에는 나에게 왔다.

"코하치 맞지? 역시, 검정으로 하고 온 것까지 완벽해. 너무 귀여워! 악수해도 될까?"

기세가 대단해서 고개를 끄덕일 수밖에 없었다. 오른손을 내밀었더니 양손으로 감쌌다.

"논타는 변하지 않았네."

"오! 정말 코하치다. 이렇게 대화하는 게 몇 년 만이지? 하지만 알아보겠어."

손이 사라졌음을 깨달았을 때 이미 상대는 나를 껴안고 있었다. 따듯하고 쿠키처럼 달콤한 냄새가 났다.

"야, 갑자기 이러면, 하지 마. 난 당연히 네가 그리웠지만."

"아, 미안. 나도 모르게."

몸이 멀어졌다. 모두가 이쪽을 바라보고 있었다. 일단 오늘을 위해 연습해온 미소를 짓고 고개를 숙였다. 그런 뒤 나라야마 씨의 목소리가 들려왔다.

"몸을 빌리긴 했지만 코하루입니다. 오랜만이야."

"정말 오랜만이야. 몸 빌려준 분도 잘 부탁해요, 코하, 착한 애거든요."

방긋방긋 웃는 시나 씨를 논타 씨가 쿡쿡 찌른다.

"애라니! 우리 이제 그런 나이 아니야."

"자, 그럼 다 모였네."

치사키 씨가 로스트 치킨을 가져온다. 키가 큰 사람이다. 초인종이 울리고 루코 씨가 현관으로 뛰어간다.

"뭐야, 초대받지 않은 손님?"

논타 씨가 묻자 치사키 씨는 쓴웃음을 짓는다.

"설마, 피자야."

"배달?"

"그래. 추억에 잠겨서 또 울어야지."

"아수라장이 됐던 기억 말이지?"

"대부분 작품 제출 전이었고, 이유도 알 수 없었지."

그렇게 말하며 시나 씨가 어깨를 으쓱했다. "앉아"라고 치사키 씨가 말하고, 초대받은 모두가 수다를 떨면서 자리에 앉는다. 나는 이토 씨 옆에 앉았다. 기모노 띠에 수건을 끼워놓은 것을 보고 나도 손수건을 무릎에 얹어본다.

"좀 전에 소란을 피워 죄송했어요. 나라야마를 받아주셔서 감사합니다. 친한 사람끼리 수다 떠는 모임이라 재미없겠지만 잘 부탁드립니다."

이토 씨는 앉은 채로 나에게 절을 했다. 가지런히 모은 손가락이 예뻤다. 나는 당황해서 고개를 흔들었다.

"괜찮아요. 저한테 사과하지 않으셔도 됩니다."

"아니요. 당신에게 사과와 감사의 말을 전하고 싶었어요."

나는 입을 다물었고, 이토 씨도 더 이상 아무 말 하지 않았다. 나라야마 씨가 내 안에서 살며시 소리를 냈다.

―그녀의 손을 잡아주실 수 있나요?

나라야마 씨를 위해 팔을 뻗었다. 이토 씨의 손은 흠칫 놀랐지만 도망치지 않고 가만히 있어주었다. 손가락이 차가웠다. 나는 손바닥을 그 위에 올려놓았다. 따뜻하게 데우듯이.

"13년 전 마지막으로 술 마시러 갔을 때 이렇게 해줬었잖

아. 드디어 다시 이토 손을 만져보네. 이것만으로도 오길 잘했다는 생각이 들어."

부드럽게 미지근해져가는 손이 내 손을 다시 잡아주었다. 이토 씨는 나와 눈을 마주치지 않고, 조금 어긋난 곳을 보고 있다.

"미안."

"사과를 왜 해. 내 염원이 이루어졌다고 말하는 거야."

친구와 이야기하는 나라야마 씨는, 당연하지만 나와 이야기할 때와는 전혀 달랐다. 모두가 즐거워하는 분위기는 내가 모르는 예전 추억으로부터 만들어지고 있었다. 약간의 쓸쓸함이 몰려왔다. 나라야마 씨는 즐거울까? 나, 잘하고 있는 거겠지?

루코 씨가 피자 상자를 가져왔다. 고소한 로스트 치킨과 진한 치즈 냄새가 난다.

"짜잔, 우리가 항상 먹던 살라미 피자!"

"이거로 저녁 식사를 대신했지. 젊음 말고는 아무것도 없었어. 그나저나 야채가 좀 필요하겠는데?"

"그래서 샐러드를 준비했지."

"오히려 피자 빼고 다른 영양 밸런스는 완벽하지 않아? 단백질에 야채에."

"고추잡채까지 있고. 그러면 서양식은 아니려나."

"뭐 어때. 맛있을 것 같아."

모두가 일제히 떠들고 있어서 이제 누가 누군지 알 수 없다. 테이블에 늘어선 접시를 한곳에 모아 공간을 만들고 있는데, 음료를 나눠주며 돌아다니던 치사키 씨가 탁 하고 손뼉을 쳤다.

"주목해주세요. 모두 다 모였으니 저희도 옷을 갈아입고 오겠습니다. 잠시만 이야기 나누고 계세요."

간신히 피자 상자를 테이블에 올려놓은 루코 씨는 말하기 전에 소매를 살짝 올리고 팔을 보았다.

"우리 몫은 신경 쓰지 마. 준비하면서 가볍게 먹었고, 로스트 치킨도 먹으면 되니까."

드문드문, 하지만 강하게 박수 소리가 들린다. 모두가 잔을 들어 배웅하는 가운데, 주인공 두 명이 밖으로 나간다.

나도 오렌지 주스를 들어 올린다.

"직접 만든 거지? 기대된다."

피자를 집어 들며 논타 씨가 말했다.

"메인은 이쪽이잖아."

시나 씨가 로스트 치킨을 썰어줬다. 접시에는 껍질이 바삭해진 고기와 다진 야채가 레스토랑처럼 플레이팅되어 있었다. 이토 씨가 기모노의 소매를 손으로 잡고 먼 곳에 있는 요리를 집는다.

"코하, 넌 뭐 먹고 싶어?"

—혹시 이 중에서 못 먹는 거 있나요?

귀 깊숙한 곳에서 목소리가 들렸다. 슬그머니 고개를 가로젓는다.

"오리가 좋겠네."

"새고기뿐이네."

"피클이랑 치즈도."

"알았어. 자, 여기."

"고마워. 잘 먹을게."

"원하는 거 있으면 편하게 말해."

"소매, 더러워지지 않겠어?"

"예전 다도부를 얕보는 거야?"

"아, 맞다. 그랬지. 잊고 있었어."

"너무해."

조금 전 말다툼을 했다고는 생각할 수 없을 정도로 사이 좋은 두 사람이다.

포크와 나이프를 들었다. 번쩍번쩍 빛이 나는 나이프에 내 얼굴이 비친다. 검은색이 어울리는, 오늘만큼은 멋진 나.

모두가 신은 실내화는 입고 있는 옷과 같은 색이었다. 루코 씨와 치사키 씨가 각자에 맞춰서 준비한 듯했다. 내 것은 겉은 검은색이고 속은 민트색이다. 아침에 본 원피스가 딱 그런 느낌의 색이었다. 나라야마 씨가 내 옷을 처음부터 검은색으로 결정한 것은 나에게 그 색이 어울리지 않아서일까? 어떻게든 도움이 되고 싶었는데, 나도 모르게 나라야마 씨에게 특별한 색을 포기하게 한 건가?

＊　＊　＊

이토와의 대화로 향했던 나의 의식은, 날카로운 반사광으로 인해 시각으로 되돌아갔다. 거울처럼 광이 나는 나이프에 그녀의 얼굴이 비친다. 포크와 나이프는 잠시 망설이더니 치킨 접시로 향했다. 살짝 그을린 고소한 껍질이 찢어지는 감촉과 고기의 탄력. 근섬유 사이로 흘러내린 투명한 육즙이 잘게 잘린 채소 더미에 스민다.

새삼 좋은 시각이다. 색채는 세밀하고, 윤곽은 정확하며, 살아 있는 신체만의 흔들림 덕분에 싫증이 나지 않는다. 몸을 빌리면서 내가 가장 원한 것은 건강한 눈이었다. 밑져야 본전이고, 중개 회사 담당자도 기대는 하지 말라며 못 박았었다.

체성 감각은 시청각에 비해 조정이 잘되며 허용되는 키 차이는 3퍼센트 이내다. 감각 제공자가 될 수 있는 나이는 20세부터 50세까지다. 내 체격으로는 일치하는 사람이 나타나기만 해도 감사해야 하는 상황이었는데, 게다가 그녀의 시야는 완벽할 정도로 깨끗하다.

시각 샘플을 받고 어떠냐고 물었을 때 아무런 가공도 필요 없다고 대답했다. 눈물이 날 것만 같았는데, 그때 인격의 정보화를 앞두고 시뮬레이션을 진행했던 때가 떠올랐다. 계산으로 보완하고 구석구석 색을 채운 풍경. 이 시야를 얻을 수만 있다면 몸을 잃어도 괜찮다고 확신했던 그날의 감회에 거짓은 없다. 하지만 그녀의 눈은 남달랐다.

뜻밖의 사치를 요리와 함께 음미한다. 훈제 오리에 피클과 치즈. 여기 오기 전에 먹은 햄버거와 감자튀김도 그렇지만, 소금기의 농도에 놀랐다. 인간으로서 어울리는 생활에 너무 치중한 나머지 나는 육체를 가졌을 때보다 상당히 몸을 배려하는 삶을 살고 있다. 정크 푸드 등은 선택지에서 사라진 지 오래돼 신기했다.

일찌감치 건배주 잔을 비운 논타가 주방에 있던 와인을 가져왔다. 레드와 화이트 와인이 담긴 병이 테이블을 돈다. 나의 주스는 별로 줄어들지 않는다.

그녀에게 부탁하지 않아도 이토가 나를 위해 음식들을 덜어주었다. 능숙한 몸짓에 학위 수여식이 떠올랐다. 단상을 향해 계단을 오르는 뒷모습을 자랑스럽게 배웅한 기억. 금은의 띠가 스테이지 조명에 빛나고, 후리소데의 긴 소매가 흔들리고 있었다.

"고마워. 내가 못 하는 것들 알아주고 마음 써서 챙겨줘서. 일부러 미리 알아본 거지?"

"응, 그렇지."

"이토는 옛날부터 내가 가장 하고 싶은 일을 해주는 것 같아."

"미화가 너무 심한데."

"그럴지도 몰라. 일단 사람이니까."

"변해가는 게 사람이지. 이렇게 오랜만에 다 같이 모여서 옛날로 돌아간 것 같지만 똑같지 않잖아. 왠지 모르게 달라."

"이토의 브라운은 영원하잖아."

"글쎄. 나이가 들면 어울리는 색도 달라진다고 하고."

"코디네이트 이론도 시대마다 새로운 것이 나왔다가 사라지고 그렇잖아. 어디까지 믿어야 할지도 모르고. 그냥 죽을 때까지 내 멋대로 해버리면 돼."

"그렇게 말하니 할 말이 없어지네."

"그 색깔 아직도 좋아해?"

"뭐 그렇지. 그때만큼은 아니지만."

"옷도 그렇고 작품에도 많이 썼잖아."

"어떻게든 쓰려고 했었지."

"다들 그랬었지."

"맞아."

식사는 일단락되고, 테이블에는 대화만이 오간다. 기름 밴 자국이 남아 있는 피자 상자, 뼈가 한편에 쌓인 접시. 부드러운 공기가 감돈다.

직조기와 편물기 사이에 누워서 수다를 떤 적이 있었다. 청소를 해도 금세 먼지가 날리는 마룻바닥과 불투명 유리 너머로 비치는 오후의 불빛, 조교가 준 마시멜로의 바닐라 냄새, 작업에 방해된다고 여겼던 졸음까지도 버릴 수 없는 기억으로 간직하고 있다.

"기다리다 지치신 건 아니죠?"

방 입구에 붉은색으로 휘감은 루코가 나타났다. 따뜻한 느낌의 굵은 방적사로 촘촘하게 짠 드레스를 입고 있다. 뜨개질로 만든 바다달팽이처럼 물결치는 모양의 부속품을 조합해 거무스름한 적색부터 순색에 가까운 선명한 색까지 다이내믹하게 넘실거린다. 상의 부분은 몸통에 달라붙는 오프 숄더이며, 가는 허리에서 바닥을 향해 풍성하게 펼쳐진 옷자락을 밟지 않도록 걷어 올리고 있다. 팔이 신경 쓰였지만 진홍색 태팅 레이스 장식이 손등부터 팔꿈치까지 가려 잘 보이지 않는다.

목덜미를 드러낸 올림머리에 드레스와 동일한 소재의 머리 장식, 드레스 색에 맞춰 직접 한 듯 보이는 메이크업이 수

수한 얼굴을 화려하게 만들어 작품의 완성도를 한층 더 높였다.

논타가 부엌 싱크대로 달렸다. 엄청난 속도로 비누 거품을 내어 손을 씻은 뒤 손수건으로 물기를 닦으며 루코에게 향한다. 시나와 이토도 뒤쫓는다. 덩달아 의자에서 일어선 다리는 움직이지 않고, 망설임은 손으로 옮겨져 자신의 팔꿈치를 끌어안는다. 결국 세 사람의 서포트를 받으며 소파로 걸어가는 루코의 뒷모습을 지켜본다. 손님으로 있는 것만으로 충분하다. 그들의 작품을 터치해도 되는 것은 소양을 갖춘 이의 손뿐이다.

꽃다발이 옮겨지듯 루코는 소파에 앉았다. 치사키도 문간에 도착했지만 이쪽은 도움이 필요 없어 보인다. 가느다란 실루엣의 자색을 띤 남색 드레스. 겹겹이 그라데이션이 드러난 강한 광택감을 자랑하는 옷감 위를 시스루 천이 밤안개처럼 떠돈다. 방 안으로 걸음을 옮길 때 은빛 구두가 살짝 얼굴을 내민다.

치사키는 루코와 친구들이 소파에서 열심히 이야기하는 것을 보고 나에게 눈짓을 보냈다.

"어때?"

"아" 하고 목소리가 떨렸다.

양쪽 귀에는 별 모양의 작은 귀걸이가, 눈꺼풀에는 아이

새도 글리터가 반짝인다.

"천재야. 치사키도 루코도."

"너무 과찬인데? 팔도 둔해지고, 기획하고 완성하기까지 8년이나 걸렸어."

"그렇게 오래됐어? 전혀 내색하지 않았잖아."

"숨겼지. 룸 쉐어는 한 10년 전부터이려나. 나는 직장 생활하느라 바빠서 아무것도 만들지 않았을 때고, 저쪽은 제작으로 먹고사는 것이 한계에 다다라서. 시나랑 셋이 술 마시러 갔다가 고주망태가 돼서 우리 집에 데리고 왔고 그렇게 눌러앉게 된 거지."

"일이 그 정도로 힘들었구나. 근데 10년 전쯤이라고 하면 루코는 1년에 몇 번씩 전시회 열었었잖아. 그거로 먹고살긴 어려운 거야?"

여섯 명 중 유일하게 작가를 생업으로 삼은 적이 있는 것이 루코였다. '사람 몸 위에 엮는다'라고 하는 테마로 만들어진 의복이라고도 입체 조형물이라고도 할 수 없는 작품은 나도 신체가 있던 시절 몇 번인가 보러 간 적이 있다. 개인전 오프닝 세리머니로 본인이 작품을 걸치는 퍼포먼스에는 특히 감명을 받아 밤늦게까지 기다렸다가 소감을 전했다. 루코가 많은 사람에게 둘러싸여 있던 터라 거의 이야기를 나눌 수 없었지만, 메이크업을 직접 한다고 알려준 것은 그때였다.

"돈 문제가 아니라, 저런 건 장소를 제공하는 사람 마음에 드는지 아닌지에 달린 거잖아. 불쾌하거나 불합리한 일을 당해도 견디기만 한 거지. 이상하게 참을성이 강한 부분이 있으니까."

"그렇구나. 어쩌면 그만두었다는 것은 도망갈 수 있었다는 말일지도 모르겠네."

"응. 제때 잘 그만뒀다고 생각해. 몸이 병들거나 제작에 트라우마가 생기지도 않았으니까."

루코가 다시 실을 뜨기 시작하고 두 사람이 각자 자신을 위한 드레스를 만들기로 결정하기까지의 과정을 치사키는 담담하게 말했다.

"만족스러운 작품이 완성되면 주변에 선보이고 동거 선언하자고 했어. 오랫동안 공중에 붕 뜬 느낌이었는데, 이제야 겨우 각오가 선 느낌이야. 아직도 가족이라기보다는 전우이지만."

"정보 인격이 되고 나서도 루코의 전시 정보는 가끔 확인했어. 갑자기 전시 소식이 끊겨서 왜 관뒀을까 생각했거든. 나도 제멋대로지. 사정도 모르고 말이야."

"밖에서는 알 수 없다니까. 코하도 얘기하자면 사연이 많잖아."

"다들 각자의 사정이 있을 거야. 안 한 말도, 할 수 없는 말도. 같은 방에서 안 지낸 지 20년이 넘었으니까.”

“아가씨의 몸으로 이런 말 하니까 상당히 이상한데? 이런 말투 별론가? 아, 맞다. 만져볼래? 모처럼이니까.”

겉은 블루 그레이의 소프트 망사였다. 손가락으로 옷감을 쓸어본다. 아주 가는 실을 얽어 만든 육각형이 피부와 망막에 전해진다. 오랫동안 시달려온 갈증이 풀린다.

“안쪽도 만져봐. 고급 새틴이야.”

치사키가 망사 천을 넘긴다. 벅찰 정도의 광택이 눈앞에 펼쳐졌다.

“오, 역시 드레이프. 그라데이션이 좋네. 깊은 바다나 밤 풍경 같아.”

“코하에게 색에 대해 칭찬을 받다니 영광이네. 염색은 공방 운영하는 지인한테 부탁했지만.”

“집에서는 아무래도 어렵지.”

걸쭉한 액체를 닮은, 차갑고 매끄러운 천과 즐겁게 논다. 교차점을 줄이고 한 방향으로 실을 길게 뜬 새틴 원단은 필라멘트실의 매끈한 감촉을 마음껏 즐길 수 있다. 조심스럽게 만지긴 했지만 가끔 손톱이 닿는 걸 느꼈다. 마찰이나 걸림에 약한 조직이다. 상처가 나면 광택이 손상된다.

─이제 됐어요. 충분합니다.

자신이 물질세계를 바꿀 수 있다는 것. 신선한 경외는 달

갑기도 했다. 영원히 이렇게 소재와 어울리고 싶다는 마음이 들 정도로. 하지만 쭈뼛쭈뼛한 손가락의 움직임은 답답하기도 하고, 그 얇은 종이 한 장 정도의 위화감에 사라져가던 내 몸의 기억이 어렴풋이 되살아났다.

손이 드레스를 떠나고, 굽혔던 허리가 펴진다.

"소재는 뭐야? 비단 아니지?"

"버섯으로 만든 합성 섬유야. 염색성도 비단만큼 좋대. 양산할 수 있게 된 것 같고, 요즘은 비단보다 싸. 광택을 내는 방법은 호불호가 갈리겠지만."

"파티라기보다는 강평회처럼 되어버렸네."

"모여서 와글와글 이야기하고 있으면 꼭 교수님이 나타날 것 같아."

"모시지 그랬어."

"아무래도 좀 어려운 분이라. 이제 연세가 많으시기도 하고."

"마음 편한 부분만 재현하는 거야?"

"그래, 쉬는 시간 한정."

"그래서 그런지 온통 그리운 것뿐이야. 즐거웠던 기억밖에 없어. 여기 올 수 있어서 다행이야."

치사키는 입가에 미소를 띠고 시선을 아래로 향한다. 미세한 빛이 눈꺼풀에 반짝인다.

"학생 때는 무서울 게 아무것도 없었지. 나도 다들 만나서 반가웠고, 보여줄 수 있어서 좋았어. 루코는 의욕이 너무 넘쳐서 걱정도 되긴 했는데, 그만큼 즐거움도 컸을 테고."

"혹시 무슨 일 있는 거 아니지?"

몸을 빌려서 모임에 참석하는 것을 상의할 때 루코는 가상 세계의 삶을 자세히 알고 싶어 했다. 호기심인 줄 알았는데, 무슨 사정이 있었던 것일까.

치사키가 내 어깨를 아주 가볍게 쓸었다. 친근한 행동에 도리어 거리감을 느꼈다.

"아무 일도 없어. 나도 루코도 건강하고, 일도 하고, 이렇게 파티를 열 정도의 돈도 있어. 순조롭게 지내고 있어. 자, 저쪽으로 가자."

소파 주변에서는 네 사람이 루코를 중심으로 평가의 장이라고 할 수 없을 듯한 부드러운 분위기로 토론을 펼치고 있었다.

논타가 드레스의 옷감을 어루만지며 확인하고, 이토가 디자인을 지적하고, 시나가 팔짱을 끼고 적극적으로 나선다. 루코가 겉감의 부속품을 보이며 대답한다. 치사키의 뒤를 따라 그쪽으로 걸어간다. 루코의 입술이 움직인다.

"두려워지네."

뚝 떨어진 말에 논타가 반응한다.

"갑자기 왜 그래. 피곤해?"

루코는 머리를 숙인 채 고개를 저었다.

"너무 즐거우면 뭔가 그렇잖아."

치사키가 바람을 일으키며 그녀들에게 향했다. 중심에 이르자 옷자락의 흐트러짐도 마다하지 않고 무릎을 구부렸다. 날실 뭉치를 다루듯 붉은 레이스로 수놓은 루코의 손을 잡는다. 그런 모습만으로도 두 사람이 함께해온 시간의 무게가 고스란히 전해진다.

"미안해. 아무것도 아니야."

루코는 멋쩍은 웃음을 지어 보였다. 만약 현실에서 도망치고 싶다면 말해주기를. 육체를 버리고 싶다고 상담을 요청해도 나로선 환영할 수 없다. 나는 스물아홉이라는 나이에 정보 인격이 되었다. 죽을병에 걸린 것도 아니었다. 사람들은 젊고 건강한데 왜 그런 선택을 하느냐고 물었고, 때로는 비난도 받았다. 그런 이유로 아직도 그 선택에 대해 절대적인 자신감을 갖지 못하고 있다. 가볍게 이쪽 세계로 오라고 할 수가 없다. 하지만 육체를 버리고 싶다고 진심으로 생각해본 적이 있는 사람으로서 공감할 수 있는 부분이 분명 있을 것이다.

치사키와 루코의 얼굴을 보고 싶지만, 나의 시선은 두 사람의 드레스 사이를 왔다 갔다 하고 있다. 그렇게 계속 보고 있지 않아도 된다고 말하려던 순간, 드레스를 집중해서 봐 달라고 한 것은 나였다는 사실을 깨닫는다. 그녀는 과할 정 도로 내 말을 따라주려고 하고 있었다.

그녀와의 대화가 날카롭게 되살아났다. 단 한 번 분노를 표출했던 장면. 뚜렷한 이유가 없으면 육체를 버리는 것은 추천하지 않는다고 가르치듯이 말을 해버렸다. 그녀의 사정 을 생각해보지도 않은 채.

어색한 침묵에 당황하는 그녀에게 말을 거는 대신 나는 내 목소리로 분위기를 풀어보기로 했다. 되도록 편안한 말 투로.

"상관없는 얘기 해도 돼?"

모두의 시선이 나에게 집중됐다. 최적이라고는 생각하지 않지만, 이야깃거리는 준비되어 있다.

"나는 본체…… 그러니까 정보화되어 있는 곳. 거기서는 민트 그린색을 입고 있어."

치사키가 과장되게 눈을 부릅뜬다.

"정말? 혹시 화면으로 불러내면 볼 수 있어?"

"그건 이토가 익숙할 거야."

"치사키랑 루코도 드레스 입었고, 코하 색깔까지 들어가 면 다 갖추어지네."

이렇게 말하면서 이토는 벌써 휴대폰을 꺼내고 있다.

"휴대폰 화면은 너무 작지 않아? 저기 모니터 있는데 못 써?"

시나의 손가락이 가리키는 앞쪽 벽면에는 대형 디스플레이 장치가 걸려 있었다.

"사용할 수 있을 거야. 뒷면에 설명서가 붙어 있어."

당당한 목소리로 응한 치사키는 어느새 루코 옆에 걸터앉아 있다.

"인터넷 연결해야겠지?"

"일단 전원부터 켜자."

"여기 있네. 이거 맞지? 설명서."

준비는 소란스럽게 진행된다. 카메라와 마이크를 대신할 이토의 휴대폰을 기모노에 꼽는 클립과 마스킹 테이프를 활용해 대형 디스플레이 상단에 고정했다.

─피곤하시죠? 잠시 떨어져 있을 테니 쉬고 계세요. 저쪽 의자라도 쓰세요.

그녀에게서 분리됐다. 1초도 안 되는 공백은 영원히 그곳에 갇히는 것 아닌가 싶을 정도로 공허하다. 반복할 때마다 내게서 뭔가가 떨어져 나가는 느낌이다.

익숙한 방에 나는 서 있다. 두 손을 눈앞에 갖다 댄다. 고유의 골격과 나이에 걸맞게 늘어진 피부가 있다. 모임 장소와는 영상 통화로 연결돼 있다.

"진짜 코하루네. 코하루 얼굴이 코하루인 게 오히려 신선한데?"

"그래도 어울려. 쌍고치실 감촉이 정말 좋아 보인다. 바느질도 탄탄한 느낌이고."

"어떻게 그 색을 발견한 거야? 코하가 시험 염색 여섯 번만에 겨우 만들어낸 색을 똑 닮았네."

"같이 작업하면 또 화내는 거 아니야? 색깔이 너무 다르다면서."

우리는 소리 내어 웃는다. 화면을 사이에 둔 탓에 떨어져 있다고 느끼지만, 빌린 몸에 들어가 있을 때보다 친밀하게 대화가 이루어진다.

육체를 빌렸다곤 하지만 처음 보는 사람을 친구로 대하기란 어려울 수밖에 없다. 그녀가 아무리 노력해도 나를 대신해 표정이나 제스처로 의사소통을 할 순 없다. 그런데도 친구들은 그녀의 몸에 겹쳐진 나를, 학창 시절부터 알고 지낸 단 한 사람의 나라야마 코하루로 받아주었다.

치사키가 비공개 메시지를 보내 왔다. '고맙다'라는 단 세 글자는 읽은 부분부터 차례로 먼지가 되어 날아간다. 무심코 손을 뻗는다. 손가락 끝도 함께 흩어질 것만 같다.

나를 강하게 의식한다. 정보가 되어 흩어지지 않도록 지키려는 듯이 자아라고 하는 작은 경계를 소중히 움켜쥔다.

사라지기 싫다. 무형의 정보로 돌아가기에는 아직, 나라는 존재에 대한 미련이 짙다.

"뒤에도 보여줘."

"안감도 붙어 있고 그래?"

"현실에도 똑같은 디자인을 파는 거야?"

학창 시절 공들여 옷을 입고 가면 자주 질문 공세가 펼쳐졌다. 태그가 없는 헌 옷의 소재를 고찰하거나 코트의 짜임새를 관찰하여 조직도를 만들며 놀곤 했다. 두 볼에 느껴지는 열이 진짜 혈액의 온기가 아닐지라도 내 기억이 불러낸 감각이라고 생각하면 조금은 사랑스럽다.

논타가 모니터 앞에 모두를 모아놓고 셀피를 찍는다. 휴대폰 화면 속 옛 친구들 뒤에 수줍은 얼굴을 한 가상 세계의 내가 찍혀 있다.

영상 통화가 끝나고 나는 빌린, 살아 있는 육체로 돌아왔다. 친구들의 목소리가 갑자기 멀어지고, 내 마음은 몸에 알맞은 평열에 안정된다. 그녀는 어두워지기 시작한 창문을 향해 의자를 놓고 등받이에 기대어 있다.

손가락 끝으로 기계 장치인 초커의 무늬를 따라 그린다. 반복하는 곡선과 수지의 질감. 시선은 바닥을 향하고 있다. 얻을 수 있는 정보는 풍부하지만 치우침이 있다. 그녀의 육체가 느끼는 모든 것, 그것만을 나는 느낀다. 주시점이 움직인다. 유리에 반사된 그녀의 모습이 뚜렷이 보인다. 지친 상태지만 확고한 실재감이 있는 몸.

자신에겐 아무것도 없다고 그녀는 말했지만, 그것은 아직 사용되지 않은 천이나 실처럼 다양한 미래가 있다는 것이 아닐까. 그녀는 바야흐로 육체를 통해, 경험을 통해 그녀가 되어가는 중인 것이다. 과거에 얻은 색깔을 추억하며 사는 나와 달리, 앞으로 다양한 색을 얻어가야 할 사람이다.

하루 종일 이어진 깊고 깊은 교제는 나를 바꿔 놓았다. 다시는 만나지 못한다 해도 그녀가 느끼고 내게 새겨진 지각은 소멸의 순간까지 사라지지 않으리라. 그렇기에 그녀가 나를 이 자리에 데려온 것도 결코 잊지 않을 것이다. 내가 사라질 때면 그녀의 눈을 통해 본 무한한 색깔도 바람이 되겠지.

* * *

내 안으로 나라야마 씨가 돌아온다.

오늘 하루 나는 평소에 보지 않는 것을 보고, 만지지 않는 것을 만졌다. 천의 촉감과 색, 옷과 신발에 관해 여러 가지를 배웠다. 그녀는 나의 몸뿐만 아니라 나라는 존재 자체를 아껴주었다. 내가 나라야마 씨에게 받은 것이 더 많지 않을까.

"저한테는 저 색깔 안 어울리겠죠?"

80

―제가 입었던 색을 말하는 건가요?

"사실은 저런 게 더 좋으셨죠?"

―당신에게는 조금 더 푸른빛이 강한 쪽이 조화로울 것 같아요. 다만, 당신에게 그 색이 어울렸다고 해도 나는 민트 그린을 선택하지 않았을 거예요.

"나라야마 씨의 몸이 아니면 의미가 없다는 말인가요?"

―아니요, 직접 보고 선택하고 싶었어요. 민트 계열이면 종류도 적은 데다가 미묘한 색감의 차이가 어울릴지 아닐지를 좌우하거든요. 반면 검은색은 색감이라는 것이 기본적으로 없고, 베이직한 컬러라서 종류도 많습니다. 선택지의 폭이 달라요.

그랬구나. 역시 나는 아무것도 모르는구나. 온화하고 정중한 나라야마 씨의 말이 내 마음을 따끔거리게 한다. 나는 마지막까지 몸을 빌려준 역할을 잘해내고 있다는 기분이 들지 않았다.

―친구들이 각자 입고 있는 색깔은 졸업 작품 제작에 들어가기 전 마지막 과제에서 사용한 색이에요. '나를 위한 옷 만들기'라는 주제였습니다. 자신에게 무엇이 어울릴지 잘 생각해보라고 교수님이 말씀하셨던 기억이 나네요. 그래서 저는 오늘 당신과 함께 의상을 골랐어요. 억지로 민트 그린을 사용하기보단 어울리는 옷을 입는 편이 본질에 가깝다고

생각했거든요.

"하지만 만약 나라야마 씨에게 몸이 있었다면 다른 색깔은 전혀 고려하지 않으셨겠지요."

나라야마 씨가 숨을 멈추고 천천히 길게 내쉬는 소리를 들었다. 잠시 생각에 잠긴 것 같았다.

—사실은 잘 몰랐어요. 당신이 내 몸이 된다는 것이 어떤 의미인지를요. 남의 모습 그대로 있으려 했고, 그래서 가벼운 마음으로 당신에게 어울리는 옷을 입어야겠다고 생각했죠. 하지만 실제로는 무시무시한 감각 정보에 농락당할 뿐이었습니다. 당신의 지각은 훌륭했지만, 한편으로 당신을 통해 무언가를 느낄수록 나 자신이 불확실해지는 것 같아 두려웠습니다. 뿔뿔이 흩어져 바람에 휩쓸려가는 것만 같아서. 아, 미안해요, 당신에게 할 말이 아닌데…….

목소리가 떨리면서 내 안에 녹아 들어갔다. 이명이 들렸다. 바람이 세차게 부는 것 같았다. 나라야마 씨가 사는 곳을, 나는 잘 상상할 수 없다.

—사라지고 싶지 않아.

혼잣말은 나에게도 아프다. 나라야마 씨는 몸이 절대적인 것처럼 말하지만, 나도 어제까지의 내가 아니다. 나라야마 씨를 좋아하고 특별하게 여기는 마음이 내 안에 섞여 들어왔다. 몸이 없어도, 내일부터는 만날 수 없어도 나에게는 친구보다 가까운 사람이 되어버렸다.

누군가가 "코하"라고 불렀다. 나는 생기 넘치는 미소로 모두에게 다가간다. 즐거운 표정을 지어주고 싶었다. 내 몸이 있어서 다행이라고 나라야마 씨가 생각해주면 좋겠다. 그녀가 나에게 해준 것에 비하면 턱없이 부족하고, 나라야마 씨의 두려워하는 마음을 어떻게 해줄 수도 없지만, 지금 몸을 대신해줄 수 있는 사람은 나뿐이니까.

걸음을 옮기자 검은 치마가 하늘하늘 흔들린다. 반투명한 천이 내 위에, 나라야마 씨 위에 흔들거린다.

손 안의 꽃 따위

한낮의 창가는 사정없이 밝았다. 유리 화병의 그림자가 레이스 무늬를 만들었고, 연분홍색과 크림색 생화 장미는 현실감을 해칠 정도로 완전무결하게 피어 있었다. 그 조화로운 꽃들 한가운데에 유카는 13세 9개월 된 손을 집어넣는다. 가시가 있다고 해도 14세 1개월 된 유카의 진짜 손은 상처를 입지 않는다. 현실에서는 혼자 방에 서서 허공에 손을 뻗고 있을 뿐이니까.

손가락 끝에 희미한 진동이 생기면서 꽃이 흐트러졌다. 지금 보이는 손에는 아무것도 없지만, 현실에서는 열 손가락의 손톱 뿌리 부근에 얇고 부드러운 소재의 링을 끼우고 있다. 그것들이 손가락 움직임을 가상 세계에서 재현해 약간의 진동으로 물건에 닿은 것을 알려준다. 다리의 움직임은 발목과 허벅지에 감은 밴드가 포착한다. VR 헤드셋이 눈과 귀가 되어주고, 고글 안팎에 달린 카메라로 표정도 캡처할 수 있다.

4개월 전에 만든 유카를 꼭 빼닮은 아바타는 육체를 버리고 이 세계에서 살아가는 사람들에게 자연스럽게 보이도록 움직인다. 그때와 달리 어느 정도 자랐을 키도, 어제 벌레에게 물려 세게 긁어서 생긴 상처도 반영되지 않은 몸이 얼마나 리얼한지는 몰라도.

할머니가 사는 집은 현실에 있는 집의 1층만 부분 스캔해 만들어졌다. 2층은 창고 상태였으니 필요 없을 거라고 얘기가 된 것이다. 계단이 있던 곳은 원래부터 그랬던 것처럼 벽으로 메워져 있다. 외관은 이층 건물인 상태로 둬도 괜찮은지 의문이지만, 유카에게 그에 관해 설명해주는 어른은 없었다.

사람이 살지 않게 되면서 스산해진 현실의 집과는 반대로 이곳은 언제나 변하지 않는다. 낡지 않고 정돈되어 있다.

"유카, 식사 준비 다 됐어."

뒤돌아보니 테이블에 앉은 할머니와 작은 화분을 손에 든 하야시가 유카를 쳐다보고 있었다. 하야시는 생활 지원을 위해 일주일에 5일 이 집에 파견되는 도우미다. 나이는 할머니와 엄마의 중간 정도로, 중병을 앓거나 육체의 수명에서 벗어나기 위해 옮겨 온 사람이 많은 이곳에서는 젊은

편에 속한다.

얼굴에 가득 띤 미소는 그녀가 자주 가져오는 파스텔 컬러의 카네이션이나 장미를 닮았다. 소곤소곤 작게 말할 수밖에 없는 유카의 감사 인사에도, 하야시는 한없이 온화한 표정을 짓고는 앞치마를 벗고 돌아갈 채비를 한다.

테이블을 손가락으로 가리키면 발을 움직이지 않고도 걷는 속도로 그곳에 접근할 수 있다. 흔들리는 머리 움직임은 계측된 유카 본인의 것이다. 시점의 이동에 따라 허벅지 근육이 무의식적으로 긴장한다. 처음에는 넘어질까 봐 무서웠다.

나무 의자를 끌어당긴다. 이것과 연결된 현실 세계의 작은 바퀴가 달린 학습 의자는 더 가벼워서 손에 느껴지는 움직임과 보이는 움직임이 어긋난다. 앉았을 때의 감각도 다르다. 그럴싸하게 보이기 위한 조정은 주로 가상 세계 주민들을 위한 것이기에 위화감은 오직 유카의 몫이다.

하야시가 준비한 점심은 케첩이 뿌려진 오므라이스와 오이와 토마토가 들어간 샐러드다. 접시와 작은 밥그릇, 곁들여진 숟가락과 포크는 할머니 집에서 익숙하게 사용했기 때문에 무게를 상상하기 쉽다.

마주 앉은 할머니가 "먹을까?"라고 말했다. 할머니의 시선은 어쩐지 멀게 느껴진다.

유카는 고개를 끄덕이고 숟가락을 들었다. **시늉**밖에 못하지만 할머니와 식사를 하기 위해 온 것이다. 휴일에 집에 머물 때는 조금이라도 오래 할머니와 지내고 싶은 마음이다. 하야시도 그래서 아이들이 좋아할 만한 메뉴를 고른 것이리라. 손자와 함께하는 시간에 즐거움을 더할 소품이 되리라고 생각하는 것이 틀림없었다.

"사람들과 소통하는 것, 특히 예전부터 사이가 좋았던 사람과의 대화가 재활에 가장 큰 도움이 됩니다." VR용 데이터를 채택하는 날, 담당의는 그렇게 말하며 웃어 보였다. 아이와 할머니의 아름다운 관계를 지켜보는 듯한 표정이 기억에 남았다. 직전에 엄마가 말한 "워낙 할머니를 잘 따르던 애라 할 수 있는 건 해드리고 싶어서"라는 대사와 함께 묶여서.

아무도 이전처럼 돌아가리라고 믿지 않는다. 부모님은 간병을 고민하지 않고 살 수 있어서 기뻐한다. 아들인 유카의 아빠조차 전화 통화로 충분하다며 아바타를 만들지 않았다.

할머니는 인격 정보화에 동의했다. 부모님에게 죄는 없다. 하지만 이행을 결정할 당시 할머니의 인지 기능은 권장되는 수준을 살짝 밑돌고 있었다. 뇌의 문제는 몸의 문제보다 직접적으로 인격에 영향을 미친다. 데이터를 조정해 고칠 수는 없다. 결국 천천히 시간을 들여 재활하면서 회복을 기다려야 한다. 기다린다고 해서 꼭 나아진다는 보장도 없다.

어떻게든 혼자서 생활은 가능하더라도 대화가 성립되지 않아 가족에게도 잊히는 정보 인격이 있다는 것 정도는 중학생도 알 수 있다. 사람과 어울리지 못하는 정보 인격은 소멸 속도가 빠르다고 한다. 여기서 말하는 '소멸'은 정보 인격에게는 죽음에 해당하며, 사람으로서의 정체성을 잃고 사라지는 현상을 말한다.

부모님이 "자녀는 계속 성장하기 때문에 아바타를 자주 갱신해야 좋습니다"라는 간호사의 말을 가볍게 흘려들은 이유는 할머니가 오래 살지 못할 것이라고 예상했기 때문이라고, 유카는 받아들였다. 앞으로의 지출까지 고려하지는 않았을 것이다. 처음에는 돈이 들더라도 오래 지속되지 않으면 할머니가 현실에 남겨둔 재산으로 감당할 수 있으니까.

"저는 이만 가보겠습니다."

하야시가 가방을 어깨에 걸치고 인사했다. 할머니는 빙그레 웃으며 화답한다.

"정말 고마워요. 다음에도 잘 부탁드릴게요."

정형문의 인사말은 언제나처럼 막힘이 없다. 마치 가지고 있는 카드 중에서 알맞은 것을 뽑아 내밀 듯 매번 같은 말을 한다.

"나 배웅하고 올게."

들고 있던 숟가락을 내려놓자 테이블 상판에 부딪혀 소

리를 낸다. 일어서면서 의자에 종아리가 닿는 것을 유카는 보았지만, 다리에 걷어차인 바퀴 달린 의자가 어디론가 굴 러갔는지 감촉이 느껴지지 않았다.

"응, 빨리 돌아와야 해. 모처럼 만든 음식이 식어버리면 안 되니까."

무언가 다르다고 유카는 생각했다. 하지만 뭐가 다른지 알 수 없었다. 목소리도 얼굴도 할머니였다. 충분히 할 수 있 는 말이기도 했다.

초등학교 5학년 여름방학부터 혼자서 할머니 집에 머무 르는 것이 장기 휴가의 연례행사가 되었다. 할머니와의 식 사는 늘 있었던 일이지만 다른 사람이 만든 요리를 먹어본 적은 없어서 이 장면에서 이루어진 대화의 정답은 알 길이 없다. 하지만 혼자서는 부엌에 서 있을 수 없었던 할머니가 담담하게 자신의 공간을 내어주는 모습은 위화감이 들었다.

할머니를 등지고 문을 가리켰다. 다가온 레버 핸들을 내 려 복도로 나간다. 하야시는 신발을 신는 중이었다.

"배웅해주는 거야? 고마워."

"아니에요. 저야말로 항상 감사하죠."

현관문이 열리고, 강한 햇빛이 하야시의 발밑을 적신다. 희뿌옇게 흩날리는 듯한 눈부심 속 짙고 또렷한 다리 그림 자가 떨어진다.

"와, 엄청 덥다. 나가기 싫어지네. 그럼 유카, 할머니께 인
사 전해드려."

역광 속 하야시에게 고개를 끄덕여 보인다.

바깥은 모르는 동네다. 현실 어디에도 없는 길이 뻗어 있
고, 그 사이에 모형을 놓은 듯 재현된 정든 집이 서 있다. 의
사는 유카에게 아직 할머니와 외출해서는 안 된다고 말했
다. 한 달에 한 번씩 하는 면담은 짧고 간단하다. 게다가 의
사가 유카의 상태에 대해서만 질문하는 탓에 할머니가 재활
목적으로 외출하기도 하는지 물어볼 수도 없었다. 함께 온
엄마는 대기실에 있어서 간섭받을 걱정도 없었는데 말이다.

문이 다시 닫힐 때쯤 한여름 골목의 풍경이 눈에 띄었다.
후덥지근한 아스팔트와 이웃집의 콘크리트 벽돌 담, 전신주.
이곳에 육체가 있다면 바깥에서 들어오는 열기를 느꼈겠지
만 피부에 닿는 것은 현실의 방 에어컨에서 나오는 인공적
인 바람뿐이었다.

거실로 돌아와 자리에 앉는다. 손을 모으고 나서 숟가락
을 집는다. 케첩을 넓게 펴 바르고 오므라이스 계란을 찢은
다음 입으로 옮긴다. 혀에 닿는 것은 공기뿐으로 마치 기술
로 구현한 소꿉놀이 같다. 이 시간을 진짜 현실처럼 보여주
기 위한 진지한 거짓말이 가끔 속이 텅 빈 놀이처럼 느껴진
다. 고개를 들자 할머니가 유카를 물끄러미 보고 있었다.

"안 좋은 일이라도 있었니?"

마치 이마에 손을 대며 진심으로 걱정하는 듯한 질문은 유카의 마음속 채워지지 않던 구멍을 꽉 메운다. 할머니인 사키코만이 언제나 유카가 듣고 싶은 말을 해주었다.

"나는 언제나 유카 편이니까."

말투도 표정도 완벽하게 사키코였다. 유카의 기억 속 모습 그대로다. 그녀가 몇 번이고 말해준, 이것만 있으면 힘을 낼 수 있다고 생각한 말이다. 앨범 속에서 조건에 맞는 사진을 꺼내 보여주는 것이나 다름없다고 해도 완전히 잃어버리는 것보다 훨씬 나았다.

"괜찮아. 할머니가 있으니까 나도 제대로 힘낼 수 있어. 오늘부터 여름방학이고⋯⋯. 그러니까 매일 올 수 있어."

"자고 가면 좋을 텐데."

할머니가 이 상황을 어디까지 알고 있는지 유카는 물어볼 수 없다. 자신에게 더 이상 몸이 없다는 것이나 유카가 사실은 여기에 없다는 것. 만져도 따뜻함을 느낄 수 없는 것. 미성년자인 유카가 VR에 접속할 수 있는 것은 한 번에 두 시간, 하루에 총 네 시간까지라는 것. 만약 자신이 가상 세계로 옮겨졌다는 사실을 기억하지 못한다면 모르는 편이 좋다. 예전처럼 살고 있다고 믿는 편이 낫다.

"안 돼. 숙제도 안 가져왔고 엄마도 할머니 힘들게 하지 말고 빨리 오래.”

“나는 괜찮은데, 아쉽다. 그럼 다음에 와서 자.”

“엄마를 설득하기 위해서라도 빨리 더 건강해져야 해.”

“그래”라고 되받아친 그녀의 미소가 흐릿해지자 유카는 도망치고 싶어진다.

안개 속에서 할머니를 끌어낼 사람은 자신밖에 없다. 서두르지 않으면 사라져버릴지도 모른다. 도망쳐봤자 현실에 마음 둘 곳은 없다. 하지만 혼자서 애쓰는 것은 숨 참고 달리는 일만큼 힘들었다.

＊ ＊ ＊

여름방학 둘째 날, 유카는 침대에서 굴러떨어질 것 같은 느낌에 눈을 떴다. 온몸이 땀에 젖어 있었다. 낮 동안 시원해졌다고 에어컨을 끄고 잔 것이 실수였다. 베이지색 커튼 사이로 비치는 햇살을 보니 정오가 다 되었고, 오늘도 지긋지긋할 정도로 맑은 날임을 알 수 있었다. 매미 울음소리가 유리창을 뚫고 귓가에 도달했다.

커튼을 치고 침대에서 내려왔다. 목덜미에 달라붙는 머리를 뭉뚱그려 고무줄로 묶었다. 미지근한 바닥이 발바닥에 달라붙어 끈적거린다. 1층 계단 중간에 있는 벽에 기대어 잠시 숨을 들이쉰다. 문이 닫혀 있는 집 안의 공기는 무겁다.

거실에 들어서자 갑자기 시원해지면서 여름 냄새가 난다. 강한 자외선 차단제와 시트러스 계열 향수, 파우더 파운데이션. 소파에 몸을 맡긴 엄마가 휴대폰 화면을 보다가 고개를 든다. 해바라기 무늬 원피스 차림에 챙이 넓은 모자를 옆에 두고 있다.

"유카, 일어났니? 마침 잘됐다. 엄마 이제 막 나가려던 참이었어. 아침이라기보단 점심이려나. 어쨌든 빵이랑 샐러드 있으니까 알아서 챙겨 먹어."

엄마는 막힘없이 말한다. 오늘 만나 식사하기로 한 두 사람은 유카 동창의 어머니였지만, 그 딸들과 유카는 친한 사이는 아니었다. 유카는 학교에서 실제로 그녀들을 겪기보다 엄마에게 근황을 전해 듣곤 했다.

"너는 할머니한테 갈 거니? 안부 전해드리고 다시 전화하겠다고 말해줘. 그럼 엄마 나갈게. 혹시 외출할 거면 에어컨 끄고, 문단속 잘하고."

모자를 한 손에 들고 소파에서 일어난 엄마가 유카의 머리카락을 가볍게 만지며 여름방학 중에 자르는 게 좋겠다고 중얼거린다. 엄마가 일하는 남쪽 섬을 떠올리게 하는 인테리어의 미용실은 질색이지만, 다른 곳에 가고 싶다고는 말하기 어렵다.

일주일에 한 번뿐인 휴일에 엄마는 꼭 일정을 잡는다. 흔치 않은 연휴에는 가족 여행을 계획하고 싶어 하고, 엄마가 권유하면 아빠도 기꺼이 휴가를 낸다. 오빠와 여동생도 학교를 쉬고 놀러 가는 데 거부감이 없는 듯했다. 유카는 가족들과 잘 어우러지지 못했다. 사람을 대하는 것이 무섭고, 수업에 뒤처질까 봐 두려웠으며, 쉬는 날 밖에서 지내면 즐거움보다 피곤함이 더 컸다.

엄마가 나가는 소리가 들리자 유카는 냉장고를 열어 랩으로 싸인 샐러드 그릇을 집어 든다. 드레싱은 플라스틱 상자에 담긴 작은 봉지 중에서 적당히 선택했다. 생채소에는 마요네즈밖에 넣지 않는 아빠가 남겨놓은 샐러드에 딸린 드레싱이 충분히 쌓여 있었다.

쿵, 하고 냉장고 문이 닫힌다. 유카는 가족 중에서 가장 소리를 내지 않는다. 냉장고 돌아가는 소리가 크게 들린다. 고등학교 1학년인 오빠는 학원, 초등학교 4학년인 여동생은 친구네 집에 가 있었고, 집은 빈껍데기나 다름없었다.

작년 말 할머니가 쓰러지고 나서는 혼자서 집을 지키는 일이 늘었다. 할머니 집에서 지내곤 했던 몇 년 사이에 가족은 유카를 홀로 내버려두는 일에 익숙해졌고, 유카도 집에 있고 싶다고 말할 수 있게 되었다.

할머니는 유카에게 곧잘 어른이 되면 지금보다 편해질

것이라고 말했다. 그 의미를 최근에는 왠지 모르게 알 것 같았다. 어릴 때보다 부모님의 기대가 줄어들었다. 스스로 할 수 있는 일이 늘어나면 그만큼 부모에게 의지하지 않아도 된다.

어서 빨리 중학교, 고등학교도 졸업하고 집에서 멀리 벗어나 마음대로 살고 싶었다. 할머니와 떨어지게 되는 것이 고민이었지만, 이제 어디에 있든 상관없다. 가상 세계는 현실의 어느 곳에서든 똑같이 가깝고, 똑같이 떨어져 있다.

에어컨을 끄고 상추와 햄 샐러드를 묵묵히 씹고 구워진 빵을 그대로 먹는다. 엄마 냄새가 남아 있다. 가족이 생활한 기운이 감돌고 있다. 유카는 재촉하듯 샐러드 그릇과 포크를 씻었다.

방으로 돌아가기 전 북향의 다다미방에 들른다. 벽장 문 앞에 쌓인 반투명 옷 보관함이 할머니 집에서 가져온 불단과 부조화를 이루고 있었다.

혼자 있을 때는 향을 피우지 말라고 했기에 유카는 경쇠만 울리고 짧게 손을 모았다. 할머니가 있는 곳에서는 매일 아침 향을 피웠고, 이 집에 와서도 변함없이 인사는 하기로 결정했다. 할머니와 보낸 일상의, 현실에 몇 남지 않은 조각이니까.

불단 아래 수납장에는 유골함이 하나 들어 있다. 할머니의 것이다. 마음을 빼낸 신체를 태우는 일은 기묘했다. 다시는 움직이지 않을 사람의 몸과 관과 화장터. 장례식 그 자체인데도 불행하지 않다는 것을 증명하듯 온 가족이 밝은색 옷을 입었고, 상복을 입은 사람들의 시선이 집중됐다. 죽지는 않았으니 슬퍼할 일이 아니다. 사람으로서 존재 방식이 바뀌었을 뿐. 그렇다면 남겨진 뼈에 대한 적절한 취급은 무엇일까.

유카의 방은 남동향으로, 정오가 되기 전에는 레이스 커튼을 치고 있어도 햇빛 때문에 피부가 따갑다. 얼굴을 찡그리며 창문을 열고 바람을 들인다. 매미 소리가 시끄럽다. 환기하는 5분 동안 침대에 멍하니 앉아 있는다. 짓눌릴 것 같은 더위다. 식었던 땀이 다시 피부를 타고 흐른다.

엄마는 공기가 탁하다며 화를 내지만, 주인이 없어 창문이 닫혀 있을 때가 많은 다른 방보다 훨씬 공기가 순환하고 있을 터였다. 엄마가 신경 쓰는 것은 결국 유카의 폐쇄적인 태도다. 일단 복도에 나와 코를 순응시킨 뒤 자신의 방 냄새를 확인하고 에어컨을 켠다.

숙제를 하루에 목표한 만큼 해치우고 나니 12시가 넘어가고 있었다. 하야시가 점심 준비를 마칠 무렵이다. 책상 서랍에서 VR 세트를 꺼내 손발 컨트롤러와 헤드셋을 장착한다. 무음과 어둠이 유카를 감쌌다.

VR 기기가 가동되고 로그인. 할머니 집 현관문이 나타난다. 손에는 열쇠가 들려 있다. 햇빛이 비치고 있다는 증거로 현관 포치에서 문에 걸쳐 유카의 그림자가 깔려 있었다. 엄밀히 말하면 여기는 아직 가상의 거리가 아니라 대기실 같은 장소인데, 환경 설정은 가상 세계의 현관 앞과 같다.

할머니와 하야시는 부엌에 있었다. 말소리와 조심스럽게 웃는 소리가 들린다. 할머니는 작은 접시에 냄비 안 내용물을 덜어서 맛을 보고 있다. 재료는 거의 냄비나 프라이팬에 들어간 뒤라 멀리서 무엇을 만드는지 짐작할 수 없었다. 향을 맡을 수 있으면 눈을 감아도 알 수 있을 텐데.

하야시가 유카의 존재를 알아차렸다.

"거의 다 됐으니 앉아 있어."

하야시가 준비한 메뉴는 햄버그스테이크로 시금치와 옥수수, 별 모양으로 자른 당근이 곁들여져 있었다. 당근을 자르고 남은 자투리가 햄버그스테이크에 섞여 반죽되어 있는 것이 보인다. 항상 생각하지만 하야시의 요리는 매우 올바른 느낌이다.

유카는 가장 먼저 할머니가 만들었다는 두부와 미역을 넣은 된장국을 입으로 가져갔다. 할머니가 건강하던 시절 매일 아침 식탁에 올라오던 것과 똑같은 생김새다. 기억을 더듬으며 소중히 국그릇을 기울인다.

"어때? 오랜만이라 맛이 잘 안 잡히네."

"맛있어."

물론 거짓말이다. 맛도 향기도 유카에게는 느껴지지 않는다. 예전과 맛이 똑같다고 말할 수 없다. 좀 다르다고 하더라도 함께 방법을 고민할 수도 없다. 된장국에 시선을 떨어뜨린 채 미소를 짓는다.

"할머니가 요리를 할 수 있을 정도로 건강해져서 정말 기뻐."

"제법 어른인 척 말하네."

"저도 맛보았는데 맛있었어요. 옆에서 요리하는 것도 정말 재미있고. 다음에 또 같이해요."

돌아갈 채비를 마친 하야시가 말을 건다. 두 사람이 보기에 불완전한 존재는 유카다. 하야시는 된장국의 맛을 느낄 수 있다. 맛있다는 한마디만으로도 진심이라는 게 느껴진다. 아마 조언도 할 수 있으리라.

할머니와 유카가 공유하는 감각은 너무도 적었다. 만약 아직 할머니가 자신과 유카가 다르다는 사실을 인식하지 못하는 것이라면, 외로움을 떠맡는 사람은 자기 하나만으로 족하다고 유카는 생각했다.

유카는 기계적으로 젓가락을 입가로 가져간다. 자신의 동작에 따라 줄어드는 음식도, 현실과 흡사한 장면도 할머니와 다른 세계를 살고 있다는 사실 앞에서는 공허할 뿐이다.

맞을 음미할 수 없으니 빨리 먹어 치운 다음 빈 접시를 앞에 두고 할머니가 식사하는 모습을 바라본다. 정신을 차리면 틀린 그림을 찾듯 이전과 다른 부분을 찾고 있다. 말로 할 수 있는 차이를 찾은 적은 거의 없다.

설거지는 유카의 몫이다. 괜찮다고 하는데도 할머니는 행주를 들고 한쪽에 선다. 걸음걸이는 느리지만 고질적이었던 몸의 통증은 대부분 사라졌다고 한다. 신체 기능 회복은 디지털 이민의 가장 큰 장점으로 꼽힌다. 정신적 부담이 되는 급격한 변화는 피하고 안전한 범위 내에서 신속하게 건강을 되찾는다. 정말로 육체가 있는 것은 아니니 굳이 불필요한 통증을 계산하지 않아도 된다. 움직이지 않던 부분도 움직이게 바꿔버리면 그만이다. 그런 까닭으로 머릿속의 문제가 남는다. 몸이 건강해 보이기 때문에 '할 수 없다'라는 말을 좀처럼 받아들이기 어렵다.

유카는 차를 우리고는 테이블로 돌아와 할머니에게 말을 건다. 여름방학 전에 학교에서 있었던 일, 숙제, 가족에 관한 일. 전화하겠다는 엄마의 말도 잊지 않고 전했다. 할머니는 고개를 끄덕이며 듣는다. 맞장구를 칠 뿐, 먼저 화제를 꺼내는 일은 없다. 화젯거리는 금방 다 떨어지고 어쩔 수 없이 텔레비전을 켠다. '우와' 하고 목소리가 퍼진다. 오후의 와이드

쇼가 화려한 자막으로 떠들썩하다. 현실과 동일한 프로그램이 방송되는 텔레비전을 할머니는 멍하니 바라본다.

예전 같으면 이렇게 시간을 보낸다는 건 상상조차 할 수 없다. 할머니도 유카도 서로 이야기하고 싶은 일들이 있었고, 이야기할 것이 없으면 조용히 지내도 충분했다. 할머니가 친구와 통화하는 동안 유카는 참고서를 넘기기도 하고, 유카가 책을 읽고 있으면 옆에서 할머니가 십자말풀이를 풀기도 했다.

예전에는 2층에 오래된 책들이 가득 쌓여 있어서 자주 빌리곤 했다. 몇십 년이나 읽지 않은 책도 할머니는 내용을 정확하게 기억했고, 서로 감상을 나눌 수 있었다.

종이책은 이쪽 세계로 옮기지 않았다. 유카가 50권 정도 물려받았고, 나머지는 처분될 예정이라서 책 이야기는 하지 않게 되었다. 몸과 함께 잃어버리게 된 것에 대해 말하기가 두려웠다.

현실에서 이토록 많은 것을 가슴에 간직한 채 할머니와 만난 적은 없었다. 아이다움을 요구하지 않는 단 한 사람이었기에 막연한 불안감이나, 다른 곳에서는 입에 담을 수 없는 불만을 얼마든지 말할 수 있었다. 괴로움을 부정하거나 현재 상황을 너무 긍정하지도 않았다. 그렇게 말하고 나면 가슴에 맺힌 것이 풀리고 작아져서 다음 날엔 고민을 잠시

나마 잊을 수 있었다.

시간과 공간을 함께하는 것만으로도 안심할 수 있었다. 풍부한 지식과 총명함에 그저 기대기만 하면 되었다. 유카는 할머니에게 보호받고 있었고, 해야 할 일 따위는 아무것도 없었다.

하지만 지금은 그렇지 않다. 제한된 시간 속에서 충실하게 관계를 맺어야만 한다. 빨리 그녀가 마음의 작용을 되찾도록 이번에는 유카가 할머니를 지킬 차례다.

숨이 막혀 타이머를 불러온다. 시야에 겹쳐 표시된 남은 시간은 한 시간 이상이다. 그런데 한계에 다다랐다.

"이제 슬슬 돌아가려고."

"벌써?"

"중학생은 생각보다 바빠. 시험도 신경 써야 하고."

"너무 무리하지 말고."

"고마워. 내일도 할머니 있는 곳으로 쉬러 올게."

찻잔을 씻어 놓은 뒤 거실에 할머니를 남기고 복도로 나갔다. 실체가 없는 신발을 신고 문을 나선다. 현실로 돌아갈 때는 오른손의 엄지와 약지를 두 번 문지른 후에 문을 열게 되어 있다. 그때 순간적으로 아주 살짝 공기의 밀도가 달라진 것을 감지했다. 유카는 누군가 현실의 집 현관문을 열고 닫았음을 알아챘다. 아빠와 오빠는 아니다. 여동생이라고 하기엔 시간이 이르다. 엄마라면, 이 시간에 집으로 돌아왔다면 친구들을 데려왔을 가능성이 높았다.

시각에 사로잡히지 않도록 눈을 감았다. 가만히 서서 피부 감각을 곤두세웠다. 다시 공기가 흔들렸다. 엄마와 친구들의 시끄러운 대화 소리를 상상했다. 오늘 그녀가 만나기로 한 사람은 유카 동급생의 어머니들이다. 마주치지 않으려면 돌아가서도 방에서 숨을 죽이고 있을 수밖에 없다.

로그아웃을 하지 않은 채 문고리를 잡았다. 아직 시간은 남아 있다. 현실과 분리된 세계로 도망쳐도 좋을 것이다. 할머니와 밖에 나가지 말라는 말만 들었을 뿐 유카의 행동이 제한받은 적은 없다. 할머니를 만나서 이야기하는 것이 목적이었으니 지금까지 혼자서 거리를 돌아다닐 생각을 못 했을 뿐. 주머니에 든 열쇠를 처음으로 문을 잠그기 위해 사용한다. 접속을 끊을 때는 현관의 바깥쪽을 볼 일도 없었던 것이다.

골목으로 나가 좌우를 살폈다. 양쪽에 개성 없는 집들이 늘어서 있다. 유카는 무작정 왼쪽으로 돌아 가급적 먼 곳을 손가락으로 가리키며 아바타를 걷게 한다. 햇살이 비쳐 아스팔트가 반짝인다. 태양은 집과 전봇대를 선명하게 부각시키고, 올려다보면 지겨울 정도로 푸른 하늘이 있다.

할머니 집에서 지내며 가상 세계가 익숙해졌다고는 하지

만 야외나 장거리를 걸어본 경험은 없었다. 눈에 보이는 풍경과 실제로 느껴지는 온도의 격차로 혼란스러웠다.

10분 정도 걸으며 작은 상점가에 다다랐을 때는 꽤 지쳐 있었다. 카페와 베이커리, 잡화점 등 개인 상점이 늘어선, 차는 지나갈 수 없을 것 같은 좁은 거리다. 가로등에 부착된 감색 깃발에는 분홍색 글씨로 '사쿠라 거리 상점가'라고 쓰여 있다. 분명 와봤을 리가 없는데 어디선가 본 듯한 풍경이었다. 오래된 시대의 분위기를 간직한 상점가였다.

장을 보거나 서서 이야기를 나누는 사람들은 대부분 노인이다. 그들의 움직임이 그다지 불편해 보이지 않아서 멀리서는 나이를 가늠하지 못했다. 나이 든 사람이라는 인상은 대부분 병이나 통증 때문에 만들어지는지도 모른다.

걷다 보니 여러 사람의 목소리가 귓가를 스친다.

"덥네."

"저기, 이 케이크가……."

"……씨랑 다음에 봐요."

"아, 냄새 좋네."

아무리 현실처럼 보이고 들려도, 유카는 여기에 살아 있지 않다. 육체와 함께 도망쳐 올 수 없다. 외지인으로서 짧게 머물다 갈 뿐이다.

전봇대 뒤에 주저앉았다. 아스팔트처럼 보이는 바닥이 손바닥과 엉덩이를 받치고 있다. 소름이 돋는 것을 느꼈지만, 시각상으로는 무릎을 안은 팔에 땀방울이 맺혀 있었다. 얼굴을 파묻자 마른 팔에 차가운 고글이 닿았다.

"저기요?"

갑자기 가까이서 들리는 목소리에 유카는 고개를 들었다. 짧은 회색 머리의 여성이 몸을 숙여 상황을 살피고 있었다. 검버섯과 주름이 보이는 늙은 얼굴. 이 세계에서는 주류라고 할 수 있는 연령대일 것이다. 유카를 배려하는 표정에서 쾌활함이 엿보였고 할머니보다는 젊어 보였다. 숨결이 닿을 듯 가까웠기 때문에 순간적으로 뒷걸음질 쳤지만, 몸의 움직임과 달리 시점은 거의 변화가 없었다. 뒤에 담이라도 있나 보다.

"이런, 미안해요."

그녀는 쓴웃음을 지으며 빙글빙글 몸을 돌려 유카 옆에 앉았다.

"혹시 제가 도와드릴 일이 있을까요?"

"아니요. 괜찮아요. 잘 돌아갈 수 있어요."

"같이 온 사람은 없나요? 꽤 젊어 보이는데…… 분명히 누군가를 만나러 오셨겠죠."

아이라는 것을 '젊다'라고 에둘러 표현하고 있다. 아무리 봐도 유카는 인격의 정보화가 허용되지 않는 나이였다. 그녀도 가족을 위한 VR 면회 서비스를 알고 있는 듯했다.

"저만 집에서 나왔어요."

"가족이 걱정하지 않을까요?"

"안 해요. 제가 집으로 돌아왔다고 생각할 테니까."

"하지만 이대로 돌아가고 싶지 않았다는 말인가요?"

사실만을 늘어놓는 식으로 그녀는 말한다. 밝은 말투에 유카도 기분이 나아졌다.

"시간이 얼마나 남았죠?"

유카는 낯선 상대에게 어디까지 말해야 할지 망설이면서도 "40분 정도"라고 대답한다.

"돌아가는 건 꼭 집에서 하지 않아도 괜찮은 건가요?"

"문 같은 게 있으면요. 사람이 잘 안 다녀서 저쪽 세계가 들여다보이지 않는다면 어디든 상관없어요."

"그렇군요. 그래서 40분 더 이쪽 세계에 머물고 싶어요?"

떨리는 것처럼 유카는 고개를 끄덕인다.

"그럼 우리 집에 들렀다 가면 어때요? 단 5분이면 도착합니다. 문은 현관에서든, 방에서든 마음대로 사용하세요."

"네, 갈게요."

목소리가 제멋대로 나왔다. 바로 답한 것에 스스로 깜짝 놀라고 있는데, 먼저 일어난 그녀가 손을 내밀었다. 유카도 무심코 응할 뻔했다.

“도움을 받긴 어려울 것 같아요.”

“아, 맞네요. 깜빡했어요.”

현실의 몸에 정보 인격이 간섭할 순 없다. 유카는 손을 짚고 바닥에서 일어났다. 아스팔트 길 위에서 그녀와 시선이 마주쳤다.

“우시오다 미나토라고 합니다.”

“우시오다 씨.”

“미나토라고 불러주세요.”

“미나토 씨.”

“고마워요. 그럼 가볼까요?”

사람을 따라가는 명령을 처음 사용했는데, 다행히 잘 기능했다. 미나토는 쇼핑백을 흔들며 걸었다. 할머니와 자주 들렀던 슈퍼 가는 길이 생각났다. 헤매지 않는 길을 걸을 때의 편안함과 함께.

저쪽에서 오는 유카 엄마와 비슷한 나이대의 여성을 향해 미나토가 손을 흔들었다. 그녀는 가볍게 인사를 하고는 안타까운 표정으로 유카를 보았지만, 곧바로 예의 바르게 무관심한 척하며 눈을 돌렸다.

“코하루 씨, 어디 나가요?”

“미팅이 있어서요.”

“바쁘구나. 우리 집에 저녁 먹으러 올래요? 생선 요리 하려고 하는데."

"오늘 밤은 개인적으로 통화할 일이 있어서요."

"혹시 친구와?"

질문을 받은 그녀는 경계심 없는 미소를 짓는다.

"금방 쓸데없는 이야기로 넘어가버려서 정작 중요한 이야기를 못 하게 되더라고요. 아마 또 예정 시간을 넘길 거 같네요."

"좋잖아요. 재밌겠네."

두 사람은 슬그머니 헤어진다. 그녀는 살짝 고개를 숙이고 산뜻하게 유카 옆을 지나간다.

혹시 누구든 상관없이 사람을 집으로 초대하고 싶은 것일까. 유카는 약간의 불안과 불만스러움을 느꼈다. 이상한 사람일지도 모른다는 생각이 머리를 스쳤다. 유카가 아니더라도 근처에 초대할 만한 상대를 찾고 있었을지도.

미나토가 유카의 눈동자를 똑바로, 부드럽게 들여다보았다.

"저 사람도 자주 놀러 와요. 나는 우리 집이 시끌벅적한 게 좋거든요."

"사람을 부르고 싶어서 저에게도 말을 걸었나요?"

"곤란해 보였거든요. 우리 집에 와준다면 저는 기쁘겠지만, 돌아가고 싶으면 지금이라도 보내줄게요. 우리 집에 가기 좀 그렇다면 상가에 있는 가게를 보러 가도 되고요."

유카가 고개를 저었다.

"가보고 싶어요. 집에."

도움의 손길을 받아들이지 않을 수 없을 정도로 불안했던 것이다.

알겠다고 말하고 미나토는 돌아섰다. 일부러 간격을 두는 듯한 걸음걸이. 유카는 그녀의 뒤를 쫓는다. 계산된 자연스러움과 일정한 거리를 유지한 채.

상가를 벗어나자 다시 주택가가 나왔다. 미나토는 옅은 회색의 거친 돌을 쌓아 올린 담이 둘러싼, 금속제 검은 포도 덩굴 모양의 문이 달린 단층집 앞에서 멈춰 섰다. 낡아 보이는 담장은 군데군데 짙은 녹색의 이끼가 끼어 있다. 그 너머로 들여다보이는 것은 나무로 된 대들보와 기둥, 회반죽으로 마감한 벽면과 테라코타의 기와지붕이다.

집 왼쪽에는 미모사 아카시아가 은빛을 띤 깃털 모양의 잎을, 오른쪽에는 프락시누스 그리피티가 얇고 광택이 나는 시원하고 무성한 잎을 자랑하고 있었다.

미나토가 문을 열었다. 현관 앞 공간에 깔린 조약돌 위를 산뜻하게 걸어가서는 짙은 갈색 나무 문을 잡아당겼다. 어두운 복도 끝에 푸른 빛을 띤 커튼이 없는 작은 창문이 보였다.

"잠그지 않았어요?"

"이곳에 도둑 따윈 없으니까요."

영화처럼 어깨를 으쓱하고 미나토는 신발을 벗었다.

"슬리퍼 신을까요?"

"아, 편하신 대로 하세요."

"그럼 번거로우시지 않게 이대로 올라가겠습니다."

미나토가 안내한 곳은 개방적인 다이닝 키친이었다. 정원을 마주한 벽에는 크고 작은 다양한 창문이 무작위로 트여 있다. 흰색 벽과 어우러져 마치 갤러리를 연상케 한다. 창가에는 짙고 옅은 녹색과 새빨간색 샐비어 화분, 진분홍색 작은 꽃이 둥실둥실 피어난 백일홍의 가지, 커다란 꽃송이가 달린 해바라기 등이 다채로운 색을 더한다.

바닥재는 어두운색으로, 창문의 빛이 비칠 정도로 윤이 난다. 방 중앙에는 붉은 목재로 된, 열 명 정도는 거뜬히 사용할 법한 테이블이 의자와 세트로 여유롭게 놓여 있었다.

흰색 바탕에 파란색 풀꽃 모양 타일로 장식된 조리대 앞에는 두 사람이 서 있다. 꽤 젊다. 20대 중반쯤일까. 짙은 보랏빛 슬리퍼를 신고 나란히 붙어 있는데, 키가 머리 하나 정도 차이가 난다. 둘 다 뒤로 머리를 묶고 있다. 키가 큰 쪽은 검은 생머리로, 먹물을 듬뿍 적신 붓을 연상시킨다. 앞치마 끈이 교차하는 등은 넓고 청바지를 입은 다리는 길다.

키가 작은 사람은 밝은색 곱슬머리로 묶은 머리카락 끝

이 여기저기로 자유분방하게 뻗어 있다. 헐렁한 티셔츠에 반바지 차림으로, 가는 팔꿈치와 민첩해 보이는 다리가 드러나 있다.

"저 왔어요. 말씀한 것들 사 왔어요. 남은 건 냉장고에 넣어주세요."

미나토가 쇼핑백을 테이블에 올려놓는다. 키 작은 사람이 요리용 긴 젓가락을 쥔 채 돌아섰다. 부드러운 곡선을 그리는 얼굴의 윤곽, 매끄러운 흰색 피부, 작고 통통한 입술, 무엇보다 호박색 눈에 담긴 강한 눈빛. 유카는 무심코 미나토의 뒤에 숨는다. 상대는 유카를 신경 쓰는 기색도 없었는데 말이다.

"고생했어요, 미나토. 감사해요."

달콤하고 진한 목소리. 키 작은 사람의 앞치마를 끌어당기고는 귓가에 뭐라고 속삭인다. 그는 등을 돌린 채 맑고 고운 음성으로 미나토에게 감사 인사를 했다.

미나토는 유카에게 따라오라는 신호를 보내고, 창문이 가득한 벽으로 향한다. 바닥과 이어진 세로로 긴 창문이 정원으로 통하는 문이었다.

정원에 놓인 슬립온 슈즈를 신고 잔디밭으로 간다. 잔디 주변을 온갖 색으로 수놓인 화단이 둘러싸고, 그 안쪽에는 다양한 종류의 수목이 배치되어 있다. 지금 피어 있는 것은 백일홍뿐이고, 다른 나무들은 푸른 잎만 드러내고 있을 뿐이지만, 계절이 오면 저마다 꽃과 단풍이 아름답게 필 것이다.

매미 소리가 들려왔다. 참매미와 유지매미의 합창에 애매미가 돌림노래를 하느라 바쁘다.

"저 사람들도 손님인가요?"

"맞아요. 이곳으로 이사한 지 얼마 안 된 친구예요."

"이 집에 사는 것처럼 보이던데."

"그럴지도요. 자고 가지는 않는데 이상하죠."

유카는 어안이 벙벙해서 아무 말도 할 수 없었다. 별난 취미를 가진 사람이다. 남에게 부엌을 빌려주고, 장도 대신 봐주고, 돌아오는 길에는 다른 아이까지 주워 온다. 유카는 아바타이기 때문에 이 세계에 실재하는 것은 아니지만.

낯선 상대에게 말을 걸 정도니까 사교적인 성격임은 분명하다. 그렇다고 해도 미나토가 풍기는 분위기는 유카의 가족이나 그 친구들과는 달랐다. 무례하지 않다. 유카를 억지로 자기들 쪽으로 끌고 가려고 하지 않는다. 미나토의 목적은 무엇일까?

"산책하지 않을래요?"

나무숲 사이로 바닥이 돌로 뒤덮인 오솔길이 시야에 들어왔다. 미나토를 따라가다 보니 어느새 발밑의 풀은 키가 커지고 주위는 울창해졌다.

“이 정원은 미나토 씨가 돌보고 있나요?”

“이 주변은 전문가에게 맡겼고, 저는 집 근처 화단과 텃밭만 관리해요. 그렇다곤 해도 대부분 방치해놓고 있어요. 현실의 식물보다 얌전하니까요.”

“흐트러진 상태가 더 좋은 것처럼 말하시네요.”

“그게 더 재밌잖아요. 생물 같고.”

“……저는 재미있는 사람이 아니에요.”

누군가에게 어떤 자극을 바란다면, 유카는 그 상대로 적합하지 않다. 의사소통은 서툴고, 특기도 취미도 없는 내성적인 중학생일 뿐이다.

미나토가 걸음을 멈추자 유카도 멈추었다.

“자기를 재미있다고 믿는 사람이 오히려 재미없지 않나요?”

아주 진지하게 말한 후 검지를 턱에 대고 고개를 갸우뚱한다.

“아니, 이렇게 말하는 것도 잘못됐네요. 딱히 재미를 찾고 있지는 않으니까요. 당신한테 뭔가 해주고 싶었다고 말하기도 좀 주제넘은 것 같고. 그저 이 정원을 보러 오길 바랐을지도 몰라요.”

미나토의 얼굴과 목소리에는 아직 망설임이 남아 있다. 유카가 생각하는 어른이란, 더욱 흔들림 없는 인간이었다.

아이 앞에서는 확실한 답을 아는 듯한 얼굴을 하고, 자신의 생각이나 판단을 의심하지 않는 사람.

"자랑하고 싶은 것 이해해요. 그 마음도 매우 클 거 같고요."

"확실히 크기만은 엄청납니다."

"또 와도 돼요? 여기를 걷다 보면 건강해질 것 같아서요."

"마치 제가 그 말을 유도한 것 같네요."

미나토는 시선을 돌렸다. 그러고 나서 곧바로 재차 유카에게 친밀감이 담긴 눈빛을 보냈다.

"그 말만으로도 충분하니까 오늘은 약속하지 말죠. 문은 항상 열려 있어요. 그러니 기분이 내킬 때 언제든 놀러 오세요."

"네, 꼭 그럴게요. 조만간에."

유카는 미나토를 앞지른다. 스스로 앞으로 나아가면 이곳에 흥미를 느낀다는 것을 증명할 수 있다고 생각했다.

이윽고 자갈이 깔린 오솔길은 끊어지고, 오래된 낙엽이 쌓인 길로 바뀌었다. 잎이 스치는 소리가 나고, 나뭇잎 사이로 햇빛이 여기저기 반짝인다. 늘어선 상수리나무와 졸참나무 같은 낙엽수, 그 줄기에 얽힌 담쟁이덩굴, 정리된 하초와 관목. 이른바 잡목림이 그곳에 있었다.

길처럼 보이는 곳을 걸어가다 마지막으로 맞닥뜨린 것은 폭이 2미터 정도 되는 개울이었다. 맑은 물 아래 수초가 흔들리고 있었다. 물가는 정돈되어 있지 않고, 바깥으로 내뻗은 초목의 그늘에는 흙이 드러나 있었다. 머리 위 가지가 바람에 스치면 수면의 빛과 양지도 형태를 달리했다. 이쪽에는 섬세한 연분홍색 패랭이꽃이 드문드문 피어났고, 강 건너편에는 시선을 사로잡는 오렌지색 백합이 무리 지어 있다.

주변은 흐르는 물소리가 지배하고 있어 매미 울음소리가 멀게 느껴졌다. 미나토가 옆에 나란히 서 있다. 언제까지고 이렇게 있을 수 있을 것 같았지만, 시간은 점점 줄어들었다. 시간이 초과하면 즉시 강제 종료는 아니라고 해도, 규칙은 지켜야 한다.

다이닝 키친으로 돌아오니 두 사람이 스파게티를 담고 있었다. 검은 머리의 남성은 정돈되어 있지만 특징이 없는, 얌전하고 중성적인 얼굴이었다. 그 모습과 대비되듯 뾰족한 울대뼈가 도드라져 보인다.

그가 들고 있는 팬에서 김이 나는 면과 깍둑썰기 한 토마토와 모차렐라 치즈가 섞여 큰 접시로 옮겨진다. 또 다른 한 명이 마무리로 바질 잎을 뜯어서 흩뿌렸다.

"미나토 씨도 드실 거죠?"

미나토에게 쏠린 시선이 내친김에 유카에게도 향한다. 호박색 홍채의, 그 빛의 여파 같은 속눈썹이 쑥 내려앉는다.

"그쪽은…… 안 드시려나?"

"저만 먹을게요. 현관까지 데려다주고 올 테니 먼저 먹고 있어요."

"네, 접시와 포크만 내어놓을게요."

미나토는 유카를 재촉하여 두 사람 옆을 지나간다. 테이블에는 개봉된 타바스코 병과 접힌 쇼핑백이 놓여 있었다. 여성의 손에서 흘러내린 듯한 바질도 떨어져 있다. 특별할 것 없는 일상이었지만 여기서 사는 사람들과 거리감을 느꼈다.

어두컴컴한 복도로 나와 유카는 한숨을 내쉰다.

"말 걸어주셔서 감사했습니다."

"저야말로 와주셔서 기뻤어요."

낯선 현관문 끝에 돌아가야 할 현실이 기다리고 있다. 유카는 정해진 순서대로 문을 열었다.

연결을 끊을 때는 허무함이 밀려왔다. 어둠 속에서 글자가 빛나고 소리가 사라진다. 다른 세계의 감각을 전달하던 헤드셋이 반응 없는 기계가 되어버린다.

다만, 미나토에게는 문밖으로 나간 것처럼 보였을 것이다. 가상 세계를 현실로 여기는 데 방해가 되지 않도록, 유카의 행동은 그녀가 인식하기 전에 재빠르게 꼼꼼히 가공된다.

* * *

미나토 집에 들르지 않은 지 사흘이 지났다. 여름방학의 시간은 조금씩 천천히 흐르고 있었다. 기분 전환이 필요했고 소식을 전하지 못해 죄책감이 들기도 했지만, 할머니를 내버려두고 혼자 바깥에 나가는 것이 망설여졌다.

오늘은 모처럼 가족이 다 같이 모여 점심을 함께하기로 했다. 여동생이 좋아하는 패밀리 레스토랑까지 차를 타고 달렸다. 부모님은 앞 좌석에 앉아 아이들에게 차례로 말을 걸었고, 유카 차례가 되면 꼭 흐름이 깨졌다. 여동생이 멋대로 재잘거리기 시작하자 유카는 긴장이 풀리면서 안심했다. '뭐라고 대답해야 하지'라는 생각이 들 정도로 말이 잘 나오지 않았기 때문이다.

패밀리 레스토랑은 테마파크와 비슷했다. 유니폼 차림의 점원이 앞장서서 걸어가는 바닥은 간판의 로고와 동일한 분위기로 꾸며져 있고, 자리에 앉으면 어떤 조합의 사람들이든 모두 다 손님이라는 캐릭터처럼 보였다.

테이블 위로 메뉴가 펼쳐진다. 아빠도 엄마도 무엇을 선택하든 이의를 제기하지 않는다. 여동생이 디저트로 파르페를 원하자 어쩔 수 없다는 듯 웃으며 오빠와 유카에게도 먹겠냐고 물어본다. 하지만 유카는 항상 자신이 잘못된 선택을 한다고 느낀다. 어른들은 저마다 아이에게 기대하는 답이 있는데, 빗나가면 실망하기 마련이다.

학교에서는 성실하게 수업에 임하면 좋은 성적을 받는다. 특별히 누군가의 마음에 들 필요는 없다. 그러나 가족이니까 이랬으면 좋겠다는 바람은 단순하지 않고, 거리를 두는 것도 허용되지 않으며, 약간의 엇갈림이 오랫동안 반복되면 감정의 골이 생긴다. 유카는 부모님과 형제를 싫어하진 않는다. '좋은 가족이구나'라고 느낀다. 그렇기에 자신이 나쁘다는 생각이 들었다.

그녀에게 압도적으로 부족한 점은 아이다운 귀여움이나 천진난만함과 같은 것이었다. 여동생이 데미글라스 소스를 입가에 묻히고는 "맛있어!"라고 말한다. 오는 길에 엄마를 졸라서 땋은 머리를 자랑스럽게 만져 보이기도 한다. 천진난만하고 기쁨을 능숙하게 표현하는 모습이 사랑스럽다. 열심히 보살피고 싶어 하는 부모님 마음이 이해가 간다. 그녀의 천진난만함에 질리기 일쑤인 유카조차 가끔은 지켜줘야 한다는 생각이 들 정도이니까.

오빠는 이것저것 섞인 그릴 요리를 순식간에 먹어 치운다. 왕성한 식욕은 생명력 그 자체였다. 돈깨나 나오겠다며 가격을 신경 쓰는 척하면서 아빠 엄마도 즐거워한다.

그라탱에 들어간 새우를 쿡쿡 찌르며 유카는 아무도 모

르게 가는 숨을 내쉰다. 부탁을 잘할 수 있는 성격이라면 좋았을 텐데. 하지만 좀처럼 제멋대로 구는 일이 없는 유카이기에 부모님은 할머니를 만날 수 있는 아바타에 돈을 내주었다. 이것은 이것대로 좋았을지도 모른다.

가족들의 대화, 그 밖의 웅성거림, 멀리서 끊임없이 그릇 부딪치는 소리가 난다. 그라탱 접시를 겨우 비우고 여동생이 한가롭게 초콜릿 파르페를 숟가락으로 무너뜨려가는 모습을 멍하니 바라보았다.

돌아오는 차 안에서 일찌감치 자는 척하자 엄마는 아빠에게 "잘 자는 아이"라고 조용히 말한다. 쉽게 잠드는 아이의 증명. 유카는 꾸벅꾸벅하면서 기대에 부응했다는 기쁨과 동시에 자신이 본의 아니게 틀에 맞추어졌음을 깨달았다.

빨래를 도와주고, 스스로 정한 양의 공부를 끝내고 나니 오후 3시가 넘었다. 할머니에게 전화를 걸었더니 바로 받았다. 근처에 왔는데 가도 되냐고 물으니 얼른 오라는 답이 돌아온다. 전화라면 그들이 같은 세계에 살던 때와 똑같은 방식으로 소통할 수 있기 때문에 현관을 나서면 할머니 댁에 다다를 수 있을 것만 같았다.

바로 VR 기기를 준비하고 방에 가상의 집을 겹쳤다. 데이터 속에서 신고 있던 신발을 벗는데, 생각보다 가까이에서 목소리가 들렸다.

"빨리 왔네."

"안 나와도 된다니까."

유카는 할머니가 현관에 서 있는 것이 불안했다. 마중 나오는 정도로 문제가 생길 일은 없겠지만, 문밖은 할머니를 데리고 나가서는 안 되는 장소다.

"넘어지거나 하지 않으니까 걱정 마."

"알고 있어. 하지만……."

"우선 차나 한잔 마셔. 더웠지?"

거실의 텔레비전은 꺼져 있다. 대신 TV 받침대 한쪽에 놓인 소형 스피커에서 피아노 선율이 흘러나오고 있었다. 유카의 귀에도 익숙한 곡이다. 할머니가 직접 준비했다고 생각하니 가슴 부근이 따뜻해진다.

유카가 테이블에 앉자 할머니가 얼음이 들어간 보리차를 내주었다. 과자는 점심을 많이 먹었다며 거절한다. 사실은 먹는 척하기 귀찮아서다. 전병 과자나 쿠키의 포장지를 벗기는 일은 포크와 나이프를 사용할 때보다 움직임을 맞추기 어렵다.

부엌에서 돌아온 할머니가 옆에 앉았다. 테이블을 사이에 두고 있을 때보다 가까웠는데 유카는 얼굴을 보기 어려워 불편했다. 눈과 귀만으로는 기색을 알아차릴 수 없기 때문이다.

"더 열심히 하고 싶은데."

"왜 그렇게 생각해?"

무심코 내뱉은 말에 할머니가 어떤 표정을 지었는지 보지 못했지만, 귀에 닿은 목소리에는 친숙한 상냥함이 깃들어 있었다. '내 이야기를 들어주면 좋겠다', '이 괴로움을 받아줬으면' 하는 생각이 든다.

"그냥."

"지금도 유카는 충분히 노력하는 거 같은데?"

"이대로는 안 돼."

"그럼 내가 도울 수 있는 일이 있어?"

"그건……."

말할 수 없다. 할머니는 여기에 있는데, 어떻게 '할머니를 되돌리고 싶다'고 할 수 있겠는가.

누구도 어쩔 수 없다고 생각한다. 좀 더 일찍 나이를 먹었더라면 달라졌을지도 모른다. 어른이었다면 부모를 대신해 정보 인격이 되는 것과 재활과 관련해 주도권을 잡을 수도 있었다. 어린아이라는 이유로 정보 공유에서 제외되지도 않았을 것이다. 곁에 있는 시간도 훨씬 길었을 테고 힘이 되어줄 수 있었으리라.

"있잖아, 유카…… 혹시 나 때문에 그러는 거야?"

할머니는 난생처음 보는 표정을 지었다. 아픔과 불안함이 스며 있어 마치 다른 사람 같았다. 하지만 육체를 잃은 이후로 가장 살아 있는 느낌이었다.

"알고 있었어? 육체가 없어진 것도, 내가 사실은 이곳에 없다는 것도?"

"확실히 기억하는 건 아니야. 의사 선생님들도 구체적으로는 말해주지 않으니까 어떻게 받아들여야 할지 몰랐는데, 이제야 인정해야겠다고 생각했어. 힘들었지? 혼자서 애쓰게 해서 미안해. 유카가 어른이 될 때까지 내가 가장 가까이서 지탱해주려고 했는데."

"사과하지 마. 할머니가 그것을 기억하고 알고 있다는 건 확실한 자아가 있다는 말이잖아. 정보 인격이 되는 데 성공했다고 할 수 있어. 몸이 없어졌기 때문에 오히려 이렇게 만나서 얘기할 수 있는 거잖아. 나쁜 일은 아무것도 일어나지 않았어. 아니야?"

할머니는 무언가 결심한 듯한 태도를 유지했다. 천천히 고개를 흔들며 마치 이별할 것처럼 미소 짓는다.

"알고 있잖아. 지금은 가끔씩 의식이 온전하지만, 항상 그렇지는 않다는 걸. 제대로 된 나로 있을 수 있는 시간이 더 짧다고 생각해."

"그래도 분명히 예전보다 나아지고 있어. 그러니까 힘내자. 나 아직 할머니랑 같이 있고 싶어."

"고마워. 하지만 나는 신경 쓰지 않아도 돼. 유카는 자기 인생을 스스로 선택해 살아가야 하니까. 나를 붙잡으려고 너무 애쓸 필요 없어."

"다른 하고 싶은 일 따윈 없어. 할머니 말고 누가 나를 이해해주겠어? 나는 포기하지 않아. 그러니까 마음대로 포기하면 용서하지 않을 거야."

그렇게 말해버리고 방을 나섰다. 지금까지 할머니를 위해 해온 모든 일을 부정당한 기분이었다.

현실로 돌아가는 조작법을 잊었다고 깨달은 것은, 등 뒤에서 현관문이 닫히고 난 뒤다. 긴 여름낮의 해는 아직도 걸려 있고, 거리는 희읍스름하게 밝다. 하지만 기울어가는 태양은 노랗게 질려 저녁이 가까워졌음을 알려주고 있었다.

거의 무의식적으로 유카는 열쇠를 잠그고 있었다. 시간은 아직 남아 있다. 길도 잊지 않았다. 유카는 망설임 없이 상점가를 지나 미나토의 집으로 향했다. 집은 지난번과 다를 바 없는 모습이었다. 문도 현관도 시원하게 열려 있었다. 문을 잠그지 않는다는 말은 사실이었다.

우선 다이닝 키친을 들여다봤다. 저번에 본 두 사람이 있지 않을까 기대했지만 아무도 없었다. 테이블 위는 깨끗하고 주방 조리대는 그릇 하나 없이 정돈되어 있다.

싱그러운 녹색을 오려낸 듯한 정원으로 이어지는 창문

중 하나를 골라 연다. 유카는 새삼스럽게 두근거리는 마음으로 신발을 빌려 신고 잔디밭으로 내려갔다.

시야의 가장자리를 흔들거리는 그림자가 가로질렀다. 검은, 각도에 따라서는 푸르게 빛나는 날개를 가진 제비나비다. 시선 끝에는 진노랑과 주황색을 띤 금잔화가 줄지어 있고, 안쪽에 사람 그림자가 보였다. 밀짚모자를 쓰고 허리를 굽히고 있던 사람이 고개를 들었다. 햇빛에 뒤지지 않는 환한 미소의 주인공은 미나토였다.

"와주셨군요."

"죄송해요. 마음대로 들어와서."

"괜찮아요. 다들 자유롭게 드나드니까요."

이쪽으로 오라는 듯한 손짓에 그녀가 있는 곳으로 걸어갔다. 미나토가 있는 곳은 아담한 텃밭이었다. 윤기가 나는 방울토마토, 무성한 바질, 가지와 오이도 심겨 있다. 미나토는 바구니와 가위를 들고 한창 수확 중이었다.

"이거 먹는 건가요?"

"네, 얼마 전에 보신 스파게티도 여기서 딴 채소를 쓴 거예요."

"어쩐지, 정말 현실과 똑같군요."

"그렇게 만들어졌으니까요. 그렇지만 생물을 키운다는 것은 식물이든 동물이든 복잡한 과정을 거쳐야 해서 누구나 쉽게 손댈 수 있는 취미가 아닐지도 몰라요."

미나토는 철저하게 아무렇지도 않은 듯한 어조로 말했다.

보기 좋은 모양의 오이가 덩굴에서 떨어져 나갔다. 미나토가 허리를 편다. 집으로 돌아가자는 말에 유카가 자진해서 바구니를 들었다. 떨어뜨리지 않게 신중하게 손 모양을 유지한다.

테이블에 바구니를 놓자 미나토는 주방에서 손을 씻었다. 햇빛에 자주 노출된 듯한 피부는 늙었지만 건강했다. 그녀의 존재에는 모호한 점이라고는 전혀 없는 듯 보였다.

두 사람은 다시 정원으로 나갔다. 이전에 그녀가 안내했던 것과는 또 다른 오솔길을 벗어나자 나지막한 산울타리가 나타났다. 미나토가 말하기를 간단한 미로처럼 되어 있다고 한다. 입구에는 푸른 잎을 펼친 한 쌍의 산딸나무가 가느다란 줄기를 뻗고 있었다.

"입구에는 분홍색, 출구에는 흰색 꽃이 핍니다. 어떤 계절이든 꽃과 함께할 수 있게 했는데, 봄이 가장 밝고 좋네요. 산딸나무에 조팝나무, 잎사귀도 풋풋하고."

여름의 미로는 마치 모든 걸 집어삼킬 듯 녹음이 짙다. 나팔 모양의 하얀 잔꽃을 가리키며 미나토는 아벨리아라는 이름을 가르쳐주었다. 꽃의 밑동이 붉어 멀리서는 전체가 분홍색을 띠는 것처럼 보였다.

미나토의 안내 덕분에 수월하게 출구에 도착했다. 또 한 쌍의 산딸나무 앞에 서양식 정자가 놓여 있다. 낡은 느낌의 목재 기둥과 석재 타일이 깔린 육각형 바닥. 그 근처에 간소한 벤치가 하나 놓여 있었다.

"잠깐 앉을까요?"

"아니요, 조금 귀찮아서……."

"그럼 서 있어도 되는데 좀 더 걸어볼까요?"

정자 옆쪽에 개화 시기가 지난 수국으로 가득한 수풀을 빠져나와 또 다른 길로 데려간다.

나무가 우거진 숲속 오솔길이 끊어지자 공터가 나타났다. 일대에 펼쳐진 짧은 풀 사이로 토끼풀이 안개가 낀 듯 자라나 있다.

"멋지네요. 여기서 피크닉을 해도 좋을 것 같아요."

"고마워요. 따지고 보면 전부 다 인공적인 것들인데, 하루가 다르게 변하는 식물에 둘러싸여 있다 보면 채워지는 부분이 있더라고요."

"할머니를 모시고 오고 싶을 정도예요."

향기와 바람을 느끼지 못하는 유카조차 호흡이 깊어지고 있었다. 만약 이곳에 둘이서 오게 되면, 유카도 할머니도 육체를 가지지 않은 것도 생명이라고 받아들일 수 있지 않을까 싶었다.

128

"할머니를 만나러 오셨군요."

"네, 하지만 오늘은 참을 수 없을 정도로 화가 나서 도망쳐 나왔어요."

"사람 사이에 충분히 그럴 수 있지 않을까요?"

"그렇다면 오히려 기뻤을지도 모르겠네요."

미나토가 가볍게 질문을 던지듯 유카를 돌아보았다. 하지만 조용한 눈동자는 대답을 강요하는 법이 없다. 그래서 오히려 전부 다 털어놓고 싶어졌다.

"화가 나는 것도 살아 있기 때문이겠죠. 몰랐지만 그때는 상대가 할머니라고 진심으로 생각했어요."

"할머니는 어떤 분이세요?"

"나를 가장 잘 알아주는 사람이었어요. 충분히 잘할 수 있다고, 즐겁다고 여겨지는 일이라도 얼마든지 도망쳐도 된다고 말해준 것도 할머니뿐이거든요. 보답할 수 있다면 하고 싶은데, 이렇게 된 마당에 이제 와서 의미가 있는지도 모르겠고, 너무 늦었는지도 몰라요."

할머니에게 응석을 부리며 어른이 될 때까지 버티는 것이 아니라, 그때그때 현재를 최대한 열심히 살았더라면 달랐을까. 더 빨리 정보 인격이 된다든가, 병에 걸리지 않게 된다든가, 다른 가능성이 있었을까.

"저는 이제 와서 무슨 소용이냐고 말할 수 있는 행동은 없다고 생각합니다. 당신이 하고 싶은 일을 하고, 하고 싶은 말을 전해보면 어때요?"

"상대가 없어지면, 진짜가 아니면 별 의미가 없죠. 할머니가 정말 여기에 존재한다고 믿어도 좋을지 모르겠다는 생각이 들 때가 있어요. 뭔가 두루뭉술하다고 해야 하나, 애매하다고 해야 하나. 가상 세계로 옮겨올 때 몸 상태가 좋지 않았고, 아마 그래서……."

미나토는 "그랬군요"라고 말한 뒤 잠시 침묵하다가 입을 열었다.

"몸 상태에 곡절이 있는 것은 현실에서 육체를 가지고 살아가는 사람에게도 일어날 수 있는 일이에요. 질병으로 사람이 변한 것처럼 보인다고 해서 전혀 다른 사람이 되는 것은 아니잖아요. 할머니는 할머니입니다. 당신이 가까이서 지탱해주고 있다는 사실도 전해졌을 거예요."

"하지만 저는 어려서 별로 힘이 되지 않아요. 할머니를 집 밖으로 데리고 나갈 수도 없어요."

"다른 가족들은 별로 협조적이지 않나요?"

"귀찮아해요. 아바타 만드는 것도 겨우 설득했거든요. 돈을 내주는 것은 고맙지만 계약이나 치료 방침에 관한 이야기는 부모님이 나서야만 하고, 그런 게 싫었어요. 아무도 저를 공감해주지 않았고요. 할머니를 위해서 나와 만나게 해준 게 아니에요. 현실에 잘 적응하지 못하는 불쌍한 아이를 위해 할머니를 만날 수 있게 해준 것뿐이죠."

유카는 주위를 둘러본다. 개인 소유라고는 생각되지 않을 정도로 광활하고 다양한 경치를 가진 정원. 흙과 풀과 꽃의 향기, 살갗을 어루만지는 바람, 갓 쪄낸 채소의 맛을 느낄 수 있다면 얼마나 좋을까 싶었다.

"할머니에겐 저밖에 없어요. 그래서 더 열심히 해보려고요. 만약 잘 되면, 정말로 이곳에 모셔 와도 될까요? 할머니에게 정원을 보여주고 싶어요."

"당신의 할머니라면 언제든지 환영입니다. 물론 당신이 혼자 숨을 돌리러 오는 것도 대환영이에요."

"제 이름, 유카예요."

"유카 씨, 이름을 부르니까 갑자기 친해진 것 같아서 기분 좋네요."

미나토는 상냥하게 웃었다. 이제 그녀는 모르는 사람이 아니다. 유카 마음에 조금 남아 있던 경계심이 사라진다.

"미나토 씨는…… 친구가 많죠?"

"많은지는 모르겠지만 복이 많은 것은 확실해요. 아니면 이렇게 살 수 없었을 테니까."

유카는 그 과장된 말투가 미나토와 어울리지 않는다고 생각했다.

"정말이에요. 나는 빨리 사라지고 싶어서 이곳에 왔거든
요. 저축한 돈을 다 써버릴 기세로 뛰어난 몸을 만들고, 집을
공들여 지어달라고 건축가에게 부탁하고, 조경가를 불러서
정원을 꾸미고, 얼마든지 사치를 부릴 수 있다는 것이 슬펐
죠. 남편과 둘이서 쓸 생각으로 오랜 시간에 걸쳐 모은 돈인
데, 남편이 노후를 맞기 전에 세상을 떠났거든요."

"어째서 그런 얘기를……."

"유카 씨가 본인 이야기를 해줬으니 저도 제 이야기를 들
려주고 싶었어요. 요즘은 살맛이 나서 낭비 안 하니까 걱정
하지 마세요."

윙크를 하려 했던 것인지 미나토는 한쪽 눈을 깜빡였다.

"저는 미나토 씨에게 어떤 사람인가요? 제게 친절하게 대
해주시는데……."

유카가 인식하는 관계성 어느 것에도 미나토는 해당하지
않았다. 유카와 가까운 사람 중에서 미나토와 가장 나이가
비슷한 사람은 할머니일 것이다. 하지만 할머니는 태어날
때부터 유카를 봤고, 항상 지켜주는 큰 존재였다. "사키 씨"
라고 이름을 스스럼없이 불러도 변치 않는 위엄 같은 것이
존재했다.

"모르겠어요. 알게 된 지 얼마 안 됐고, 게다가 이름이 붙
지 않은 관계 또한 좋은 것이니까요. 저는 그런 관계가 재미

있다고 생각해요."

순간 유카는 자신의 몸이 여기에 없다는 사실을 잊어버린 채 미나토와 같은 장소에 서 있는 듯한 기분이 들었다. 미나토의 말투는 유카가 자신과 다른 존재라고는 전혀 생각하지 않는 것 같았으니까.

현실을 인식하게 한 건 카레 냄새였다. 음식을 먹고 고글을 벗고 잠을 자야 유지할 수 있는 육체가 저쪽 세상에 있다.

"오늘 우리 집 저녁 카레인가 봐요."

잘 웃어넘겼는지 자신은 없었다. 좀 전에 느낀 확신은 손끝을 빠져나가버렸다.

"미나토 씨, 저 다시 올게요."

"네, 언제든지."

어떻게든 빨리 할머니를 데려오자고 유카는 결심한다. 이 정원이 캄캄한 터널 끝에 비치는 단 하나의 푸른 빛이다. 처음으로 스스로 선택하고, 자신의 힘으로 할머니에게 줄 수 있는 것일지도 모른다.

＊ ＊ ＊

유카는 먼저 의사와의 면담 때 사정해보기로 했다. 담당의는 대충 이야기를 들은 후 할머니를 바깥으로 내보내고 싶은 이유를 물었다. 정원에 관한 일은 말하지 않았다. 멋대로 저지른 행동에 부모님은 화를 낼 것이 뻔했고, 모두에게 폐가 될 수도 있다. 결국 작은 목소리로 막연한 소망을 말할 수밖에 없었고, 치료하고 있으니 안심해달라고 의사가 타이르며 끝이 났다.

이후 평소에는 면담실에 들어가지 않던 엄마가 불려가서 좋지 않은 예감이 들었다. 의사는 유카의 말을 엄마에게 그대로 전한 듯했다. 그날 밤 부모님은 갑자기 왜 그러냐며 유카를 추궁했다. 갑자기가 아니다. 모두가 말한 대로 시간과 대화가 해결해주리라 믿고 노력해왔다. 그런데도 할머니는 어딘가 공허한 모습이었다. 슬슬 다음 방법을 고민해보는 것이 좋다고 생각했다.

아빠가 계속 말을 거는 것도, 엄마가 지나치게 걱정하는 것도, 남매 사이가 점점 멀어지는 것도 다 상관없었다. 집에 사람이 있는 시간에 가상 세계, 특히 남의 집에는 가기 어려워졌지만 부모님은 딸을 감시하기 위해 일정을 취소하는 사람들이 아니다. 빈틈은 찾아보면 얼마든지 있었다.

오히려 할머니가 적극적으로 응해주지 않는 것이 더 큰 타격이었다. 유카가 이해해주길 바란 것은 할머니 단 한 사람이었으니까.

유카와 사는 세계가 다르다고 인식하는 날에는 "와주

었구나"라는 한마디에서도 기쁨 이외의 감정이 내비친다. 격려하고 싶지만 전할 수 없는 곳에서 할머니도 고민하고 있다.

"할머니는 계속 이 집에 있는 거야?"

"안 나가도 되니까."

"재활 치료 때문에라도 밖에 나가본 적 없어?"

"그렇지. 다른 사람이 이 집에 찾아오기만 했지."

"방 안은 이전과 똑같지만, 바깥은 달라. 다른 동네가 있어. 이웃 사람과 만나거나 하지 않아?"

"지금은 그럴 필요가 없는 것 같아."

"왜? 모처럼 정보 인격이 되어 건강해질 수 있는 기회인데."

화를 내지 않으려고 애쓰다가도 모르는 체하는 대답이 이어지자 말투가 거칠어졌다. 할머니는 달래듯이 화제를 유카 쪽으로 돌린다.

"선생님 말씀 잘 듣고 있으니까 걱정하지 마. 유카 너는 시간만 나면 여기로 오는데, 매일 안 와도 돼."

"보고 싶은 사람 만나려는 건데 왜 안 돼?"

"나는 유카를 현실이 아닌 곳에 가두고 싶지 않아."

"여기도 또 하나의 현실이야. 할머니가 한 말은 이 세계에 사는 다른 사람을 부정하는 것이나 마찬가지야."

"하지만 유카에게 현실은 아니잖아. 아니야?"

가장 오래 지속된 대화가 이것이다. 정신이 또렷하지 않을 때는 상냥하게 맞아주는 탓에 마음이 꺾여버릴 것만 같다. 그렇다고 명료하게 대답하는 날이 늘어나는 것을 솔직하게 기뻐할 수도 없다. 건강하지 않은 게 편하다고 생각한 날에는 자기혐오에 빠졌다.

그럴 때마다 유카는 미나토의 집으로 도망쳤다. 우선 할머니 집을 방문해 이야기가 진전되지 않으면 현실로 돌아가는 척하며 마을로 나갔다. 미나토는 언제나 환영해주었다. 간혹 집에 없을 때도 문은 열려 있었고, 가상 세계의 사람들은 아무 때나 들러 자기 집처럼 편안하게 쉬었다.

한껏 멋을 낸 지팡이를 손에 들고 콧수염을 기른 체구가 작은 남성. 정원에 피는 꽃을 받으러 오는, 웃을 때 깊은 주름이 인상적인 여성. 티타임에 가끔 나타나 좋아하는 구운 과자를 나눠주는 사오십대로 보이는 남매. 먼저 온 손님을 보면 돌아가버리는 사람이나, 끊임없이 이야기하며 다른 사람 이야기를 들으려 하지 않는 사람도 있었다. 나이 든 사람이 많았지만, 상점가에서 본 사람들보다 전체적으로 젊었다. 미나토는 그것을 의식하지 않는 것 같았다.

유카의 의문에 대답해준 것은 뜻밖에도 처음 봤을 때는 대화하지 않았던, 검은 머리를 뒤로 묶고 요리하던 남성이었다. 여느 때와 다르게 그는 홀로 정원의 정자에서 책을 읽고 있었다. 유카가 기둥 옆에 서 있자 값비싼 종이책을 옆에 두고 말을 걸어왔다. 그의 차가운 듯하면서도 온화한 말투에 이끌려 그 집에 모이는 사람들의 나이에 대해 물어봤다.

"미나토 씨가 말을 거는 대상은 사람들 무리에서 벗어난 사람입니다."

그의 목소리는 평탄했고, 왠지 사람을 끌어들이는 울림이 있었다.

"이곳은 나이가 어릴수록 또래가 적어서 쉽게 녹아들 수 없는 분위기예요. 있을 곳을 찾는 사람의 비율도 젊은 연령대가 더 높겠죠."

"나는 미나토의 매력이 노인들에게는 전해지기 어렵기 때문이라고 생각해."

뒤돌아보니 풀어헤친 머리에 햇빛을 머금은 여성이 강가에 피어 있던 백합을 연상시키는 오렌지색 선드레스를 걸치고 서 있었다. 그녀는 유카 옆을 지나쳐 벤치에 한쪽 무릎을 세우고 앉아 있는 그에게 기댄다. 그는 그녀의 손을 잡는다. 손가락과 손가락이 하나가 되고 싶어 하는 듯했다.

"미나토는 젊다고 해서 맘대로 불쌍히 여기거나 하지 않아. 이유 같은 건 묻지도 않아. 다른 사람에게 이야기를 요구하지 않는 태도를 갖추기란 사실 매우 어려운데, 그것을 알아주는 사람은 적지."

"자기가 일반적이라고 생각하는 한, 아무래도 상관없는 일일 테니까."

"일반적이라는 것에 얽매여 있으면 새로운 것은 절대 보이지 않으니까. 나는 미나토도, 이 집과 정원도 좋아요. 이곳에 모여드는 약간 별난 사람들도 남들보다는 좋아할 수 있어요."

이렇게 말하고 두 사람은 시선을 주고받는다. 그의 눈에서 무언가를 읽었는지, 그녀는 약간 진심이 아닌 듯 "요즘에는"이라고 덧붙였다.

"혹시 저도 뭔가 이상한가요?"

"이상하다고 해야 하나. 아바타는 일반적으로 정보 인격이 된 가족의 치료를 위해 만들잖아요. 열심히 희생을 마다하지 않는 사람의 선택이고. 그러니까 애초에 이쪽 세계의 다른 사람과 적극적으로 섞이는 일은 드물지 않을까요. 개인적으로 나쁜 일은 아닌 것 같은데."

별이 반짝거리는 듯한 미소를 짓자 그녀는 그의 팔을 잡고 정자를 나섰다.

유카를 서먹서먹한 태도로 대하는 사람은 듣고 보니 적지 않았다. 이곳을 드나든 지 얼마 안 되기도 했지만, 몸을 현실에 두고 있는 것에 더해 유카가 다른 곳에 있는 누군가를 위한 존재라는 점 또한 영향을 미치는지도 모른다.

차별 없는 미나토의 태도는 놀라울 정도였다. 누구에게나 상냥하게 자기 집 문을 열어주었는데, 절대 상대의 프라이버시를 먼저 파고드는 일이 없었다. 하지만 모두 미나토와 함께 있으면 자신의 이야기를 하고 싶어 했다. 그것은 미나토의 입에서 다른 사람의 비밀을 들어본 적이 없기 때문이기도 할 것이다.

코하루라는 여성이 유카와 테이블에 단둘이 있을 때 레몬과 민트 소다수를 빨대로 휘저으면서 이런 말을 했다.

"미나토 씨는 정원사 같은 사람이에요. 육체 없이 생활한 기간은 내가 훨씬 길지만, 완전히 그녀에게 사랑받는 초목처럼 되어버렸습니다."

코하루는 처음 미나토의 집을 방문하던 날 길에서 만난 사람이다. 두 번째 만남부터 유카도 가상 세계 사람들과 똑같이 대해주었다.

"이런저런 자리를 잘 만들고, 만든 자리의 구석구석까지 사랑하고 다듬어줍니다. 자기는 표면에 나서려고 하지 않고요."

"다들 미나토 씨가 그런 사람이니까 모이는 것 아닐까요?"

"그렇죠. 미나토 씨가 스스로 이름을 알리려고 하는 모습을 본 적이 없어요."

"눈에 띄고 싶어 하지 않는다는 건가요?"

"네, 바로 그거예요."

"아, 무슨 말씀인지 알겠네요."

낯선 사람에게 다짜고짜 말을 거는 대담함은 있으나 사람이 모였을 때 말이 많은 편은 아니었다. 분위기가 고조될수록 참견하지 않고 요리나 정리를 하면서 상냥하게 이야기를 듣는다. 누군가가 "미나토 씨는 돌봐주는 사람이야"라고 말한 대로 그녀는 자신이 만난 사람들을 돕는 일에 마음을 쏟고 있었다.

미나토는 유카에게 자주 말을 걸어주었다. 유카가 고립되기 쉽다는 것이 이유 중 하나다. 또 하나는 아마도 미나토가 유카에게 해줄 수 있는 일이 말을 걸어주는 일 정도이기 때문일지도 모른다.

유카는 가상 세계 음식을 실제로 먹을 수 없다. 열매 향기를 맡을 수도, 잎의 감촉을 즐길 수도, 꽃을 꺾어 집으로 가져갈 수도 없다. 다른 손님이 없을 때, 미나토는 주로 유카를 정원에 초대했다. 초목을, 꽃을, 흐르는 물을 바라보며 유카의 푸념을 들어주었다. 이따금 자신의 과거를 이야기했고, 식물과 곤충의 이름을 유카에게 가르쳐줬다. 정원에 있는 모든 것을 다 알고 있었지만, 그녀는 항상 어딘가 자신 없는 듯 설명했다.

"이름은 알아요. 다 제가 산 거니까요. 현실 세계라면 이렇게 될 수 없어요. 바람이나 새가 날라 오는 씨앗이 싹을 틔우고, 애초에 새나 벌레는 밖에서 찾아오는 법이니까요."

"잡초나 해충 같은 건 없는 편이 좋지 않나요?"

"좋은 면은 분명히 있죠. 현실이라면 혼자서 이렇게 넓은 정원을 가꿀 생각은 못 했을 거예요. 병해충이나 잡초를 만들어내는 상품도 있긴 한데 그렇게까지 할 생각은 없고, 꽤 편안해요."

"그럼 이곳에 온 이후로 생긴 취미라는 건가요?"

의외였다. 아무리 손이 많이 가지 않는다고 해도 넓은 정원을 유지하기는 쉽지 않을 것이다. 게다가 아직 육체를 잃어버린 지 4년 정도밖에 되지 않았다고 했다. 이 많은 동식물의 이름을 외우는 것만으로도 보통 일이 아니다.

"저쪽에서는 세 들어 살았으니까요. 남편은 전근이 많고, 저는 재택이 가능한 일이었기 때문에 여러 마을을 옮겨 다니며 둘이서 살았습니다. 퇴직하면 넓은 정원을 만들어달라고 말하는 남편에게 저는 그렇다면 작은 단층집도 짓자고 했어요."

"그래서 이 집을 만드신 거군요?"

"다른 생각은 없었어요."

미나토는 뒤돌아 어깨 너머로 먼 곳을 바라본다.

"남편이 죽은 뒤 오랫동안 무덤을 쓸 자리를 찾아다녔어요. 마침내 괜찮은 장소를 발견했는데, 숲을 등지고 바다를 바라보는 바람이 잘 통하는 그 묘지에서…… 그를 혼자 두고 싶지 않다는 생각이 들었습니다. 내 뼈를 당장이라도 그의 옆에 묻고 싶어 몸을 벗어던진 셈입니다."

"대단하네요. 정말 사랑하셨군요."

"칭찬받을 일은 절대 아니에요. 가끔, 여기서 언젠가 흩어져 사라질 제가 그 사람 곁으로 갈 수 있을까 하는 의심이 들곤 해요. 데이터로 살아가는 나와 죽을 때까지 육체로 남아 있던 남편이 같은 곳으로 갈 수 있을까 하고요."

"갈 수 있지요. 꼭 만나서 두 분이 함께 하늘나라 정원을 돌볼 거예요."

"저도 그러길 바라고 있어요."

그 이후로 말을 잇지 못했다. 매미 소리가 미나토와 유카 사이에 막을 내리듯 울려 퍼지고 있었다.

"사람들은 저마다의 이유로 정보 인격이 되잖아요. 할머니는 왜 그 길을 선택했을까요?"

"그 질문을 해야 할 상대는 제가 아닌 것 같은데요."

"본인한테 물어봐야 할까요?"

유카는 할머니가 이 물음에 대답하는 모습을 상상할 수 없었다. 이유를 잊어버렸거나, 어쩌면 거절할지도 모른다.

"그에 대한 답을 가지신 분은 할머니뿐입니다. 다른 사람에게서 얻은 대답은 억측에 불과하죠. 본인이 비밀로 하고 싶다면 진실은 영원히 알 수 없을 테고요."

미나토는 온화한 표정으로 말을 이어갔다.

"무엇이든 다 가르쳐줄 수 있는 것은 아니기에 사람들은 상대방을 알고 싶어 하고, 모든 표현을 동원해 물어보는 것 아닐까요."

"물어볼게요. 할머니에 대해 더 알고 싶으니까요."

그렇게 선언했지만 막상 할머니가 앞에 있으니 좀처럼 입이 떨어지지 않았다. 다시 기회가 돌아온 것은 여름방학이 얼마 남지 않았을 때였다. 유카는 새벽에 눈을 떴다. 가족이 모두 잠든 시간이다. 아무도 없을 때처럼 고요한 집. 밝고 선명한 파란색 빛이 커튼을 물들이고 있었다. 창문을 살짝 열어보니 벌써 가을 냄새가 났다. 괜스레 할머니를 만나고 싶어졌다. 의무감에서가 아니라 순수하게 목소리를 듣고 싶어졌다.

가상의 집에서 할머니는 부엌에 서 있었다. 조리대 위 형광등이 켜져 있다. 믿을 수 없는 모습이다. 환풍기가 돌아가고 냄비에 물이 끓고 있다. 현실이었다면 그리운 육수 향이 났을지도 모른다.

"할머니, 안녕."

휙 하고 고개를 돌린 할머니의 얼굴은 놀라움으로 가득했다.

"아침 일찍부터 무슨 일이야."

"일찍 눈이 떠졌으니까. 밖에서 서성거리는 것보단 낫지 않아? 현실이 아니라서 좋은 점도 있네."

"그럴지도 모르겠네."

할머니는 상황을 인식하고 있었다. 그런데 옛날처럼 웃어주는 모습에 유카는 용기 내서 물어보자고 마음먹었다.

"할머니는 왜 정보 인격이 되려고 한 거야?"

"동의서를 적을 때 말이야, 유카가 떠올랐어. 어른이 될 때까지 지켜보고 싶어서 어떤 형태라도 좋으니까 살고 싶다고 생각했어. 막상 이렇게 되고 나니 생각이 짧았던 것 같긴 한데."

"나도 어떤 형태로든 할머니 곁에 있고 싶어."

"네가 그렇게 말하니까 사실은 좋지 않은 판단이었을지도 모르겠네. 끌어안고 지키는 것이 아니라 유카가 세상 밖으로 나갈 수 있도록 손을 놓을 준비를 해야 했어."

"나는 내 의지로 결정해서 할머니가 있는 곳으로 오는 거야."

냄비가 끓어 넘쳤다. 유카는 할머니보다 먼저 가스레인지 불을 껐다. 이 세계에서 물건을 만지는 것도 꽤 익숙해졌다.

유카는 할머니 곁에 기대고는 등을 팔로 감쌌다. 유카의 아바타와 할머니는 키가 거의 같다. 현실의 몸은, 이번 여름에 할머니 키를 앞질러버렸을 것이다.

온갖 상상력을 동원해 허공을 끌어안는다. 유카는 느낄 수 없고 현실에 있는 육체와는 다르지만 할머니에게 체온을 전달할 수는 있다.

"부탁이 있어. 요리 좀 알려줘. 레시피가 있으면 직접 할머니 요리를 만들 수 있잖아. 다른 세상에 살아도 말과 기억은 가져갈 수 있는 거야."

"그게 바로 이 집 밖에서 찾은 답이구나."

"알고 있었어?"

몸을 떼는 유카를 향해 할머니가 미소 짓는다.

"아, 진짜였어? 엄마가 전화로 유카가 제한 시간이 거의 끝나갈 때까지 접속해 있었다고 하길래 혹시나 했는데."

"설마 얘기했어?"

"아니, 대충 둘러댔어. 위험한 일은 하지 않았을 테니까."

"……다행이다, 고마워."

할머니에게 들켜버려서 부끄러운 감정이 밀려오는 동시에 유카는 마음이 편안해지는 깨달음을 얻었다. 할머니는 육체가 존재하던 과거부터 가상 세계로 옮겨 온 현재까지 여전히 한 사람의 인간으로서 생명을 이어가며 의심할 여지

없이 살고 있다. 대화를 나눌 수 있다. 함께할 미래를 기대할 수 있다. 그리고 아마 유카가 위험한 일을 한다 싶으면 아무리 의식이 또렷하지 못한 상황이라도 어떻게든 혼내려고 할 것이다.

"할머니를 만나게 하고 싶은 사람이 있어. 보여주고 싶은 것도 있고. 그러니까 밖으로 나가자."

"그래? 그럼 선생님께 물어볼까?"

할머니와 1인분의 아침 식사를 다 만들었을 때 유카는 배고픔을 참지 못하고 현실로 돌아왔다. 미나토의 집에 찾아간 것은 저녁이 다 되어서다. 마을로 나가기 전 할머니에게 말을 걸었다. 밖에 나간다고 고백한 뒤로 외출하는 것이 조금 겸연쩍어졌다.

티타임을 가지기는 늦었고, 저녁 식사를 하기에는 이른 탓인지 미나토의 집에는 아무도 없었다. 다이닝 키친도 불 꺼진 가스레인지 위에 올려진 큰 냄비를 제외하곤 몽땅 정리되어 있었다.

유카는 정원으로 통하는 유리문을 열었다. 저녁매미 울음소리가 들리고, 바람이 눈앞을 지나 정원수를 흔들었다. 석양빛이 풍경에 향수를 불러일으키는 필터를 덧씌우고 있다.

수확 시기가 지난 여름 채소 텃밭에서는 검고 습한 흙이 눈에 띈다. 정원을 둘러싼 오솔길에는 유카의 발소리만이 울린다. 산울타리 미로는 어색함이 느껴지고 정자는 유적처럼 휑하니 놓여 있다.

개울가에서 미나토의 등을 발견했을 때, 유카는 안심하기보다 유령이라도 만난 것 같은 기분이 들었다. 빛도 그림자도 짙은 잡목림의 풍경에 녹아드는 듯한 분위기가 풍겨 불러 세우듯 이름을 불렀다.

"뭐 하는 거예요?"

미나토는 품 안 가득 코스모스를 안고 있었다. 주황과 노랑, 빨강. 반 발짝 앞선 가을로부터 잘라낸 듯한 색조였다.

"한동안 보이지 않던 분이 계셨는데, 초여름에 소멸이 확정되셨다고 해요. 장례식도 치르지 않겠다고 하셨다니 적어도 꽃 정도는 괜찮지 않을까 싶어서요.

물 흐르는 소리가 갑자기 두드러졌다.

"이 강은 내 정원에만 흐르는 거예요. 물은 알 수 없는 곳에서 샘솟아 아무 데도 가지 않고 사라집니다. 그래서 꼭 도착할 것만 같은 느낌이 들어요. 산산이 흩어져 이 세계 어딘가에 섞여버린 사람에게로요."

"저도 꽃 좀 받아도 될까요? 그분을 전혀 모르지만요."

"네, 좋아하실 거예요."

미나토가 내미는 꽃다발에서 한 손에 쥐어질 만큼의 코스모스를 잡는다. 느껴질 듯 말 듯한 손가락 끝에 끼운 링의

떨림으로 유카는 줄기의 가벼움과 부드러움을 짐작한다.

둘이서 나란히 강의 수면으로 몸을 숙인다. 미나토의 팔에서 많은 양의, 유카의 오른손에서 약간의 주황과 노랑, 빨강이 흘러나온다. 물에 빠진 꽃은 가라앉지 않고 선명한 채로 멀어져간다.

"어떤 분이었나요?"

"말수가 많지 않으셨어요. 다만 금목서 향기가 난다고 말씀하시며 웃던 모습이 또렷이 기억납니다."

"이제 곧 개화 시기가 돌아오네요."

"그래서 잘 계시나 알아보려 했어요. 데이터베이스를 통해 누군가의 소멸 소식을 알게 되는 것은 다른 사람 입으로 전해 듣거나 장례식 안내문을 확인하는 것보다 훨씬 더 처량한 일이더라고요."

"하지만 미나토 씨가 알아주셨으니 괜찮으실 거예요."

미나토는 수초가 흔들리는 개울에서 시선을 떼지 않았다. 유카는 자신의 손바닥을 바라본다. 코스모스의 가느다란 잎 부스러기가 달려 있었다. 사실은 손안에 꽃 따윈 없었다. 그 사람에게 하고 싶은 말도 없었다. 그래도 텅 빈 몸짓이지만 기도하는 마음을 담아도 좋을 것이라고 생각한다.

바람이 소리를 내며 나무 틈을 건너고, 그 사이로 비치는 노란 빛을 흔든다. 미나토의 짧은 머리를 헝클어뜨린다. 유

카는 느낄 수 없는 그 바람의 끝을, 미나토의 눈동자가 쫓

는다.

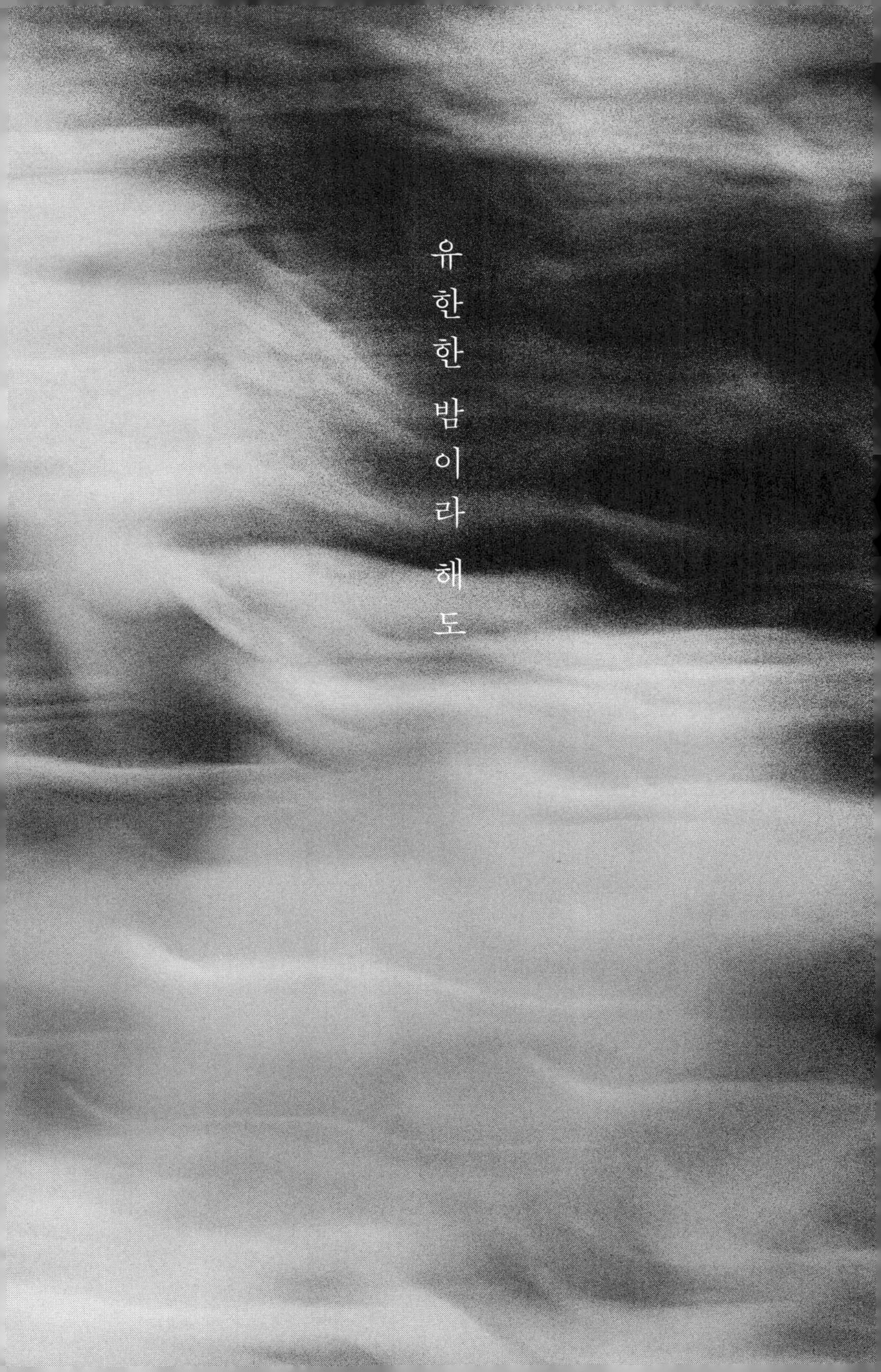

유한한 밤이라 해도

약속까지 남은 시간을 때우고 아침 식사도 겸할 생각으로 들어간 패스트푸드점에서 하이바라는 미모리에게 메시지를 받았다. 햄버거와 콜라를 사서 벽 쪽 딱딱한 소파에 자리를 잡은 참이었다. 휴일 오전 10시가 넘은 시간, 매장 안 손님은 대부분 어딘가 놀러 가는 듯한 가족이나 젊은이들이다.

[애들이 나도 꼭 같이 가야 한다면서, 말도 안 듣네. 미안한데 약속 시간 좀 늦출 수 있을까? 어떻게든 빠져나올 테니까.]

문자를 주고받다 보면 말하는 방식이나 단어 선택 등을 봐도 미모리는 자신과 다르다는 생각이 들곤 한다. 일상생활의 모습도 서로 겹치지 않는다. 하이바라는 재빨리 답장을 보낸다.

[놀이공원이라고 했나? 신경 쓰지 말고 놀다 와. 나는 밤

에 만나도 되니까.]

[낮부터 문을 연다고 하니, 정말 곤란하네.]

[나는 기다려도 상관없으니 도중에 빠져나오지 말라고 하고 싶은데, 너는 말로 전할 수 없는 끔찍한 현실을 어떻게든 외면하고 싶겠지. 자신이 뿌린 씨앗이라고 생각하고, 이왕이면 녹초가 될 때까지 휘둘리다 와라.]

'가혹하다'라는 미모리의 말을 끝으로 문자는 끝났다.

옆자리 손님이 일어나는 것을 보고 옆에 두었던 검은 크로스백을 끌어당기고는 안에 있는 렌즈와 카메라의 존재를 손으로 확인한다.

다른 사람에게로 시선을 돌리려던 순간 카운터로 걸어가는 여성이 눈에 띄었다. 헐렁한 검정 니트 원피스에 플랫 슈즈를 신고 있다. 뒷모습에서 풍기는 어린 분위기에 소녀라고 불러도 될 나이일지도 모른다는 생각이 들었다.

주문하는 그녀의 목소리가 들리자 팔에 털이 곤두섰다. 목소리가 젊지 않았다. 기계에서 흘러나오는 듯한 느낌도 든다. 주문하던 목소리의 주인이 무언가 질문했고, 이에 앳된 음성이 대답했다. 짧은 대화지만 이상하게 서먹서먹한 인상이었다.

이 젊은 여성은 육체를 버리고 가상 세계로 옮겨간 인물에게 몸을 빌려준 듯했다. 몸을 빌린 사람은 어딘가에 장착

된 스피커를 통해 자신의 목소리를 내보내고 있으리라. 정보 인격에게 육체를 빌려주는 일이 있다는 사실을 알게 된 것은 불과 열흘 전이다. 편집 작업을 제쳐두고 검색해보던 때가 생각났다.

손바닥에 땀이 배었다. 그녀가 카운터에서 자리로 향할 때 하이바라의 시선은 그 목 언저리의 초커에 집중되었다. 칠흑빛에 광택이 나는 물건이다. 새겨진 조각은 아라비아풍 당초 무늬일까. 옷도 신발도 촌스럽고 머리카락도 싹둑 잘라 풀어헤친 모습인데, 초커를 한 부분만 이상하게도 정성껏 손을 댄 듯 특유의 빛을 발하고 있었다. 육체를 빌리면서까지 현실로 찾아오고 싶었던 누군가의 정념을 건드린 기분이 들었다. 그녀는 신중한 발걸음으로 트레이를 옮겼다. 하이바라를 눈여겨본 것 같지는 않았다.

햄버거로 배를 채우면서 어젯밤 살짝 잠들었을 때 꾼 역겨운 꿈이 떠올랐다. 장소는 놀이공원. 미모리의 아들로 보이는 아이 둘이 하이바라를 올려다보고 있었다. 여섯 살과 여덟 살이라고 하는데 나이에 걸맞은 외모인지는 판별이 되지 않았다. 그 이전에 하이바라는 미모리 아들들의 얼굴을 몰랐다. 뇌가 마음대로 만들어낸 엉성한 얼굴의 아이들이 아저씨라고 부르며 그에게 호소했다.

"아빠 어딨어?"

“나 아빠한테 가고 싶어.”

하이바라는 아무 말도 할 수 없었다. 미모리의 반려자야말로 어디에 있느냐고 생각했다. 미모리는 없다. 하지만 그것을 그의 천진난만한 자식들에게 전하는 일은 자신의 몫이 아닐 것이다.

콜라를 다 마시고 자리를 뜬다. 손님도 늘었다. 여유 시간이 생겼으니 여기서 고민하기보단 밖으로 나가는 것이 좋겠다 싶었다.

가게 앞에서 주위를 둘러보았다. 버스 정류장이 있는 로터리, 그을린 외벽의 빌딩에 원색 간판, 오가는 사람들. 맑은 날씨이지만 그늘은 춥다. 겨울이 가까워졌음을 알리는 마른 바람이 재킷과 긴팔 티셔츠를 스치며 피부를 차갑게 한다.

하이바라는 DSLR 카메라를 꺼냈다. 거울과 고성능 센서가 내장되어 있고 무게감이 있는 예전부터 근본으로 여겨지는 기종이다. 보이는 세계를 가능한 한 왜곡하지 않고 비출 수 있는 것으로, 빛이 만들어내는 풍부한 그라데이션과 편집의 자유도를 위해 최상급 모델을 사들인 지 20년도 더 됐다. 해당 브랜드가 후속 모델을 계속 발매하고 있어서 교체하고 싶은 마음은 굴뚝같지만 손에 완전히 익어버렸다.

카메라를 설치하고 올려다보는 구도로 건물과 하늘을 찍었다. 렌즈를 교체하고 아스팔트에 무릎을 꿇었다. 초점을 맞춘 노면의 균열을 배경으로 보행자의 발이 흐릿하게 찍힌다. 오가는 사람이 많아지면서 시선이 신경 쓰였다. 의심스러워 보인다는 자각은 있었으니까. 키는 평균, 마른 체형에 새우등이고 혈색은 안 좋다. 예전부터 나이를 알 수 없다는 말을 듣곤 했는데, 오십이 가까워지니 외모는 완전히 아저씨다. 거창하게 겨눈 카메라 앞에는 사건도, 치장한 인물도, 기념으로 남겨야 할 아름다운 광경도 아닌 일상적인 거리만 있을 뿐이다.

하이바라는 스스로 세상에 녹아들려고 노력하지 않는다. 사람이 모이는 곳에서는 흔히 이방인처럼 취급된다. 집단생활에 서툰 까닭에 학교에서는 제대로 친구도 사귀지 못했다. 미모리가 끼워주지 않으면 수학여행에서 방 배정도 못 받을 정도였다. 신규 졸업자 전형으로 어렵게 취직했지만 바로 그만두고, 이후 회사 생활로부터 도망쳐 살아왔다.

이렇게 살아올 수 있었던 것은 행운이었다고 하이바라는 생각한다. 이런 삶을 이어가게 해준 그룹 전시나, 젊은 시절을 버티게 해준 고객은 실력만으로 쟁취한 것은 아니다. 어느 하나라도 잘못된 선택을 했다면, 그를 도와준 우연 중 어느 하나라도 부족했다면 세상을 저주하고 죽을 수밖에 없었을지도 모른다.

날마다 카메라를 들고 집을 나선다. 돌아와서는 사진을

선별해 판매용 데이터, 출력물, 전시용 패널 등 목적별로 가공한다. 출력은 외부에 주문을 넣지만, 패널에 붙이는 작업은 직접 한다. 고객의 질문이나 요청에 회신할 목적으로 만든 웹 사이트에서 통신 판매도 겸하고 있다. 인터넷상에서는 엽서나 화보집을 주문하는 젊은 손님이 주를 이룬다. 패널이나 액자 형태 작품은 전시회장에서 팔리는 경우가 많다. 대형 작품을 사 가는 부유한 미술 애호가 중에는 간혹 일본에서 열리는 외국 작가 전시회 등 고가의 티켓을 나누어주는 사람도 있다.

1년에 한 번은 개인전을 연다. 기회가 되면 이벤트에도 나간다. 소규모 출판물 표지나 연극 전단지 같은 의뢰도 종종 들어온다. 고맙게도 그럭저럭 바쁘다. 입에 풀칠할 정도의 수입이지만 이쪽 업계에서는 성공한 부류에 속한다.

직함을 써야 할 때는 '사진가'를 사용한다. 말이나 문자로 설명할 때마다 하이바라는 기묘한 감정에 빠진다. 이 시대에 사진이 팔리는 것은 비정상적이다. 게다가 하이바라가 찍는 대상은 오래된 골목이나 거친 털을 가진 길고양이, 녹이나 잡초로 인해 조만간 무너질 것만 같은 철망 펜스 등으로, 잘 포장해서 가치 있어 보이게 할 만한 물건이 아니다.

고객이 작품을 구매하는 데 결정적인 역할을 하는 요인이 무엇인지 알 수 없으니 설명을 붙이는 일은 어렵다. 기법을 연구하거나 다른 사진가의 전시와 작품집을 참고하는 등 공부는 하고 있고, 생각 없이 찍는 것도 아니다. 각색을 배제하고 가급적 자신의 눈이 포착한 광경을 그대로 출력하는, 흔해빠진 것에서 희미하게 이야기가 시작될 법한 순간을 잘라내는 전략이 효과를 거두었다고 해도 그 정도 계획은 표현 활동을 하는 사람이라면 누구나 가지고 있을 것이다.

골목으로 들어가자 오래전부터 영업한 것처럼 보이는 햇빛에 바랜 간판이 달린 식당, 내부 수리를 한 지 얼마 안 된 듯한 세련된 헌 옷 가게, 점주의 취향이 느껴지는 카페 등이 여기저기 흩어져 있었다. 유동 인구가 많은 역이 근처에 있어 그 덕을 톡톡히 보는 중이다. 요즘 시대에 걸어서 돌아다닐 수 있는 거리는 도시의 특권이라고 할 수 있다.

역에서 벗어나 한참을 걸어가니 주택가가 나왔다. 좁은 땅에 촘촘히 지어진 단독주택 사이로 편의점과 저층 아파트 정도만 보이고, 하늘이 가깝게 느껴졌다. 이윽고 새로운 공원을 마주했다. 썰렁한 광장 주위에 의지할 곳 없는 어린나무들이 드문드문 심겨 있다. 적은 잎은 노랗게 물들었고, 검고 습한 흙에 닿은 밑동은 가늘다.

하이바라는 공원 밖에서 잠시 안을 바라보았다. 아이가 뛰어다니고 있었다. 도시도 사회도 새롭게 태어나는 것에 의해서 낡은 것이 밀려나 바깥으로 쫓겨난다. 그는 눈부신 광경에 등을 돌린다. 그가 찍을 수 있는 건 그곳에 없다. 그의 렌즈가 잘 담아낼 수 있는 것은 아무도 소중히 여기지 않는 것들이다.

저녁이 되자 미모리에게 다시 문자가 왔다. 마른 강아지풀에 둘러싸인 매각 예정지의 안내판을 찍고 있을 때였다. 간판도 마른 풀로 뒤덮인 땅도 석양과 이웃집이 만들어내는 그림자로 뚜렷이 구별되어 칠해져 있었다.

미모리는 역 앞 이탈리안 레스토랑에 대한 정보와 함께 6시에 예약했고 가게에 직접 가봤으면 좋겠다는 문자를 보냈다. 하이바라는 알겠다고 회신한 뒤 그림자의 영역이 살짝 더 넓어진 공터를 몇 장 찍었다. 역에서 꽤 떨어져 있어서 느긋하게 걸어 돌아가면 딱 맞을 것 같았다.

하이바라가 레스토랑에 도착한 것은 6시 5분 전, 미모리는 아직 오지 않았다. 반지하에 있는 입구가 좁은 가게였다. 벽이 전부 거울로 되어 있어 넓어 보이지만 좌석 수는 적다. 따스한 조명과 도료를 입혀 광택이 나는 나무 바닥, 아무것도 바르지 않고 구워 만든 벽돌로 이루어진 내벽. 가게 안은 적당히 시끄러웠다. 차분히 이야기하기에 알맞은 곳이다.

예약 시간에 맞춰 미모리가 도착했다. 서둘러 왔는지 약간 숨이 찬 모습이다. 통이 좁은 치노 팬츠에 사무실에서도 입을 수 있는 셔츠, 팔에는 고급스러운 얇은 코트가 걸려 있다. 청결하게 정돈된 검은 머리에 불쾌하지 않을 정도로 단련된 몸, 호감을 주는 미소. 하이바라는 저도 모르게 씁쓸하게 웃었다.

“기다리게 해서 미안. 뭐 좀 시켰어?”

“아니, 아직 아무것도.”

미모리가 메뉴판을 펼쳤다. 하이바라에게 확인을 받으면서 코스를 선택하고 점원을 불렀다. 일 처리도 사람을 대하는 방식도 훌륭해서 누구나 반할 수밖에 없다.

“놀라울 정도로 안 변했네.”

“너도 마찬가지야. 마지막으로 만난 지 5년은 됐을 텐데, 전혀 그런 느낌이 안 들어.”

“오랜만에 만난 것 같지 않다는 생각은 만날 때마다 해.”

아무리 오랫동안 못 봤어도 만나서 인사를 나누고 어색함이 사라지기까지 걸리는 시간은 그 누구보다 미모리가 가장 짧다. 미모리의 말솜씨가 뛰어난 덕분이겠지만, 이번만큼은 그렇게 쉽게 말을 꺼낼 수 있으리라고 생각하지 않았다.

“놀이공원 어땠어?”

“덕분에 아이들도 즐거워했어. 고마워.”

“컨디션은? 놀다 오라고 말하긴 했지만 너무 무리한 거 아니야?”

“지금은 생각보다 건강해. 거짓말인가 싶을 정도로.”

하얀 이를 드러내고 미모리가 말했다. 하이바라는 문득, 가게 안쪽의 거울 벽을 보았다. 마른 등을 구부린 자신과 균형 잡힌 몸매의 미모리가 비쳤다.

"겉모습만 봐서는 내가 더 죽을 사람 같네."

의외로 술술 입에서 목소리가 흘러나왔다. 잊고 지낸 지 5년도 더 된 감각이 벌써 되살아난다. 미모리는 눈썹을 일부러 찡그렸다.

"체형은 옛날부터 말랐으니까 괜찮겠지만 검진은 주기적으로 잘 받아라."

"명심할게."

죽는 쪽이 자신이었으면 좋았을 텐데. 하이바라는 솟아오르는 감정을 억누른다. 입으로 내뱉으면 미모리는 분명 부정할 테고, 마치 하이바라의 삶을 긍정받기 위한 말처럼 되어버릴 것이다.

'나무랄 데가 없다'는 표현은 미모리에게 가장 잘 어울린다. 고등학교 같은 반이었던 시절 미술실 창문에서 운동장에 있는 미모리를 보고 있었다. 그때부터 쭉.

＊　＊　＊

두 사람이 다닌 고등학교는 3년 동안 반이 바뀌지 않았다. 2학년 여름 정도 되니 아무리 다른 사람에게 무관심한 하이바라라도 같은 교실에서 생활하는 학생 대부분의 얼굴과 이름은 알고 있었다. 그렇기에 방과 후, 해 질 녘이 가까워질 때쯤 계단 출입구에서 유니폼 차림의 미모리가 불러 세웠을 때 '뭐야, 나를 알고 있는 건가'라고 생각한 것은 꽤 이치에 맞지 않는 감상이었다.

학급뿐만 아니라 학교의 중심인물인 그가 자신을 알고 있다는 사실을 믿을 수 없었다. 성적은 항상 상위권에 적당히 햇볕에 그을린 단정한 얼굴. 핸드볼부 부장을 맡고 있고, 학생회에서는 부회장으로서 역시 준수한 외모의 회장을 서포트하고 있었다. 한 폭의 그림 같은 남녀였기에 두 사람이 사귄다는 소문은 하이바라의 귀에도 들어갈 정도로 교내에 파다했다. 이것 때문에 속을 태우던 회장이 다른 학교에 남자 친구가 있다고 공언하면서 겉으로는 잠잠해졌지만, 이들에게 로맨스를 덧씌우는 학생은 끊이지 않았다고 들었다.

하이바라가 애매하게 고개를 갸웃거리며 응하자 미모리는 입을 열다가 그만두었다. 항상 자신감에 찬 모습을 보이던 미모리였기에 여느 때와 다르다고 생각했다. 이윽고 결심한 듯 미모리가 말을 꺼내기 시작했다.

"저기, 착각했다면 미안한데."

긴장한 미모리의 얼굴을 하이바라는 머릿속으로 스케치

했다. 가까이서 볼 수 있는 드문 기회다. 사실은 손발까지 전부 관찰하고 싶었지만, 미모리의 반짝이는 두 눈이 바라보고 있던 터라 그럴 수 없었다.

"내가 혹시 뭐 잘못한 거 있어? 동아리 활동하는 모습 보고 있었지? 창문으로."

미모리가 하이바라 등 뒤의 계단을 가리켰다. 그곳을 올라가면 미술실이 있다. 하이바라가 방금 나온 곳이다. 운동장이 바로 보이는 3층에 있는 방. 미모리가 말한 대로 하이바라는 그를 지켜보고 있었다. 핸드볼부와 미술부의 활동이 겹치는 화요일, 열심히 활동하던 선배들이 졸업하고 나서는 고문조차 거의 드나들지 않게 된 유령 미술부에서 아무도 모르게 그를 그리고 있었다. 작품이라고 부를 만한 것은 아니다. 무수한 윤곽과 음영이 크로키북을 채우고 있었다. 다른 사람이 오면 페이지를 넘겨 숨길 수 있게.

이들 학교 운동부는 규모가 작고 성적도 변변치 못해 미모리도 선수로서 특별한 재능이 있지는 않았을 것이다. 하지만 골을 넣은 순간 골문 앞 라인 가장자리에서 펄쩍 뛰고는 몸을 가다듬고 다시 공을 멀리 보내는 모습이 너무나도 아름다웠다. 건강하게 쭉 뻗은 팔다리와 강인한 몸통이 흙먼지로 가득한 운동장에서도 잘 보였다.

"아니…… 너는 아무 잘못도 안 했어."

급격하게 열이 올라 붉어진 얼굴을 그에게서 어떻게든 돌려 말했다. 자신이 지켜본다는 사실을 상대가 눈치채고 있었다니. 수치스러운 일이라면 이전에도 수없이 많았지만, 이보다 더한 수치를 느낀 적은 없다.

"보고 있었던 건 사실이야. 그냥 깊은 뜻은 없고 그림 그리고 있었어. 이제 그만둘게. 괴롭히려던 건 아니야."

빠른 변명에 미모리는 당황한 듯했다. 입을 다문 채 반응이 없어서 하이바라가 쳐다보니 무표정한 얼굴이었다.

"나를 그리고 있었다고? 왜?"

"뭔가 아름다웠어."

그 말을 들은 미모리가 웃었다. 한없이 상쾌한, 모든 사람을 그의 편으로 만들 수 있을 만한 미소였다.

"정말? 그럼, 보여줘. 그림."

하이바라는 고개를 끄덕였다. 거절할 만한 기개는 없었다. 다만 미모리의 눈동자 깊숙이 불안한 그림자가 비치는 게 마음에 걸렸다. '무언가 두려워하거나 찾고 있는 건가?' 어쨌든 부적응자인 자신을 대하는 태도가 이상하다고 생각했다. 그가 쌓아 올린 위협적일 정도의 인망은 학교라는 닫힌 세계에서 가장 강력한 무기이자 권력이었으니 하이바라에게 신경 쓸 필요 따위는 없을 터였다.

다음 날 미모리는 미술실에 찾아왔다. 수요일은 미술부

활동일, 핸드볼부는 쉬는 날이었다. 크로키북을 가득 채운 자신의 모습을 봐도 미모리는 기분 나빠하지도 비웃지도 않고, 잘한다고 칭찬할 뿐이었다.

"시합 때 누가 사진 찍어준 적이 있는데, 이게 더 좋아."

"고마워."

시큰둥한 반응에도 기죽지 않고 미모리는 즐거운 듯이 반이나 수업 등에 대해서 잡담을 이어나갔다. 하이바라도 말을 얹을 수 있는 화제를 선택하는 센스가 얄미울 정도였고, 좋아할 수밖에 없다며 혀를 내둘렀다.

미모리는 하이바라가 자신을 그리는 것을 막지 않았다. 주위에 소문내지도 않았다. 그 후에도 수요일 미술실에 홀로 훌쩍 나타나서는 손을 바쁘게 움직이는 하이바라를 바라보거나, 시답잖은 이야기를 하다가 돌아갔다.

하이바라가 부탁하면 미모리는 모델이 되어주었지만, 어떤 이유에선지 가까이에서는 그림 작업이 순조롭지 않았다. 능수능란한 그의 말을 듣고 있으니 그의 내면에도 관심이 갔다. 크로키북에 남은 것은 결국 운동장에서 움직이는 모습뿐이었다.

암묵적인 약속으로 교실에서는 서로 무관심한 척했다. 많은 사람과의 관계에 얽히고 싶지 않았던 하이바라에게는 이쪽이 편했다. 하이바라는 책 읽는 척만 해도 곤란한 상황을 모면할 수 있었지만, 미모리는 관계가 드러나지 않게 꾸며 내느라 힘들었을지도 모른다. 수학여행에서 같은 방에서 지내거나 할 때면 미모리는 '별로 이야기 나눠본 적 없는 같은 반 아이'라는 설정을 유지한 채 능숙하게 신경 써주었다.

미모리의 눈동자에는 가끔 어두운 무언가가 스쳤다. 하이바라를 향한 시선이나, 가끔 에둘러서 하는 질문들에서 알 수 없는 무게가 느껴지기도 했다. 졸업 직전까지 미모리의 방문은 이어졌지만, 그는 한 번도 자신의 속마음을 밝히지 않았다. 화제를 돌리려 할 때는 하이바라에게 맞춘 어른스러운 말투보다 경묘하면서도 밀어붙이는 듯한 말투가 되었다. 적당히 얼버무리면서 순조롭게 넘어가는 습관이 몸에 뱄던 것 같다.

두 사람은 공교롭게도 같은 대학에 진학했다. 학생 수가 많고 학부도 달랐기 때문에 교내에서 마주칠 일은 거의 없었다. 하이바라는 당시에 아직은 자신이 평범하고 성실한 인생을 살 수 있다는 기대를 품고 있었고 열심히 경제학을 공부했다. 아르바이트와 구직 활동도 했다. 외면당해도 꾹 참고 버티면 잘 해결되는 경우가 대부분이라고 배웠다.

여유 시간에 머물게 된 곳은 선배의 작품에 이끌려 들어간 사진부였다. 친구까지는 아니더라도 하이바라의 사진을 평가해주는 사람이 항상 몇 명씩 있었다. 학교 축제의 체험

부스나 소란스러운 술자리, 엠티 등 여러 남녀가 뒤섞여 어울리는 장에서 멀리 떨어져 하이바라는 청춘이라고 불릴 법한 경치를 방관하고 지냈다.

고등학교 졸업 이후 하이바라가 처음으로 미모리와 제대로 이야기를 나눈 것은 대학 학위 수여식이 끝난 직후다. 인적이 드문, 역에서 멀리 떨어진 문을 나서려던 참에 미모리가 말을 걸었다. 수여식 현장에서 받은 종이봉투에 모든 짐을 욱여넣은 하이바라와 꽃다발과 과자 등 선물을 가득 안은 미모리. 환경이 바뀐 지 4년이 지나도 사람의 입지는 쉽게 바뀌지 않는 듯했다.

"이따가 시간 있어? 술 한잔 어때?"

"나는 한가하지만, 너는 아니잖아."

"사은회는 나중에 하기로 했고, 오늘은 아무 약속 없어."

"그렇다고 해도, 왜 하필 나야?"

"글쎄. 우연히 만났으니까?"

그들은 밤새도록 술을 마셨다. 분위기를 잘 맞추는 데다 밀어붙이려는 성격이 약해져서인지 그의 말솜씨는 더욱 세련되어졌다. 첫차를 기다리는 플랫폼에서 미모리는 어떤 부분에서 왜 그렇게 느꼈는지 모르겠지만 "역시 너는 믿을 수 있어"라고 말하며 하이바라의 연락처를 물어봤다.

이후 1년에 한두 번씩 생각이 났다면서 문자를 보냈다.

만날 약속을 잡을 때도 있고 아닐 때도 있었다. 미모리는 대기업에서 영업직을 맡았다. 하이바라는 신규 졸업자 전형으로 들어간 광고 회사를 두 달 반 만에 때려치우고 단기 아르바이트를 전전했다.

뜻밖에도 미모리는 고등학교 시절 친구들과 거의 연락을 끊고 지냈다. 공통된 친구가 없어서인지 두 사람은 죄다 털어놓고 이야기하는 사이가 됐다. 상대의 결정에 이래라저래라 간섭하진 않지만 야유하거나 놀리곤 했다. 걸핏하면 공감은 제쳐두고 이런저런 대화를 나눴다. 모두 솔직한 이야기였지만 말하고 싶지 않은 것은 숨겼고, 상대방이 무언가를 숨기고 있다는 것을 알아도 내버려두었다.

미모리는 순조롭게 출세의 길을 밟았다. 하이바라도 사진을 팔기 시작했고, 곧 카메라를 새로 맞추었다. 많은 사람이 부러워할 직함을 가진 미모리에게도 나름의 고충이 있음을 알았고, 근황 등을 말하면서 하이바라도 자기가 생각보다 운이 좋다는 것을 깨달았다.

미모리가 결혼하고 아이를 가진 후로는 만나지 않았지만, 가끔 연락은 하고 지냈다. 아이가 크면 다시 만나게 될 줄 알았다. 미모리가 대학에서 어떻게 지냈는지 물어본 것은 졸업식 날이다. 마찬가지로 어린 자녀를 키우며 겪는 고생이나 기쁨에 관한 이야기는 그들이 부모의 품을 떠났을 때 하게 되리라고 생각했다. 열흘 전 미모리가 보내온 단도직입적인 메시지, 그 두 번째 줄인가 세 번째 줄에 적힌 "가망이 없다네"라는 글자를 보기 전까지는.

＊　＊　＊

"어디서부터 말해야 할까?"

전채 요리 설명을 마친 점원이 떠나자 미모리는 포크와 나이프를 집어 들었다. 하이바라의 잔에는 탄산수가 담겨 있었고, 미모리는 화이트 와인을 주문했다. 미모리의 너무도 태연한 모습에 애써 외면해왔던 사실이 믿기지 않았다.

"네가 하기 쉬운 말 먼저 해. 나는 뭐든지, 뭐든지 다 들을 테니까."

"그럼, 싫은 일 먼저 후딱 해치울까?"

미모리의 포크가 카프레제 샐러드의 토마토를 한 조각 들어 올렸다. 신선한 단면은 세포 하나하나까지 보일 듯했고, 씨앗을 감싸는 젤리 모양의 물질이 싱싱하면서도 그로테스크했다.

"나 말이야. 앞으로 3년 남았대. 악화 속도가 빠르면 내년 이맘때 죽을 수도 있고. 선택지는 두 개야. 육체를 버리고 가상 세계로 넘어갈지, 어렵다는 걸 알지만 연명에 베팅할지."

"우선 치료해보고 가능성이 없어 보이면 그때 넘어가면
안 돼?"

"그렇게까지 할 돈은 없어. 애들도 있고."

"가장 큰 걱정은 역시 애들인가?"

미모리는 곧 크게 고개를 끄덕이고, "그렇지"라고 답한다.

"제일 중요해. 앞으로의 일을 생각했을 때, 가장 먼저 애
들이 떠올랐어. 부모로서의 책임감과 순수하게 이 아이들이
행복했으면 하는 마음과 성장한 모습을 보고 싶다는 바람.
무엇을 선택하는 것이 정답일까?"

미모리의 시선이 멀어진다. 애처로운 듯한 미소. 시한부
선고를 받은 지 2주 정도밖에 되지 않았는데, 자신의 처지를
한탄하는 것이 아니라 아이들 걱정을 하고 있다. "아이들"이
라고 말할 때 깊은 애정이 느껴지는 그의 부드러운 발음을
하이바라는 평생 따라 할 수 없을 것이다. 하이바라가 대답
하지 못하는 사이 미모리는 다시 입을 열었다.

"하지만 내가 없어도 아이들은 제대로 행복하게 자라줄
거라고 믿어. 아내夫와 그의 가족 모두 굉장히 상냥하고, 신
뢰할 만한 사람들이니까. 내 병에 관해서도 알고 있어. 오늘
도 세 사람은 아내 본가에서 묵기로 했어. 애들이 좋아하더
라고. 응석 부릴 할머니, 할아버지도 있고."

하이바라의 머릿속에서 '아내'라는 말이 매끄럽게 '남편'

이라는 글자로 변환된다. 그렇게 부르기로 한 이유는 미모리가 첫 아이를 맞이하기 전에 들었다. '남편'이라는 발음보다 듣기 좋아서라고. 고어의 훈독 방식이었다는 것을 알고 있었기에 일반적이지는 않더라도 이해하기 어렵지는 않았다(일본어로 아내는 '쓰마つま', 남편은 '옷토おっと'로 발음하는데, 옛날에는 남편을 나타내는 한자 '지아비 부夫'를 '쓰마'로 읽기도 했다는 말이다-옮긴이).

하이바라는 미모리의 배우자를 예전에 만난 적이 있다. 당시에는 연인으로 소개받았다. 이발사라는 그는 적갈색으로 염색한 머리와 부드러운 말투가 인상적인 남자였다. 남국풍 식물로 둘러싸인 테라스석에서 커피를 마시며 이야기했다. 미모리가 하이바라와 그를 번갈아 소개하는 식이었기 때문에 직접 대화를 나눈 느낌은 별로 없었다. 오히려 하이바라는 미모리가 자신에 대해 이야기하는 것을 듣고는 그렇게 보였다는 사실에 재미있었다. 특히 "친구라고 해야 하나, 비정기적으로 근황을 보고하는 듯한 이상한 관계"라는 표현에 웃었다. 하이바라도 미모리를 단순히 친구라고 하기에는 썩 내키지 않는 부분이 있었다.

그러고 며칠 후 둘이서 식사하러 갔을 때 미모리는 자신의 첫사랑이 고등학교 1학년이 끝날 무렵이었으며 상대는 동아리 선배였다고 털어놓았다. 또한 하이바라가 그 사실을 눈치챈 것은 아닐지 의심하며 말을 걸게 되었다는 것도.

"그랬군. 생각지도 못했어. 나는 처음에 네 외모에만 관심이 있었으니까."

하이바라의 말에 미모리는 "그랬구나"라며 쓴웃음을 지었다.

"하지만 고등학교 때는 그 사실이 누군가에게 알려질까 봐 두려웠으니까 아무래도 사람을 쉽게 의심했지."

동성 혼인을 허용하는 법 개정을 틈타 배우자에 대한 혜택은 대폭 줄어들었다. 그들이 태어나기 몇 년 전 이야기지만, 사회적으로 동성애자에 대한 증오가 상당했고 그 풍조는 한동안 이어졌다고 한다. 부모 세대는 동성애에 대한 편견이 강했고, 그렇지 않더라도 이질적인 것에 대한 거부감이 큰 연령대이다. 미모리가 경계하는 것은 자연스러운 일이었다.

"그런데 왜 갑자기 고백할 마음이 생겼어?"

"결혼, 하려고."

미모리의 목소리는 솔직했다.

"너와는 연애 이야기를 하지 않았으니까 말할 기회도 없었어. 말하지 않고 지나가도 괜찮지 않을까 싶기도 했고, 어떻게 해야 하나 고민했는데 왠지 말하고 싶더라고."

서로 인생의 대략적인 흐름은 알고 있다. 하지만 그 흐름에는 영향을 주지 않으려고 노력해왔다. 상담은 생각을 정리하기 위해, 근황 보고는 자신의 현재 위치를 확인하기 위해서일 뿐 결단을 내리는 것은 그들 자신이었다.

하이바라는 미모리 앞에서는 말로 해야 할 일이나 심정을 확실히 털어놓을 수 있을 것 같았다. 그것은 촬영 때 신의 계시를 받은 듯한 순간과 똑 닮았다. 반자동적으로 구도가 정해져 무의식에 가까운 상태로 셔터를 누른다. 자신의 의도를 떠나 엄청난 힘에 기분 좋게 몸을 내맡기는 감각. 매서운 실패 경험조차 그에게라면 가감 없이 이야기할 수 있었다.

그를 잃는 것은 아프다. 자주 보던 익숙한 별자리가 사라지는 듯한 기분이다. '자기 중심적이네' 하고 하이바라는 마음속으로 중얼거린다. 미모리야말로 상상할 수조차 없는 아픔을 안고 있을 텐데.

"……즉."

미모리의 목소리가 하이바라를 현실로 되돌린다.

"내가 생각해야 할 것은 딱 하나야. 가장 많은 것을 남길 수 있는 선택이 과연 무엇인가. 돈도 그렇고 경험이나 기억도 마찬가지고."

"네가 무엇을 남기고 싶은지도 중요해."

"아, 돈만 생각하면 무조건 가상 세계로 이행이지."

미모리는 인격 정보화 조치에 관한 조성금 제도를 나열

하며 치료에 드는 비용을 어림잡아 말했다.

"가상 세계로 이행할 때도 비용이 들지만, 신체 유지에 들어가는 돈에 비하면 무시할 수 있는 수준이거든. 우리 회사에도 저쪽 세계에서 업무에 참여하는 임원이 있으니 일자리를 잃게 되지는 않을 거야. 데이터 채취를 서둘러야 해서 입원은 필수라고 하는데 길어야 2주 정도고. 나머지는 당일치기로 끝낼 수 있어. 육체에 집착하면 죽을 때까지 치료를 계속해야 해. 얼마나 자유롭게 움직일 수 있는지는 치료 내용과 병세에 달려 있어."

"결국은 내 감정의 문제야"라고 말하며 미모리는 빈 접시 위에 포크와 나이프를 비스듬히 올려 놓았다. 하이바라는 남아 있던 생햄을 모아 포크로 들어 올렸다.

"슬픈 기억은 되도록 적게, 즐거운 추억과 인생의 양식이 되는 경험은 많이 만들어줘서 아이들이 기억해주었으면 해. 또 한 명의 아버지가 있었다는 것을. 어쩌면 그 아이들을 위해서라기보다 나를 위해서일지도 몰라. 내가 그 아이들 기억에 남고 싶으니까."

"앞으로 살날이 3년 남았다면 정보 인격이 되는 쪽이 장수할 가능성이 커 보여. 최신 데이터를 확인해보니 5년간 생존할 확률이 7할에 가까웠거든. 조건이 나쁜 사람까지 포함해서 그 정도니까."

"엄청 자세히 아네."

"알아봤어. 겉핥기식이긴 하지만 모르는 것보다는 나으니까."

"와, 감동이네. 나를 울릴 작정이야?"

"눈물은 됐고, 그래서 어때?"

"시간의 길이로 따지자면 정보 인격 쪽이 낫겠지."

"길이보다 질이라는 거야?"

"밸런스라고 해야 할까."

점원이 파스타를 서빙하고 전채 접시를 치운다. 초록색 납작한 면에 버섯 크림소스. 하이바라는 스파게티가 아닌 파스타를 오랜만에 먹는다. 멀어지는 점원의 등을 배웅하며 미모리가 근심 가득한 숨을 내쉬었다.

"화면 너머에만 존재하는, 끌어안기는커녕 손도 잡아주지 못하는 인간을 과연 아버지로 여길 수 있을까. 하지만 아무리 현실에 살아 있다고 해도 치료 때문에 만나지 못하거나 힘들어하는 모습밖에 보여주지 못한다면 의미가 없고."

"결정까지 시간이 얼마나 남았어?"

"거의 없어. 어느 쪽이든 선택이 빠를수록 예후가 좋아."

"예후……."

"간단하게 말하면 죽을 때까지 남은 시간이야. 정보 인격이라면 소멸까지라고 해야 정확하겠지만."

데이터로 구성된 존재이자 육체의 죽음과는 무관한 정보 인격에도 언젠가 끝은 찾아온다. 불사의 존재로 여겨졌던 것은 가상 세계 운용이 시작된 직후 짧은 기간뿐이다. 하이바라와 미모리가 아주 젊었을 적의 일이다.

"인격 및 신체 데이터로 인간다운 모습을 유지하는 것이 중단된 듯하다"라는 기술자의 발언을 하이바라는 기억한다. 가상 세계 전반에 대한 정밀 조사에 들어가면서 그 사람을 구성하던 정보 조각 같은 것이 발견되었지만, 재구성이 불가능해 초기 상태로 되돌리는 작업은 실패로 끝났다.

서비스 개시 후 불과 2년 만에 가상 세계는 현실 세계와 또 다른 죽음에 직면했다. 소멸은 중대한 결함이며 원인과 대처법이 밝혀질 때까지 운용을 정지해야 한다는 합리적인 의견 아래, 일단은 신규 접수가 중단되었다. 그렇다고는 해도 가상 세계에는 법적으로 살아 있던 인간이라고 정의된 존재들이 남아 있었다.

정보 인격들은 주민이 늘지 않는 세상에서 조용히 살았다. 인원이 적었으니 작은 마을 같은 사회였으리라. 사람들은 관계를 맺고 취미 활동을 하고 일에 힘썼으며, 시간이 지나면서 누군가는 소멸했고 누군가는 삶을 이어갔다.

초창기에는 현재보다 규율이 엄격했고 질병으로 죽음이 가까워진 사람, 신체적 이유로 생활에 현저한 어려움을 안고 있는 사람만을 대상으로 했기 때문에 가상 세계 주민 대부분은 육체에 선고된 여명보다 더 오래 살았다. 만족도도 높았다고 한다.

이 사실을 알게 된 현실 세계의 병자와 노인이 이행을 허가해달라며 국가에 호소했고, 그 요구가 받아들여지면서 대상을 좁혀 수용이 재개되었다. 소멸 원인은 여전히 밝혀지지 않았지만, 통계를 분석한 결과 새롭게 만들어진 정보 인격은 생존율이 높다는 특징이 나타났다. 그렇게 정보 인격의 평균 여명이 서서히 증가하고 규제가 완화됨에 따라 육체의 죽음이 임박하지 않은 사람도 사정이 있으면 이행이 가능해졌다.

그런데도 정보 인격이 되기를 선택하는 사람은 대부분 살날이 얼마 안 남은 이들이다. 가족과 친구와 헤어져야 하고 언제 소멸할지 모르는 가상의 몸을 얻으려면 그에 상응하는 이유와 각오가 필요한 것이다.

"이렇게 어린 나이에 부모의 죽음을 경험하게 하고 싶지는 않아. 그 애들은 친부모와 헤어지고 우리에게 왔으니 더더욱. 하지만 VR 면회 서비스를 이용할 수 있는 나이가 열두 살부터라고 하니까 그때까지는 영상 통화가 최선이고, 그런 사람을 아버지라고 말할 수 있을까 하는 생각도 들지."

"네가 만나서 이야기하고 싶다고 했을 때 그런 부분까지

고민할 거라 예상했어. 단순히 오래 살고 싶은 게 아니라 얼마나 경험을 공유할 수 있느냐를.”

“같은 공간에 있다는 것 자체가 정보량에서 압도적이잖아.”

“그건 정말 맞아.”

영상 통화로 얼굴을 마주 보며 말해도 실제로 만나 대화하는 것과는 다르다. 답답함이 있다. 사람은 공간을 공유하며 다른 사람과 대화할 때 말이나 몸짓, 표정 이외에 얼마나 많은 정보를 얻고 있는가. 함께 살고 있고, 곁에 있고, 사랑을 충분히 전달하고 있다고 느끼는 데 육체가 영향을 미치는 것은 분명하다.

“어린아이에게는 특히 더 필요할지도 몰라. 모든 신체를 동원한 커뮤니케이션 같은 거 말이야.”

“나에게도 중요해. 지금까지 그 애들의 성장을 몸으로 직접 느껴왔어. 몸무게라든가 힘이 세졌다든가. 그런 게 사라진다고 생각하면 괴롭지.”

하이바라에게 다른 사람의 체온이나 피부의 감촉은 혐오감 없이는 떠올리기 어렵지만 아이와 살을 맞대는 기쁨을 상상해보려고 한다. 사랑하는 작은 존재의 온기와 무게. 하지만 결국 그 점에 관한 의견은 포기하고 화제를 돌리기로 했다.

“고민이 필요 없는 세상이었다면 편했을까?”

하이바라가 포크에 감았던 파스타가 풀어지면서 소스가 테이블에 튀어 오른다. 미모리는 능숙하게 면을 감아올린 포크를 공중에서 잠시 멈추고 되묻는다.

"정보 인격이 없었다면 어땠겠냐는 말이야?"

"그래. 육체의 사망과 동시에 인생이 끝나는 시대였다면."

"저항 말고는 선택지가 없겠지. 다만…… 고민할 수 있다는 건 좋다고 봐. 자기가 무엇을 중시하는지, 무엇을 남기고 싶은지를 생각할 기회니까. 오직 치료만 열심히 해야 했다면 시야도 좁아지고 가족과 깊은 대화를 나누기도 어려웠겠지."

"가족들과 의미 있는 대화를 나눌 수 있다는 말인가. 그렇다면 무엇보다……."

"어떤 일이든 제대로 이해해주려고 노력하는 사람들이야. 그러니까 말하기도 쉽고 속마음을 터놓을 수 있어. 나한테는 분에 넘치는 가족이야."

"너한테 분에 넘칠 정도면 다른 놈들한테는 어울리기나 하겠냐."

미모리는 노력형 인간이다. 사교적이고 빛나는 경력을 보유했을 뿐만 아니라 배우자와 아이들을 사랑하고 총명하며 사려 깊어 많은 사람이 그의 죽음을 안타까워할 인물이다. 하이바라가 가지지 못한 여러 가지를 가지고 있다. 하지만 대화를 나누다 보면 간혹 스스로 저평가하는 모습을 보이곤

했다.

"하이바라가 나를 높이 사주는 건 좋은데, 나는 그렇게 훌륭한 사람이 아니야. 겁쟁이였을 뿐이지. 저번에도 말했던가? 나는 손가락질 받을까 봐 무서워서 견딜 수가 없어. 남들이 보기에 정당하고 트집 잡히지 않을 인생을 살아야 한다고 생각해. 우리 부모님은 끝까지 이성과 결혼해서 내 피가 섞인 아이를 가지라고 하셨어. 각인시킨 거지. 그래서 내가 근본적으로 잘못된 존재가 아닌가 하는 생각을 도저히 떨칠 수가 없어."

"몇 번이나 말했지만, 잘못된 건 너희 부모님이야."

이 일에 관해 하이바라가 대답을 주저한 적은 한 번도 없다.

"한심하지. 내게 소중한 사람은 있는 그대로의 나를 긍정해주는데. 너도 이렇게 위로해주고."

"뿌리 깊게 박혀서 그래. 어쩔 수 없긴 하지만."

미모리는 떨떠름한 얼굴로 와인을 들이켰다.

"아이에게 뭔가를 남기고 싶다는 마음이 드는 이유도 어쩌면 피로 연결되지 않았다는 부채감 때문일지도 몰라. 입양을 고민하면서 아내와 어떻게 하면 좋은 부모가 될 수 있을지 이야기를 나누었어. 애정이란 어떤 것인가, 공유해야 할 시간이 중요한가, 우리가 줄 수 있는 것은 무엇인가. 전부

다 아이들이 성장해가는 긴 시간 속에서 이룰 수 있다고 생각했어. 상상도 못 했지. 이것도 저것도 나로서는 더 이상 할 수 없으리라고는. '적어도 피로 연결되었더라면 좋았을 텐데'라고 생각하기도 했어. 나는 다른 누구도 아닌 그 아이들을 사랑하고, 그 아이들은 어떻게 해도 내 유전자로는 태어날 수 없다는 것을 아는데도 말이야."

"네 부모에게서 네가 태어난 것만 봐도 유전자는 큰 의미가 없다고 생각해."

"그래? 나는 부모님의 혐오스러운 부분을 상당히 이어받은 것 같아서 역시 핏줄인가 싶어서 싫었는데."

정이 없어서인지 고민할 정도는 아니었지만, 그러한 기분을 하이바라도 느꼈던 순간이 있다.

"핏줄의 영향을 믿는다면 나는 분명 쓰레기 같은 아저씨일 텐데, 혹시 그렇게 보여?"

"그러면 나는 살날이 얼마 남지 않았을 때 쓰레기 같은 아저씨가 있는 곳으로 달려오는 괴짜라는 말인데."

"맞지 않나? 별난 걸 좋아하는 사람이라곤 생각했어."

"시끄럽고, 됐어. 내 일은 대충 얘기했으니 이제 너의 근황이나 알려줘."

"응, 그 전에 한마디만. 사람은 죽더라도 그 흔적이 충분히 남아. 아이들을 쉽게 이해시키고 싶으면 편지라도 쓰면 되고, 그렇게 하지 않아도 배우자가 네가 아이들을 사랑했다는 증거를 소중히 간직해줄 거 아냐? 그러니까 너무 혼자서 짊어지려고 하지 마."

미모리는 찡긋 웃어 보이며 고맙다고 말하고는 왼손 중지의 마디로 눈꼬리를 닦았다. 옆 손가락에서 가느다란 은반지가 빛났다.

메인 요리인 생선과 디저트로 아이스크림을 먹는 사이, 하이바라는 최근 찍은 사진과 개인전에 관한 에피소드를 이야기했다. 손님과 문제가 있었던 일화를 우스꽝스러움을 더해 말한 것 외에는 순조로운 이야기들을 선택했다.

하이바라의 일상은 사진이 대부분을 차지하고 있고, 하는 일에도 만족하고 있으며, 앞으로도 계속해나갈 수 있으리라고 전망한다. 신체는 지극히 건강하다. 잘 풀리지 않는 일도 당연히 존재하지만, 미모리를 걱정시킬 필요는 없다.

"대화 시간이 좀 부족하지 않아?"

미모리는 가게를 나서면서 그렇게 말하고는 조금 걷지 않겠냐며 하이바라를 꼬드겼다.

"환자는 빨리 돌아가서 자는 게 어때? 하고 싶은 이야기는 거의 다 했잖아."

"뭐야, 모처럼 만났는데."

"알았어, 알았다고. 그럼 너희 집까지 따라갈게."

"집 어딘지 알고 있나?"

"몰라. 너만 싫지 않다면 따라갈게."

"그럼 그래 주면 고맙고. 솔직히 돌아가고 싶지 않았거든. 오늘은 반겨줄 사람도 없고, 방도 차가울 테고."

두 정거장 정도를 걸었다. 미모리는 가족 이야기를 했다. 하이바라는 처음 알았다. 아이를 맞이하기까지 얼마나 애썼고, 지금보다 어리고 기대지 않던 아이가 처음으로 먼저 안겼을 때의 감회를. 큰아이는 성실하고 상냥하며 소극적이고 작은아이는 잘 웃고 장난을 좋아한다는 것을. 잠든 아이들의 얼굴이 얼마나 사랑스러운지를. 성장의 왕성함을. 가족끼리 있을 때의 편안함을. 휴일의 추억을.

미모리의 아파트 입구에서 멈춰 섰다. 전면이 유리로 된 자동문에서 따뜻한 빛이 길거리로 쏟아져 나오고 있었다.

"오늘 고마웠어. 털어놓으니까 마음이 편해졌어."

"나야말로. 소중한 하룻밤을 나와 이야기하는 데 써줘서 기뻐."

"맞아, 소중하지. 그럴지도 몰라. 그래도 내가 널 보고 싶었어."

"고마운 말이네."

"있잖아, 하이바라."

이름을 불러놓고 미모리는 시선을 땅에 떨어뜨린다.

“너는 어쩌면, 내가 어떤 형태로든 오래 존재한다고 할까, 언제든 대화할 수 있는 존재로 남길 바랄지도 모르지만⋯⋯.”

“거기까지만 말해. 나는 네 인생을 책임질 수 없고 그럴 생각도 없으니까.”

미모리가 고개를 들었다. 하이바라는 그의 눈동자를, 거기에 담긴 망설임과 불안을 정면으로 받아들였다.

“너는 너한테 가장 중요한 것을 소중히 여기면 돼. 나는 지금까지 충분히 너에게 지지를 받아왔고, 너는 좋은 어른이니까 나머지는 알아서 해.”

“너 누가 봐도 정답 같은 대답을 할 줄 아는 놈이었냐? 너무 무리하는 거 아니야?”

“그런 거 아니고 진심이야. 뭐랄까, 내 감정을 그런 중요한 결정의 판단 재료로 삼는다고 생각하면 무서우니까 그만두라고.”

“판단 재료는 아니고⋯⋯.”

그 자리에서 부정하려던 미모리가 말을 멈추었다.

“아예 아니라고는 단언할 수 없으려나. 가능하면 하이바라가 잘 살았으면 좋겠어.”

“네가 없어도 나는 일단 사진이 있으면 살 수 있어. 그럭저럭 즐겁게.”

“네 인생에 나 말고 다른 인간은 없는 거야?”

“사진 너머에 있다니까. 고객이라든가, 동업자라든가, 갤러리 사람이라든가.”

그 정도 거리를 유지할 수 있는 관계가 하이바라에게는 쾌적했다. 다만 미모리는 예외다. 무엇도 대신할 수 없다. 그렇다고 그를 잃는 것이 인생의 위기가 되지는 않을 것이다. 하이바라는 누구에게도 기대지 않고, 누구의 인생도 책임지지 않고 살기로 선택했으니까.

“나는 원래 누군가랑 사적으로 사귀는 걸 선호하지 않아. 뭐 도움이 필요하면 또 연락해주면 돼. 그렇다고 해도 이야기를 들어주는 정도밖에 못 하겠지만.”

“상냥하네”라고 미모리는 가라앉은 목소리로 말한다. 입꼬리를 올리고, 눈을 가늘게 뜨고, 억지로 웃는 얼굴을 만들어 보인다.

“아이들 옆에 너 같은 놈이 있으면 안심일 텐데. 어때, 말동무 부탁하면 해줄 수 있나?”

“분명 화면에 수상한 인물로 비치겠지. 도통 아이들에게 무슨 말을 해야 할지 모르겠어.”

“지금 당장이 아니라 더 크면 말이야. 가족이나 선생님, 일반적인 친구가 아닌 다른 상대가 필요할 때도 있잖아.”

“어떻게 소개해. ‘아빠 친구입니다!’ 이렇게? 너무 낯간지러워서 안 될 거 같은데."

미모리가 반쯤 진심이라는 것을 알아챈 하이바라는 가볍게 농담하듯 덧붙인다.

"램프의 요정 같은 역할이라면 해줄게."

"무슨 소리야."

"정말로 필요할 때 도움을 청하면 세 번 정도는 나타나주겠다는 말이야."

미모리는 참지 못하고 웃음을 뿜어낸다. 부드러운 웃음소리에 하이바라는 내심 가슴을 쓸어내린다.

"요정이라니, 묘하게 잘 어울리는데. 지금 사러 갈까? 아직 가게가 열려 있으면. 근데 그런 램프는 어디서 팔지?"

"인터넷으로 사. 이상한 물건은 인터넷에서 찾는 게 빨라. 어차피 엉망진창으로 끝나겠지만 그래도 네가 안심할 수 있다면 나를 얼마든지 이용해도 돼."

죽음이란 고독한 것이라고 하이바라는 생각한다. 내가 가진 모든 것에 이별을 고해야 하니까. 미모리의 괴로움은 그가 사랑하고 사랑받았으며 잘 살기 위해 노력했다는 증거이며, 하이바라에게는 살짝 눈부실 정도로 아름답다.

"서 있으면 춥잖아, 빨리 들어가."

미모리는 팔랑팔랑 손을 흔들며 인사하고는 입구로 들어갔다. 내일이라도 다시 만날 수 있을 것 같은 발걸음으로. 자동문을 통해 새어 나온 따뜻한 기운이 하이바라의 코끝을 스쳤다. 어렴풋이 남의 집 냄새가 났다.

하이바라는 가방에 손을 넣어 카메라를 만졌다. 그 익숙한 윤곽을 확인하고는 아스팔트 포장도로를 박차고 역으로 향했다.

그 자유로운 눈동자로

아침에 눈을 뜨면 어김없이 땀 냄새가 난다. 6월 말, 나는 장마철 비가 갠 뒤 맑은 하늘의 아침 햇살이 떨어지는 시트에 웅크리고 있다. 등에서 토오루의 체온이 느껴진다. 잠의 흔적은 의식보다 몸에 더 강하게 남아 있다. 묵직한 팔과 다리를 구성하는 것은 유기물이 아닌 데이터다. 나에게 의식과 육체는 동질의 것일 텐데, 그 둘이 어긋나 있는 듯한 기분 좋은 졸림이라니, 정말 잘 만들어졌다고 할 수밖에 없다.

기지개를 켜자 매트리스의 스프링이 삐걱거린다. 발가락 끝으로 토오루의 허벅지를 찌른다. 힘줄이 불거진 남자의 몸. 이행하고 4년이라는 시간이 흘렀다. 나는 스물여섯, 그는 이번 달에 스물네 살이 되었다. 가상 세계에서도 나이를 먹는다는 사실을 인지하고 있지만 그다지 바뀐 기분은 들지 않는다.

"하유루" 하고 내 이름을 부르는 달콤한 목소리가 목덜미에 닿는다. 열과 감촉이 스며들면서 몸속 깊은 부분이 떨린다. 등뼈에 방울이 달렸더라면 구슬픈 소리가 울렸을 것이다.

세계가 반전한다. 토오루 안에서 나를 본다. 돌아누운 뒷모습과 옅은 색 머리카락이 보인다. 그의 감각을 통째로 빌린 채 내 목선을 쓰다듬는다. 그의 몸에 전해지는 감각이 곧 내가 느끼는 것이다. 그곳에 있는 내 몸은 최소한의 반응을 보내줄 뿐이다.

평소 생각한 것보다 매끄러운 나의 피부를 살며시 더듬는다. 손등에 부드러운 곱슬머리가 스친다. 나도 그를 만지고 싶지만 이대로는 움직일 수가 없다. 벗어나려고 하자 탄력 있는 저항에 부딪혔다. 그것을 밀어내기 위해 사용하는 것은 손이나 발은 아니지만, 생각을 한다기보다 몸을 움직이는 것에 가깝다.

뻥 뚫린 느낌과 함께 흘러 들어오는 감각 정보가 단번에 줄어들었다. 해방되었음을 깨닫고 내 몸으로 벌떡 일어난다. 토오루가 유쾌한 듯 눈썹을 치켜올린다. 시선이 마주친다. 검고 맑은 홍채에 둘러싸인 눈동자를 나는 그의 중심이라고 생각한다. 그 눈이 나를 불렀다. 그의 가슴에 몸을 맡기면 따뜻한 팔이 나를 맞이한다.

서로 감각의 경계는 아직 불확실하다. 그의 손가락에 엉킨 머리칼이 사뿐히 당겨진다. 동시에 그의 손끝을 통해 나의 머릿속을 천천히 헤엄쳐가는 촉각을 느낀다. 아마 그도 내 감각의 어딘가를 빌리고 있을 것이다. 무작정 내 귓불을 꼬집자 그가 얼굴을 찡그리며 귀를 막았다. 그러고는 왜인지 웃어버린다.

키스로 입이 다물어진다. 마른 입술은 그의 것이다. 다음에는 나의 작은 혀 놀림을 느낀다. 무엇이 누구의 감각인지 알 수 없게 되는 것이 좋다. 성가신 경계 따윈 지우고 깊숙한 곳에서 서로를 느끼고 싶다.

토오루가 나를 꽉 껴안는 것을 신호로, 감각은 완전히 각자에게 돌아간다. 우리는 개개인으로 돌아가 "좋은 아침"이라고 말한다. 토오루가 침대를 내려간다. 반동으로 매트리스 위의 나도 살짝 튀어 오른다. 그는 면 소재의 셔츠를 걸치고 내 방을 빠져나갔다.

열린 문 사이로 간소한 백목 테이블과 주방에 서 있는 그의 등이 보인다. 윤기가 흐르는 검은색 머리카락은 자고 일어난 뒤에도 단정하게 어깨에 내려앉아 있다. 물이 담긴 주전자를 가스레인지에 올린다. 그의 일상적인 행동은 매일 봐도 질리지 않는다. 뒷모습을 바라보면서 손의 움직임을 따라가며 집중하는 그의 눈빛을 상상한다.

그가 내려주는 커피를 좋아한다. 향이 좋고 너무 쓰지 않아서. 편안한 원피스를 입고 기다리는데 전화벨이 울렸다. 침대 옆 협탁에 놓인 것은 동쪽 하늘이 물든 듯한 황적색 바탕에 흰 벚꽃 무늬가 그려진 오래된 미술품처럼 보이는 다이얼식 전화기다. 칠보 공예품처럼 표면은 투명하게 반짝이고 꽃잎의 테두리는 금색 선으로 처리되어 있다. 2년 전쯤 토오루가 가족과 자주 통화하는 나를 위해 만들어주었다. 덕분에 전화를 받을 때 지루함이 줄었다. 귀여운 물건을 사용하는 일은 언제나 즐겁다.

수화기를 집어 들었다. 상대는 언니다. 언제나처럼 잘 지내냐는 안부 인사로 시작한다. 그녀는 여전히 내 걱정만 한다. 여덟 살 차이가 나는 언니는 내가 철이 들었을 때부터 줄곧 과잉보호를 해왔다.

"잠은 잘 자고?"

"바쁜 언니보다 잘 자. 오늘도 방금 전에 일어났어."

"밥은 잘 먹지?"

"당연히 잘 먹지. 이제 아침밥 먹으려고."

토오루가 커피를 가져온다. 푸르스름한 도자기 컵. 받침에는 둥근 사블레가 두 개씩 놓여 있다. 그는 전화기 옆 공간에 그것들을 내려놓았다. 입 모양으로 "우라라 씨?"라고 물었고 나는 고개를 끄덕였다. 자신도 바꿔주었으면 하는 눈치다.

"삶은 달걀이랑 브로콜리 샐러드랑 도톰하게 자른 토스트, 버터와 잼, 나머지는 커피."

있지도 않은 아침 식사 메뉴를 나열한다. 안심시키기 위한 거짓말이라면 얼마든지 할 수 있게 되었다. 물리적인 신체를 가진 가족이 데이터에 지나지 않은 나에게 건실하게 생활하라고 몇 번이고 말한다. 이상한 상황이긴 하지만 이해는 간다. 부모님도 언니도 오빠도 나를 잃을까 봐 두려운 것이다.

정보 인격은 불사의 존재가 아니다. 마지막에는 사람다운 정신과 행동을 유지할 수 없게 되어 산산이 흩어져버린다. '소멸'이라고 불리는 이 현상은 현실과 동떨어진 삶을 살면 일어날 가능성이 크다고 한다. 주로 잠을 안 자거나, 안 먹거나, 너무 저렴한 시뮬레이션을 사용하는 것이 원인으로 꼽힌다. 그래서 아버지는 내 가상의 몸을 유지하기 위한 옵션에 돈을 들이고, 어머니는 먹고살기 어렵지 않도록 생활비를 보내주신다. 그리고 언니는 이렇게 안부 전화를 걸어온다. 1초라도 더 오래 내가 존재하도록, 현실의 몸이 가졌을 여명에 조금이라도 더 가까워지도록.

"나도 토오루도 잘 살고 있으니까 걱정 마. 일도 열심히 하고 있어. 언니야말로 몸 조심하고."

토오루에게 수화기를 건네줬다. 우리가 만난 것은 언니 덕분이다. 언니 회사에서 시험 운용하던 소셜 미디어에서 나는 육체에 속박되어 있던 시절의 그를 처음 알게 됐다.

토오루는 격식을 차린 말투로 말하고, 웃기도 한다. 이제 언니는 감정이 담긴 그의 목소리에도 놀라지 않는다. 더 이상 도움이 필요한 남자가 아닌, 앞뒤 생각 없이 행동하는 여동생을 맡길 만한 파트너로 바라본다.

지금 언니를 가장 안심시켜줄 수 있는 사람은 토오루였다. 거짓말한다는 점에서는 나와 공범이라고 해야 할까. 내가 하는 나쁜 일의 대부분은 그의 머릿속에서 나온 아이디어다. 하지만 그의 훌륭한 외모 탓에 위태로워지는 것은 결국 나다.

"매번 잘도 완벽한 삶을 술술 말하네."

솜씨 좋은 그의 손이 내 뒤통수에서 삐져나온 듯한 머리카락을 쓰다듬는다. 나는 그의 옆구리를 팔꿈치로 밀어내곤 커피잔을 집는다.

"내 머릿속에는 완벽한 생활이 그려져 있어. 실제로 있었던 일들과 섞여서 시간에 따라 흘러간다고. 그렇게만 말하면 빈틈이 안 보이니까 좋지 않아?"

"덕분에 입을 맞추려면 방대한 메모가 필요하다고."

"정말 죄송하네요."

196

떳떳하지 못하기에 거짓말이 과하다는 자각은 하고 있다. 하지만 이제 와서 그만둘 수는 없다. 그동안 가족의 기대를 등한시했다고 자백하는 것이나 다름없기 때문이다.

"아니야, 오히려 고맙지. 나는 따르기만 하면 되니까."

토오루는 고개를 갸웃거리며 나에게 미소 지었다. 그도 가족과 의사에게 거짓말을 하고 있다. 쓸데없는 걱정은 끼치고 싶지 않고 혼나기도 싫다. 현실이라는 본보기에서 벗어나 신나게 놀고 있다는 것은 둘만의 비밀이다.

커피를 다 마신 뒤 단장을 하고 나간다. 심부름센터 직원인 토오루는 의뢰인에게, 나는 옷 가게에 아르바이트하러 간다. 가게 주인이 좋아할 법한 피스타치오 그린의 둥근 깃 블라우스와 수국 무늬 플레어스커트를 골랐다. 밤색 로퍼를 신고 토오루와 함께 현관을 나선다.

종종 현관을 나온 뒤 뒤돌아서 집을 바라보곤 한다. 작은 단독주택으로 결정한 것은 토오루이고, 그림책 같은 빨간 지붕이 좋다고 한 것은 나다. 이쪽 세계 건축사와 상담하며 고른 질리지 않는 차분한 빨간색 지붕이나 정사각형 창문, 목제 현관과 기둥 모두 심사숙고한 결과물이다. 몇 년이 지나도 분명 특별히 마음에 드는 물건들로 계속 존재할 것이다.

일하라고 권유하는 사람이 없었기 때문에 일을 안 한다고 모두에게 솔직하게 말하고 다녔다. 그러다가 작년에 아르바이트를 해보지 않겠느냐고 현재 일하는 가게 주인이 제안했다. 해봐도 괜찮겠다는 생각이 들어 일주일에 두 번 정도 도와주고 있다. 취미로 하는 가게라서 영업시간도 짧다. 느슨하지만 일을 한다는 소식에 가족은 무척 기뻐했다. 좀 더 빨리 뭔가 시작할 걸 그랬나 싶다.

일한다곤 하지만 매우 한가로이 시간을 보낸다. 마치 인형처럼 가게 주인의 요청대로 옷을 입어보거나 수다 상대가 되기도 하고, 손님이 손녀처럼 귀여워해주는 사이에 시간이 지나간다.

오늘은 '정확 씨'가 가게에 오는 날이다. 반드시 금요일 오전 10시 반에 나타나 가게 주인과 세상 돌아가는 이야기를 하면서 매장을 돌아다닌다. 물건도 만져보고, 거울 앞에서 대보고, 작은 것이라도 매번 하나씩 사 간다.

좋은 사람이긴 한데, 나는 그녀가 어려웠다. 너무 예의 바르고 단정하게 사는 사람을 대할 때면 숨이 막힌다. 나를 배려하는 행동에 마음이 무거워진다. 그녀는 젊은 나이에 육체를 잃은 나를 측은하게 여겼고, 부모님이 현실 세계에서 무탈하게 살고 계시다는 말을 듣고는 아버지와 어머니의 마음을 헤아리며 눈물을 글썽였다. 그녀가 말하는 '소멸 방지에 좋다'고 하는 정보를 웃는 얼굴로 듣기 위해서 내가 점원이라는 사실을 의식하려고 노력한다. 말을 돌려버리지 않도록.

이 세상에서 많은 사람이 바라는 안전한 삶이 나에게는 족쇄처럼 느껴졌다. 아무리 조심해도 결국에는 소멸의 순간이 올 텐데 좁은 상식에 자신을 억지로 가두는 게 의미가 있을까. 토오루는 이 세계가 얼마나 현실과 다르며 가능성을 지니고 있는지를 알려준다. 그 증거로 현실에는 존재하지 않는 멋지고 아름다운 것들을 나에게 보여준다. 나는 그와 같은 편이고 싶다. 자유로운 세계를 마음껏 즐기고 싶다.

가게 문을 닫은 뒤에는 일단 회의라는 명목으로 케이크를 먹으면서 주인과 대화를 나눈다. 가게에서 취급하는 양복이나 소품 등에 관해 이야기하며 틈틈이 토오루의 소식도 전한다. 그는 가게 주인에게도 의뢰를 받고 있다. 가상 세계에서 구매할 수 있는 뜨개질용 털실은 종류가 많지 않아 불만이라고 해서 내가 소개해준 것이다.

밤에 귀가하니 거실에도 방 안에도 토오루가 없었다. 나는 그의 방에 들어가 붙박이장을 열었다. 코트와 셔츠를 헤친 뒤 아래쪽으로 시선을 옮겼다. 예상대로 바닥의 나무판이 떼어진 채 지하로 통하는 계단이 드러나 있었다.

계단을 내려가면 토오루가 만든 비밀 공간이 나온다. 기본적으로는 벽과 바닥과 천장이 모두 매끈매끈한 흰색 재질이며, 생명체가 존재하지 않을 것 같은 공간이다. 그곳에는 투박한 작업대와 냉장고보다 큰 3D 프린터와 PC, 다리가 네 개 달린 스툴만이 놓여 있다. 우리는 이곳을 실험실이라고 부른다. 새로운 것들은 전부 여기서 탄생한다. 언젠가 외부 사람에게 전해 줄 것도, 우리가 이 방에서만 즐길 수 있는 것도.

"어서 와, 하유루."

너그러운 미소가 나를 기다리고 있었다. 그가 앉는 스툴과 작업대만 그대로인 채 주변 풍경이 완전히 달라져 있었다. 그곳은 끝없이 너른 들판이었다. 하늘은 밤의 시작을 알리는 듯한 청색 빛을 띠고, 땅에는 복사뼈에 닿을 만한 길이의 부드러운 풀이 무성하며, 사방에 빛의 알갱이가 쏟아진다. 은은한 연한 파랑과 보라, 핑크를 띤 빛이다.

토오루가 걸어온다. 슬리퍼를 신은 발이 닿은 곳마다 빛이 공중으로 날아오른다. 반딧불이처럼 완만한 곡선을 그리다가 허공에 녹아 사라진다. 나도 한 걸음 내디딘다. 내 맨발에 닿아 흔들리던 풀에서 빛이 난다. 그가 정중히 내 손을 잡았다.

"마음에 들어?"

"저 멀리까지 달려가고 싶을 정도야."

"좋아. 다녀와."

그는 내 머리를 쓸어 넘기고 이마에 짧게 키스한다. 그러고는 귓가에 속삭인다.

"합류해도 될까?"

"당연하지. 원하는 데까지 따라와."

탁 하고 내 등에 느껴지는 그의 손길에 떠밀려 내달린다. 맑은 밤공기가 이마를, 볼을, 귓가를 스친다. 그는 이미 내 안에 있을 터였다. 몸의 감각에는 변화가 없지만 폐에 가득 차면 토해내는 공기를, 발에 닿는 풀과 평탄한 지면을 느끼고 있다. 수축과 이완을 반복하는 근육을, 활기를 띠는 시야를 공유한다. 토오루는 내가 마음껏 신체를 움직일 때의 감각을 좋아한다. 빌려달라고 하면 나도 기꺼이 내어준다. 달리기나 수영, 점프 실력은 확실히 내가 조금 더 나았다.

정보 인격은 신체를 가지고 있었을 때의 뇌의 작용을 바탕으로 만들어진다. 그에 따라 뇌의 성질도 가상 세계로 그대로 옮겨진다고 토오루는 말했다. 뇌의 성질이란, 곧 유전이나 경험에 의해 생기는 개인적인 특성이다. 따라서 의도적으로 변경하지 않는 한 무엇을 잘하고 못하고는 현실 세계에 있었을 때와 다를 바 없다.

열두 살에 신체의 자유를 잃은 토오루는 언제, 어떤 식으로 몸의 특성이 결정되었을까. 그가 가상 세계로 옮기기로 결심한 것은 열다섯 살 때였다. 이행이 허가되는 스무 살 때까지 의사와 기술자의 힘을 빌려 정성껏 준비해왔다. 걷고 말하고 미소 짓는 법을 현실의 육체를 통하지 않고 다시 익혔다. 훈련으로 그의 뇌도 변화했을 것이다. 일반적 기능을 지향하는 방향으로.

하지만 그는 엄청난 손재주와 그리 빠르지 않은 다리를 가지고 여기에 있다. 자못 인간다운, 전혀 작위적이지 않은 그 밸런스는 초등학교에 다닐 무렵 이미 완성되었는지도 모른다.

나도 정보 인격이 되기 전에는 몇 년 동안 전력으로 달려 본 적이 없었다. 하지만 지금은 그저 달리고 있을 뿐인데도 이렇게나 기분이 좋다. 회전목마보다 잔디밭을 더 좋아했던 어린 나를 가상의 몸은 기억한다. 정작 나는 까맣게 잊고 지냈지만.

나를 부르는 토오루의 목소리에 빛이 자욱한 초원 한가운데서 멈춰 선다. 뒤돌아보니 하얀 자전거에 올라탄 그가 역시 너무 많이 뛰었다며 불평을 늘어놓는다. 정신을 차리니 숨이 거칠어져 있다. 힘들어진 탓에 나에게서 빠져나갔으리라. 데리러 와줘서 고맙다고 말하고 싶은데 목소리가 나오지 않는다. 뭐, 상관없다.

우리는 빛을 내뿜으며 뒹굴었다. 손발을 내던지고 호흡을 가다듬는다. 차가운 그의 손이 뜨거워진 목에 닿아 간지럽다. 웃는 바람에 숨이 또 흐트러진다.

"집에 빠르게 가고 싶어? 아니면 천천히 가고 싶어?"

"천천히 가는 게 좋아."

토오루가 손가락을 튕기며 딱 하고 소리를 내자 자전거가 사라진다. 실험실 밖에서는 허락되지 않는 그의 마법에 가벼운 박수를 보냈다. 우리는 나란히 초원을 거닌다. 어깨에 기대고, 걸을 때마다 빛이 솟구쳐 오르고, 때때로 서로의 손가락을 감으면서.

"이렇게 이쁜데, 우리밖에 못 보네."

"현실에는 없는 거니까, 어쩔 수 없지."

가상 세계의 삶은 현실에서 벗어날 수 없다. 안전을 위해서라는 이유로 조례나 법률을 제정해 공공장소에서의 비현실적인 현상이나 행위 등을 금지했다. 많은 사람이 그걸 원했으니까.

육체를 가졌을 때처럼 가능한 한 오래 살아남고 싶어 하는 사람들은 이해할 리가 없다. 그들은 우리가 불행하고 자포자기한 상태이기에 이런 기묘한 놀이를 한다고 생각한다. 신체를 버렸을 때 얻을 수 있는 현실과는 다른 형태의 행복을 인정하려 하지 않는다.

현실에서의 마지막 날, 가족 모두와 포옹하고 작별 인사를 했다. 어머니는 나를 꽉 껴안고 울었다. "미안해, 울 일이 아닌데"라고 말했지만, 마음속으로는 한없이 슬펐을 것이다. 나는 "고마워. 나, 행복해"라고 말하며 그녀의 품에 안겼다. 어머니가 흘린 눈물만큼 가치 있는 멋진 인생을 살겠다고 맹세했다.

그래서 불쌍한 존재로 취급받으면 참을 수 없는 것인지도 모른다. 나의 진정한 행복은 비밀스러운 곳에 있었지만, 가족을 안심시키거나 우리를 측은하게 여기는 사람들에게 반박하는 데 그것을 밝히는 일은 결코 도움이 되지 않았다.

"아깝네"라고 중얼거리는 내 볼을 그가 가볍게 쿡쿡 찔렀다. 그러고는 그 손가락으로 자신의 입술을 가리키며 키스해달라고 졸랐다. 말을 멈추고, 한 번 기지개를 켠 뒤 입술을 포갠다.

＊　＊　＊

낮부터 이어진 어머니와의 통화를 마치고 나니 빗소리가 귓가에 가득했다. 강하게 내리는 비는 바람을 타고 때때로 격렬하게 창문을 두드린다. 날은 이미 저물어간다. 오전에 미팅이 있다며 집을 나선 토오루는 아직 돌아오지 않았다.

쌀쌀해진 날씨에 카디건을 걸쳤다. 조명을 켜고 장식장 아래로 손을 뻗는다. 현실 세계에 살던 시절의 모습이 담긴 앨범을 꺼내 펼쳤다. 가족들이 화상 데이터로 보내준 사진들은 뭐든지 열과 성을 다하는 토오루가 가죽 장정의 앨범을 만들어 근사하게 꾸며놓았다.

어머니와 아버지를 만족시키기 위해 그렇게 한 것일 뿐 스스로 열어보는 일은 거의 없다. 감상은 달콤한 독이다. 침대에 걸터앉아 무릎 위 앨범의 무게를 느끼면서 과거를 더듬다 보면 위로받고 있는지, 아니면 오랜 상처를 도려내고 있는지 알 수 없다.

갓 태어난 나를 품에 안은 어머니의 모습이 첫 장에 보인다. 진이 빠진 얼굴에 헝클어진 머리카락이 볼에 달라붙어 있어도 그저 아름답다.

페이지를 넘긴다. 내가 누워 있는 요람을 신기하다는 듯이 들여다보는 오빠. 언니가 그림책을 읽어주는 나는 두 살이나 세 살 정도일까. 그림이나 글자보다 언니 얼굴에 흥미를 느끼는 모습이다. 목말을 태운 아버지와 벚꽃 가지를 만지려고 손을 뻗은 초등학교 입학식 후의 나. 어린 나의 표정은 우는 얼굴조차 왠지 모르게 명랑하다. 평균 이하의 외모가 주위의 과분한 사랑 덕분에 빛나는 모습을 보면 심장 언저리가 찌릿해진다.

나는 가족이 애정을 품고 보살펴준 육체를 버렸다. 그 사실을 떠올릴 때마다 가슴이 아프지만, 잘못된 선택이라고 생각하지 않는다. 현실에서의 나는 피지도 못한 채 시들어가는 꽃이었다. 내 인생에 무언가를 바라는 법도 잊고 살았다. 토오루는 그런 나에게 많은 바람을 품게 해주었다.

그와 처음 만난 날을 생생히 기억한다. 그는 열일곱, 나는 열아홉 살의 은둔형 외톨이였다. 이른 봄, 생일이 한 달 정도 남았을 무렵, 바람 한 점 없는 쾌청한 토요일이었다. 본가 현관 앞에는 홍매화 향기가 감돌았다.

이름도 얼굴도 모른 채 문자로만 소통했을 뿐인데 거짓말처럼 그에게 매료됐다. 그가 몸을 움직일 수 없는 상태이고, 나이 제한이 풀리면 곧바로 인격 정보화를 통해 가상 세계로 옮겨 갈 계획임을 알면서도 만나고 싶다는 생각을 멈출 수 없었다. 나는 언니에게 부탁해 그와의 만남을 성사시켰다. 그와 처음으로 알게 된 소셜 미디어를 소개해준 사람도 운영 회사에 다니는 언니였다. 게다가 아직 일반에 공개된 서비스는 아니어서 연락할 수 있는 가능성은 남아 있었다.

시설의 긴 복도를 언니와 걷는 동안 돌아가고 싶다는 마음이 들 정도로 긴장했다. 빨라지는 맥박에 토할 것만 같았고, 일회용 마스크를 쓴 탓에 호흡의 리듬이 무너져 자칫하면 그 자리에 주저앉을 것만 같았다.

그가 지내던 새하얀 방은 기계들로 가득했다. 레이스 커튼이 쳐진 창문으로 오후의 햇살이 환히 들어왔다. 토오루의 어머니 카에 씨가 우리를 인사로 맞이했다. 또랑또랑한 분위기에 매너를 갖춘 사람이었다. 그녀는 언니와 감사 인사를 나눈 뒤 나와 눈을 맞추며 "하유루 씨죠?"라고 말했다. 여러 감정이 조금씩 뒤섞인 듯한 옅은 회색빛의 슬픈 미소를 띠고 있었다.

카에 씨가 침대 쪽을 손으로 가리켰다. 토오루는 점잖은 벚꽃색 셔츠를 입고, 짧은 머리는 단정하게 손질된 채 누워 있었다. 목에 연결된 인공호흡기 튜브가 아무래도 눈에 띄었다. 나는 인체와 공산품이 이렇게까지 밀접하게 맞닿아 있는 것을 본 적이 없었다. 이불 위에 가지런히 놓인 앙상한 손가락과 손등, 손목을 햇볕에 전혀 노출되지 않은 듯한 하얀 피부가 뒤덮고 있었고, 무표정한 얼굴은 소년 혹은 소녀로도 보였다. 오직 촉촉하고 까만 두 눈동자만이 육체에 의지가 깃들어 있음을 나타내고 있었다. 눈썹이나 눈가 근육으로 표정을 짓진 못하지만 우리를 보고 눈동자로 웃어 보였다.

방에는 두 개의 모니터가 있었다. 하나는 토오루의 시선이 향하는 위치에 설치된 큰 모니터, 다른 하나는 침대 난간에 설치된 작은 것이었다. 그의 얼굴과 함께 시야에 들어오기 때문에 말할 때는 그쪽을 본다고 했다. 그는 시선을 이용해 빠르게 텍스트를 입력했다. 언니에게는 예의 바른 인사를, 나에게는 살짝 친근하게 첫인사를 보냈다.

언니와 카에 씨가 휴게실로 떠난 후, 나는 땀에 젖은 손으로 새로 산 스커트를 정돈해 의자에 앉았다. 언니가 발라준 화장품 냄새가 신경 쓰였다. 그의 눈동자는 수다스러웠다. 자꾸만 목이 메는 내 목소리보다 그의 글이 더 빨랐다. 맞장구나 미묘한 감정 표현은 눈동자의 움직임으로 대신했다. 한 시간으로 약속했던 면회는 15분을 더 넘긴 시점에 언니의 만류로 끝이 났다.

그를 향한 마음은 더욱 커졌고, 집에 도착해 차에서 내리자마자 피곤해서 주저앉았다. 그날 밤은 두통이 심해져 한숨도 못 잤다. 하지만 금방이라도 다시 만나고 싶었다. 토오루도 나와 다시 이야기 나누고 싶다고 말한 듯했고, 언니를 통해 카에 씨에게 정기적으로 만나도 된다는 허락을 받았다. 처음에는 한 달에 한 번이었는데, 그것으로 충분할 리 없었고 빈도는 점점 늘어갔다. 혼자서 자유롭게 오갈 수 있게 전철로 다니는 연습을 했다. 집에 있는 차를 빌리면 자율 주행 기능이 있더라도 걱정스러운 마음에 가족 중 누군가가 따라오게 되니까.

첫날 언니를 제외한 가족은 시설 내부에 들어가진 않았고, 카에 씨와는 첫 만남에 연락처를 교환했을 뿐이다. 그녀는 나에게 메시지를 보낸 적도 없고, 가끔 마주쳐도 인사만 하고 떠났다. 나에 대해 깊이 관여할 생각은 없어 보였다.

나는 목소리로, 그는 눈동자로, 머릿속에 든 모든 생각을 이야기했다. 지금은 기억나지 않는다. 어차피 쓸데없는 수다였을 뿐이지만 우리는 질리지 않았다. 토오루 침대 옆에 놓인 의자에서 나는 오랜만에 크게 웃는 법을 알았다.

그의 머릿속에는 이미 가상의 몸을 움직이는 연습을 위한 무수히 작은 기계가 장착되어 있었다. 어떻게 다루는지에 따라 생각만으로 전자 기기를 조작할 수 있을 정도의 성능이었던 것 같다. 하지만 남아 있는 신체 기능을 유지하고 싶었던 그는 평소에는 시선을 사용해 일상적인 일들을 해내고 있었다.

간호사 호출과 공기 조절, 커튼도 전부 다 그의 눈동자가 통제하고 있었다. 시스템은 토오루가 직접 만들었다. 설계부터 모니터에 표시되는 화면 디자인까지 거의 모든 것을 직접 완성했다고 한다. 그는 병상에 누운 지 얼마 되지 않아 CG와 프로그래밍 공부를 시작했고, 나를 만났을 때는 이미 기업에서 의뢰를 받을 정도의 실력을 보유한 상태였다. 손발이 필요한 일은 남에게 부탁할 수밖에 없지만, 나에게는 그가 이룬 최대한의 자립이 눈부셨다.

언젠가 감각이 살아 있다는 그의 몸에 닿은 적이 있다. 만나는 날까지 손꼽아 기다린 봄, 가족들에게 매번 운전을 부탁할 수밖에 없는 상황이 약점처럼 느껴진 여름, 전철을 타려고 노력하기 시작한 가을을 지나 겨울이 다가올 무렵이었다. 명확하게 말하진 않았지만 우리는 연인과 비슷한 거리감으로 교류하게 되었다.

아주 살짝만 움직이는 왼쪽 손가락 끝에 내 손바닥을 포개고 응답해주기를 기다렸다. 나비가 머무는 듯한 감촉이 느껴졌다. 그는 "피곤하네. 행복한 피곤이긴 하지만"이라고 텍스트를 입력한 후, 눈동자로 나에게 말을 걸었다. 나는 갑자기 눈물이 터져 나와 그를 당황하게 했다. 북받쳐 오르는 환희와 동시에 씁쓸한 감정이 몰려왔다. 몇 밀리미터의 움직임이 우리 만남의 한계라는 사실에.

그에게 감염병은 치명적일 수 있기 때문에 만날 때는 공들여 손을 씻고, 확실히 마스크를 쓰고, 자주 반복해서 소독액을 손가락에 문질렀다. 지각할 순 있지만 움직일 수 없는 감각에 대해 그는 "노이즈투성이라서 유쾌하지 않다"라고 표현했다. 자세를 바꾸는 일조차 번거로운 그가 가볍게 만질 수 있을 리가 없었고, 그가 먼저 마음을 내비치기 전까지 나는 그의 손을 잡고 싶다고 말하지 않았다. 관심도 없는 척했다. 그러다가 깊이 간직했던 소원이 이루어짐과 동시에 그것이 나에게 종착점이자 그가 온 힘을 다해 내민 손이라는 것을 깨달았고, 스스로 당황할 정도로 눈물이 났다.

스무 살이 되면 그는 불편한 육체에서 벗어나 내 앞에서 사라질 터였다. 그의 생일은 6월이니까 앞으로 1년 반밖에 남지 않았다. 굳게 마음먹었지만 그를 순수하게 축복하며 떠나보낼 자신이 점점 없어졌다.

나는 토오루를 따라 가상 세계로 넘어가고 싶다는 생각이 들기 시작했다. 그러면 그의 자유를 나도 느끼고 함께 즐길 수 있을 테니까. 인격 정보화에 대해 알아보고 가족을 설득하면 가능하리라 판단했다. 고맙게도 가족들은 나를 사랑하기에 현실 세계에 붙잡아두려고 할 것이다. 하지만 잘 호소하면, 내가 행복해질 수 있다면 허락해주지 않을까. 나는 현실의 삶이 막다른 길에 몰린 것처럼 느껴졌다. 앨범의 공백이 그 증거였다. 고등학교 3학년이 끝날 무렵, 시침실이 달린 입학식용 정장을 입어보는 모습이 담긴 사진을 마지막으로 이행 직전까지 그 어떤 사진도 없다. 내가 사진 찍기를 피했기 때문이다.

고등학교 졸업 전까지는 아무런 불만 없이 살았다. 집은 부유했고 부모님은 자상했다. 예쁘고 똑똑한 여덟 살 위 언니와 다섯 살 위 오빠는 나를 어리광쟁이로 만들었다. 언니나 오빠만큼 머리도 좋지 않고 친구도 많지 않고 미인도 아니지만 더할 나위 없는 애정을 받으며 나는 내 가치를 믿을 수 있었다.

교풍이 여유롭다며 어머니가 권유해 시험을 치른 여학교에 진학했다. 이곳은 중고등학교 6년 동안 같은 학교에서 배울 수 있는 시스템이었고, 고등학교 2학년부터 3학년까지 반의 중심 그룹과 어울리며 보냈다. 리더는 공주 같은 분위기의 도도한 아이였다. 나는 그녀에게 필기 노트를 보여줄 정도로 똑똑하지도 않았고, 그녀를 적당히 잘 돋보이게 해줄 만한 외모도 아니었다.

그녀는 나에게 금전적인 여유를 기대했던 것 같다. 예를 들어, 크리스마스 선물 교환식에서 아무렇지 않은 표정으로 내가 준비한 것을 고르는 모습을 보았다. 칭찬을 들으면 왠지 모르게 뿌듯해지고, 주변 아이들이 그녀를 부러워하면 다른 친구에게도 주고 싶은 마음에 이벤트 때마다 과자나 선물을 나눠주었다. 그럴수록 지출은 늘어갔다. 하지만 용돈 안에서 해결할 수 있었기에 가족들은 알아채지 못했을 것이다.

고등학교 졸업식이 가까워질 무렵, 그룹 멤버끼리 봄 방학에 파티를 하자는 이야기가 나왔다. 장소와 음식물 준비를 도맡게 되었지만, 그래도 나는 의욕에 차 있었다. 돈을 많이 내지 못할 것 같다며 미안하다는 공주님의 말씀에 장소 대여료를 아끼고자 우리 집 안방을 사용하기로 했다. 대신 요리는 이전에 어머니가 홈 파티를 했을 때 고용한 요리사에게 부탁했다. 부족한 부분을 내가 충당하는 것에 대해 아무도 의문을 품지 않았다. 하물며 나 자신조차.

준비는 척척 진행되었고, 출발은 순조로웠다. 하지만 들뜬 내 모습을 수상하게 여긴 오빠의 유도 심문에 모든 사실을 말해버렸고, 사정을 알게 된 그는 몹시 화를 냈다. 그룹 아이들에게는 물론, 이용당하고 있음을 눈치채지 못한 나에게도 화가 난 듯했다.

오빠는 넓은 인맥을 동원해 이틀 만에 공주님에게 연락했다. 전해 듣기로는 오빠가 부드럽게 타이르며 파티를 중단시켰다고 한다. 그녀는 나와 더 이상 어울리지 않겠다고 말한 것 같았다. 하지만 그 후에도 계속 나에게 메시지를 보내왔다.

[고자질했구나. 멋진 가족이 지켜줘서 좋겠네. 계속 나를 얕본 거니? 너 같은 애한테 상냥하게 대해주는 게 아니었는데…….]

깔본 것은 그쪽이었다. 잘해준 게 아니라 이용했을 뿐이다. 억지스러운 그녀의 말에 나는 어렴풋이 짐작만 하던 나의 위치를 확실히 인식하고 말았다. 멋을 부린 나를 보았을 때 살며시 웃음 진 표정의 의미, 나에게 돈이나 물건을 요구할 때만 나오던 애교 섞인 목소리. 자각하지 못했을 뿐, 진작에 마음은 온통 금이 간 상태였다. 메시지 하나에 산산조각이 날 정도로. 그녀의 연락처를 지워도 강렬하게 머릿속에 박힌 말은 사라지지 않았다.

거울을 볼 수 없게 되었고, 배도 고프지 않아서 가족들과 식탁에 둘러앉아 있을 때는 웃는 얼굴로 억지로 먹었다. 그토록 바라던 대학의 입학을 앞두고 있었지만 다니기가 겁이 났다. 아버지가 맞춰주신 정장을 보고 힘을 내 입학식에는 그럭저럭 참석했다. 집을 나설 때 잘 어울린다는 언니, 오빠의 칭찬에 기뻤다. 약간의 문제라면 카메라 앞에 서는 것이 싫어서 아버지를 곤란하게 만든 정도다. 입학식 중간중간에 옆자리 아이와 인사도 나누었다.

하지만 나는 한 번도 수업에 출석하지 못했다. 입학식이 끝나고 호텔 레스토랑에서 가족끼리 축하 겸 식사 자리를 가졌는데, 전채 요리가 나오기 전에 상태가 급격히 안 좋아졌다. 레스토랑 측의 도움으로 객실을 빌려 잠시 어머니 곁에서 안정을 취했다. 레스토랑 직원이 가져온 담요의 감촉과 객실 담당자의 배려 섞인 말이 기억난다. 폐를 끼쳤음에도 진심으로 걱정하며 나를 위로해주었다. 결국 식사 모임은 취소되었다. 시간이 지나자 상태는 호전됐고 오빠가 차로 집까지 데려다주었다.

이후 침대에서 내려오려고 하면 다리가 움츠러들었고, 일일이 다 말할 수 없는 머리와 배의 통증, 현기증과 이명, 메스꺼움이 파도처럼 밀려와 나를 괴롭혔다. 계속 몸이 무겁게 느껴졌고, 그대로 꾸벅꾸벅 졸기만 하다가 하루가 지나가곤 했다. 어머니는 하루에도 몇 번씩 내 상태를 확인했고,

내 위가 받아들이면 죽이나 수프를 먹이고 따뜻한 수건으로 몸을 닦아주었다. 방에서 서른 걸음도 안 되는 화장실까지 손을 잡고 부축했다.

의사라고 해도 다른 사람과 이야기하기가 두려워 병원에 갈 용기가 나지 않았다. 검사를 받아야 하지 않겠냐며 요란을 떠는 아버지를 어머니가 겨우 말려서 나는 조용히 방에 틀어박혀 지낼 수 있었다.

안전한 장소에서 원하는 만큼 충분히 잘 수 있어 좋았고, 시간을 들여 조금씩 자신을 되찾아갔다. 가족들은 나조차 짜증이 날 정도로 변덕을 부리는 몸을 끈기 있게 보살펴주었고, 화를 내거나 재촉하는 일은 없었다.

어느 날은 아버지가 사 온 아이스크림이 맛있다고 했더니 모두가 아이스크림을 사 오는 바람에 냉동실이 꽉 차버렸다며 어머니가 웃었다. 언니는 예쁜 사진집과 외국 그림책을 사다 주었다. 오빠는 죄책감을 느끼는 듯 말을 걸어오지 않았다. 다만 내가 혼자 방을 나갈 수 있게 되고 나서는 거실에서 나란히 영화를 보거나 차를 마시기도 했다. 말을 걸면 예전과 다름없는 자상한 오빠였다.

또다시 봄이 돌아올 무렵 대학에 대해 물어볼 여유가 겨우 생겨 휴학 절차를 밟았다는 사실을 알았다. 기본적인 일상생활은 할 수 있게 되었고, 낮 동안에는 옷을 갈아입고 어머니와 요리하거나 책을 읽곤 했다. 사라지지 않던 두통, 이 명과 친해지는 방법도 깨쳤다. 그러면서 자연스럽게 침대에 머무는 시간은 확 줄어들었다.

1년 늦었지만 대학에 다닐 수 있을지도 모른다. 그러려면 밖으로 나가야만 한다. 하지만 현관문 여는 일조차 할 수 없었던 나는 어머니에게 등 떠밀려 방으로 돌아와 며칠간 잠만 잤다. 나는 집 안에서만 안심할 수 있었다.

보다 못한 언니가 소개해준 것이 토오루와 만난 그 소셜 미디어다. 누구나 사용하기 쉬운 커뮤니케이션 툴을 표방한 서비스로, 당시는 병원이나 시설에서 생활하는 젊은이를 대상으로 시험 운용을 개시한 참이었다. 인터넷 속도가 느려도 이용할 수 있도록 게시물은 텍스트로만 작성이 가능했고, 음성 입력이나 낭독 기능 등을 충실히 갖추었다. 거기서는 작은 아이콘과 개성 없는 닉네임이 나를 대신하고 있었다. 얼굴도 집도 한심한 현실도 드러내지 않을 수 있어서 다행이었다.

계정을 만들고 얼마간은 활발하게 대화를 주고받는 사람들을 구경하기만 했다. 저마다 불편함을 안고 있을 텐데 그 안에서는 모두가 자유롭고 즐거워 보였으며 자신의 상황은 숨기고 있었다. 토오루를 만나지 못했다면, 나는 제대로 글도 써보지 못하고 사라졌을 것이다.

그는 주로 영화나 게임 감상을 적었다. 그래픽에 대해 세세하고 전문적인 표현을 사용해 의견을 피력하는 그가 멋있었다. 널리 소개하기 위한 간결하면서도 정중한 내용에 감격했다. 그는 미술이나 문예, 그 외에 다양한 장르에 대한 글도 올렸는데 얼마나 흥미와 조예가 깊은지 알 수 있었다. 일상을 이야기할 때는 힘든 처지를 숨기지 않았지만, 항상 경쾌한 어조를 유지했다. 그의 글은 정교하고 치밀했으며 사물의 성질과 모양, 사람의 마음 상태를 누구보다도 세밀하게 파악하고 있었다. 나는 과거에 그가 썼던 글까지 모두 찾아 읽고 새로운 게시물을 기다리게 됐다.

그가 추천하는 것은 전부 밖으로 나오지 않고도 구할 수 있었기에 나에게는 안성맞춤이었다. 영화를 보고, 게임을 설치하고, 책을 읽고, 미술관이나 박물관의 디지털 아카이브를 즐겼다. 혹여나 스토커처럼 여겨질까 봐 굉장히 마음에 드는 것만 엄선해 감상 코멘트를 적었다. 그가 응답하면 가슴이 두근댔다. 한마디 한마디를 다 외울 정도로 반복해서 읽었다. 이후에는 내 글도 읽어주길 바랐다. 거리는 점점 좁혀졌고, 나도 내 이야기를 털어놓기 시작했다.

당신을 만나기 위해서라면 집 밖으로 나갈 수 있을 것 같다고 썼다. 진심이었다. 실제로는 만날 수도 없었지만. 당시에는 비공개 메시지 기능이 마련되어 있지 않았고, 연락처를 올리는 일은 금지돼 있었다.

토오루의 답장은 "어떻게 하면 만날 수 있을까"였다. 힌트를 주면서 다른 소셜 미디어를 통하게 한다든가, 암호로 메일 주소를 전달한다든가, 장난을 생각해내듯이 계속해서 아이디어를 제안했다. 이러다 규약 위반으로 계정이 정지되지 않을까 걱정한 나는 언니에게 솔직하게 털어놓았다. 꼭 만나고 싶은 사람이 있다고.

무리한 부탁이었다는 건 알고 있다. 그것은 언니를 번거롭게 만들고 카에 씨에게도 부담을 주는 일이었다. 면회가 성사되자 토오루도 깜짝 놀랐을 것이다. 돌이켜보면 그가 이것저것 방법을 제안한 것은 퍼즐 게임을 하는 듯한 즐거움 때문이었을 테니까.

나는 토오루를 만나기 위해 2년 가까이 나갈 수 없었던 현관을 나섰다. 토오루 옆에 앉아서 아무런 장벽도 느끼지 않고 자유자재로 써 내려가는 말을 이해했다. 문자는 그에게 목소리이자 손이기도 했다.

예를 들어 그가 3D CG로 아기자기한 분수가 놓인 상자 정원을 만들어주었을 때, 나는 침대 옆에 쭈그리고 앉아 그의 모니터에 엄청난 속도로 박히는 문자를 올려다보았다. 아마추어는 의미를 알 수 없는, 극단적으로 압축된 명령어가 늘어선 모습은 마치 마법 주문처럼 보였다. 토오루와 있으면서 내가 경험해온 세상이 얼마나 좁은지 깨닫는 순간이 여러 번 있었다. 그는 내 눈이 트이게 해주었다. 가족의 보살핌으로 겨우 몸을 회복한 나는 그의 눈동자에 이끌려 미래를 보았다.

정보 인격이 되면 그를 만질 수 있고, 같은 세상에서 살수 있다. 토오루에게 그렇게 말하자 "마음은 고맙지만, 내가 없어도 과연 현실보다 가상 세계가 지내기 쉬울까? 게다가 만약 내가 싫어진다고 해도 돌아갈 육체는 없어. 소멸 위험도 있고. 누가 먼저 소멸할지 모르기 때문에 네가 홀로 가상 세계에서 살아갈 각오를 하지 않으면 안 돼"라고 대꾸했다. 나는 차마 그가 없는, 가족도 없는 생활을 상상할 수 없었지만, 잠시라도 그와 함께할 수 있다면 소원이 없을 것만 같았다. 한심스러운 신체는 그와 상관없이 포기하고 싶었다.

토오루가 찬성해주지 않으니 방향을 바꿔 가족을 먼저 설득하기로 했다. 이쪽은 비교적 쉬웠다. 자기주장이 강하지 않은 내가 처음으로 필사적으로 부탁한 일이었다. 나의 고통을 가까이서 지켜본 탓도 있었을 것이다. 내가 선택한 상대가 그라는 사실도 가족들은 순조롭게 받아들였다. 언니는 이미 토오루를 마음에 들어 했고, 내가 하는 일을 언제나 믿어주었다. 어머니와 아버지, 오빠도 토오루와 카에 씨를 만난 뒤 믿을 만한 사람들이라고 생각한 듯했다.

어쨌든 토오루도 카에 씨도 나를 소중히 여겨주었다. 토오루는 결코 내 바람을 긍정하지 않았다. 그리고 나의 이행에 가장 거세게 반대한 사람은 카에 씨였다. 정보 인격이 되는 것은 최후의 수단이며, 건강한 육체가 있고 가족이 있는데 함께 살아본 적도 없는 상대를 따라가는 것은 말도 안 되는 일이라고.

처음에 그녀는 우리 가족에게 호소하며 말리려고 했다. 그러나 아버지와 어머니가 나에게 매우 너그러워서 어려울 거라 생각했는지 설득의 방향은 전적으로 나에게 향했다. 카에 씨가 그토록 간섭한 이유는 우리가 기껏해야 사랑을 흉내밖에 낼 수 없었기 때문이다. 그의 육체가 사라지고 나면 각자의 길을 걷는 것을 전제로 그와 내가 좋은 추억을 쌓도록 지켜봐준 것이었다. 어쩌면 내가 엉뚱한 말을 해서 배신감을 느꼈을지도 모른다. 하지만 그녀는 그와의 만남을 막지 않았다. 단순히 거절하는 것이 아니라 대화로 마음을 돌리게 하려 한 그녀는 참으로 강하고, 지나칠 정도로 착했다.

첫 번째 대화는 겨울이 끝나갈 무렵의 해 질 녘에 이루어졌다. 토오루의 방을 나서자, 카에 씨가 휴게실에서 나를 기다리며 회사에서 들고 온 일을 하고 있었다. 그녀는 AR 콘택트렌즈를 애용하고 있었다. 무표정하게 앉아 조금씩 흔들리는 눈동자를 보고 토오루가 엄마를 쏙 빼닮았음을 깨달았다. 그녀의 시선이 나에게 꽂혔다. 그녀는 말할 때 항상 내 눈을 바라보았다.

그녀는 먼저 토오루에 대해 말했다. 신체 기능을 개선시키기 위해 가능한 한 모든 치료를 시도했고, 자신은 빚을 내서라도 치료를 지속하려 했으며, 토오루가 정보 인격이 되고 싶다고 털어놓았을 때, 이성을 잃고 소리를 질렀다고 말이다.

육체를 포기하면 거의 확실하게 걸을 수 있고, 말을 할 수 있으며, 입으로 식사할 수 있게 된다. 생활 전반을 남에게 의지하지 않아도 된다. 그렇게 해주고 싶다고 진심으로 생각하면서도, 부모로서 가상 세계로의 이행을 받아들이기까지는 숱한 갈등이 있었다. 카에 씨는 그가 살아 있기만을 바랐지만, 거기에는 그의 따뜻한 몸이 손에 닿는 곳에 있어야 한다는 전제가 있었다.

"어른답지 않게 울부짖었던 적도 있고, 메시지를 주고받다가 싸우는 바람에 면회를 취소한 적도 있었죠."

금전적인 여유가 있었다면 더 나은 치료를 받았을지도 모른다. 이행을 반대하는 이유가 그가 편모인 자신에게 부담을 주지 않기 위해 비싼 치료를 그만두고 보조금이 나오는 인격 정보화 조치를 선택해서인가, 아니면 그에게 의존하는 자신 때문인가. 고민하고 망설이며 자신을 이해시킬 만한 이유를 찾아 헤매던 카에 씨는 결국 독립의 한 형태로 서 그의 결단을 수용했다.

"당신 가족은 좋다고 말하셨을지도 몰라요. 하지만 이렇 게 갑자기, 생각지도 못한 방식으로 당신이 사라지는 것을 어떻게 쉽게 받아들일 수 있겠어요. 게다가 당신도 어떤 의 미에선 의지할 가족을 잃게 되는 거예요. 한번 포기한 몸은 되돌릴 수 없습니다. 그러니까 제발 다시 생각해줘요."

그녀는 간청하듯이 말한 뒤 오늘은 이만 가보겠다며 떠 났다. 하지만 나는 의지를 꺾지 않았다. 카에 씨를 만날 때마 다 얼마나 진지하게 내린 결정인지를 정중하게 끊임없이 전 달했다. 토오루의 유일한 가족인 그녀가 이해해주길 바랐다. 그를 지지하고, 누구보다 잘 이해하는 사람이 나의 결의를 알아주었으면 했다. 카에 씨는 내 인생을, 특히 꼴사나운 부 분을 토오루보다 더 잘 알고 있을 것이다.

"그 집에 있으면 나에게는 과거밖에 없다는 생각이 들어 요. 딸이고 여동생이라는 이유만으로 가족은 나를 사랑해줬 고, 그래서 행복하게 자랄 수 있었죠. 그런데 제가 다 망쳐버 렸어요. 저는 더 이상 제 자신을 좋아할 수 없고, 스스로를 계속 혐오함으로써 가족에게 상처만 안길 뿐이라고 느꼈어 요. 내가 없었다면 지금쯤 가족들은 어떤 의미 있는 시간을 보내고 있을까 하는 과거를 후회하는 생각만 머릿속에 가득

했죠. 하지만 토오루와 있을 때는 전혀 그렇지 않았어요. 하고 싶은 말, 듣고 싶은 말, 함께 하고 싶은 일이 넘쳐 내일이 기다려지고……."

"잠시만요. 진정하세요."

카에 씨가 점점 빨라지는 내 말을 멈췄다.

"사는 세상이 달라도 대화는 할 수 있어요. 저도 그렇게 할 거고요. 그러니까 일단 서로 다른 세계에서 지내보고 그래도 여전히 이행하고 싶다면 그때 결정하면 어때요?"

"싫어요. 기다릴 수 없어요. 저는 누군가의 의지로 삶을 이어가는 것이 아니라 제 의지로 살고 싶어요. 토오루가 그렇게 생각하게 해줬어요."

"누군가의 격려와 도움 없이 사는 사람은 세상에 없고, 당신도 가족을 살게 하는 역할을 한다고 생각해요, 나는."

알고 있다. 가족들도 비슷한 말을 했고, 미안한 마음이 든다. 이기적일지도 모른다고 생각한다. 하지만.

"지금보다 더 깊게 숨을 쉴 수 있는, 내 발로 어디든 걸어갈 수 있는 세계가 있다고 상상하니 눈이 확 트이는 듯한 느낌이었어요. 살고 싶다는 마음은 그렇게 자기 내면의 에너지로 자신을 움직이고 싶어 하는 것 아닐까요? 죄책감을 느낀다거나 서로 주고받는 개념이 아니라요."

카에 씨의 눈동자가 흔들렸다. 내 생각을 밀어붙이기 위해 "그러니까"를 반복하며 이야기를 이어나가던 나를 그녀는 고개를 끄덕이며 멈춰 세웠다.

"토오루도 가상 세계를 스스로 걸을 수 있는 세계라고 했어요. 자신을, 원할 때 원하는 대로 움직일 수 있는 세계라고. 그렇죠, 손발이 움직인다고 해서 이 현실에서 자유로울 수 있다고는 할 수 없지요."

담담하게 미소 지은 눈가에 고인 눈물이 당장에라도 흐를 것만 같았다. 그녀는 촉촉해진 눈동자로 또렷하게 말했다.

"꼭 가야만 한다면 그날까지는 가족과 보내는 시간을 최우선으로 해주세요."

카에 씨의 말을 듣고 내가 그녀에게 지은 죄를 깨달았다.

"죄송해요. 제가 카에 씨와 토오루의 시간을……."

"괜찮아요. 엄마가 옆에 계속 붙어 있으면 그 아이도 싫어했을 테고, 헤어질 준비라고 한다면 우리에게는 몇 년이나 유예 기간이 있었으니까요. 신경 안 쓰셔도 돼요. 게다가 하유루 씨가 토오루의 이야기를 들어주어서 기뻤어요. 그 아이를 소중히 여겨주셔서 감사합니다."

정중히 머리 숙여 인사하던 카에 씨 목덜미의 희끗희끗한 머리카락이 기억에 남아 있다. 여름이 한창이던 시기, 휴게실은 냉방이 잘 되어 있었고, 우리는 둘 다 얇은 카디건을 걸치고 있었다. 토오루의 스무 번째 생일까지 1년이 채 남지 않은 날이었다.

내 편이 되면 카에 씨만큼 의지가 되는 사람은 없었다. 이행에 관한 지식은 물론이고, 육체를 포기하는 자식을 둔 부모로서 조언도 많이 해주었다. "나 같은 경우에는 시간을 길게 잡았지만, 하유루의 가족은 다르니까"라고 자주 말했다. 내가 큰 후회를 남기지 않고 가족과 이별할 수 있었던 것은 그녀 덕분이다.

어머니와 아버지와 함께 여기저기 병원에 상담하러 다녔다. 시간이 없는 가운데서도 만족할 만한 계획을 세워주기로 계약했다. 가족도 토오루도 카에 씨도, 나의 이행을 두고는 그 어떤 타협도 허락하지 않았다. 검사와 면담, 데이터 채취에 모든 시간을 쏟았지만 결국 토오루보다 한 달 늦게 처치가 이루어졌다. 육체를 잃은 그를 보고 내가 포기하고 싶게 만들려는 목적도 있지 않았을까 짐작한다. 모두가 언제든지 그만두어도 좋다고 말했다. 토오루도, 카에 씨도, 아버지도, 어머니도, 오빠도, 언니도, 의사도, 간호사도. 내 결의가 흔들릴 일은 추호도 없었는데.

준비가 끝나고 나서는 오랜만에 가족끼리 여행을 떠났다. 아버지가 남기고 싶다고 하셔서 사진도 찍었다. 앨범에 담긴 사진에는 웃는 시늉을 하며 인적 없는 해변과 흐린 하늘의 고원에서 가족에게 둘러싸인 내 모습이 찍혀 있다.

온 가족이 함께 바람에 맞서며 바라본 바다의 황홀함, 나의 흐트러진 머리를 고쳐주는 어머니의 손에서 느껴지는 온기, 무심코 잡은 오빠의 손두께, 언니의 은은한 향수 냄새, 피곤해져서 아버지 등에 업혔을 때 느낀 투박한 감촉에 카에 씨가 했던 말이 떠올랐다. 내가 가족에게서 빼앗은 것을 절대 잊어선 안 된다. 가족이 온 힘을 다해 사랑해준 몸을 죽이고 그들이 남은 세계에 두고 간다.

이행 후의 모습을 생각했을 때 유일하게 견딜 수 없었던 것은 얼굴이었다. 그 당시 나는 거울을 똑바로 보지 못했다. 토오루를 만날 때는 언니나 어머니에게 화장을 부탁했고, 게다가 절반은 마스크로 가리곤 했다. 하지만 가상 세계에는 화장을 도와주고 예뻐졌다고 확인해줄 가족은 없다.

이행은 최상의 기회였다. 정보화 과정에서 얼굴을 바꾸면 실패할 우려가 적다. 수술한 거나 다름없다고 스스로 납득할 만한 정도면 충분했고, 통증이나 부기도 거의 없다. 다만 이것이 가족을 더욱 슬프게 할 것만 같아 망설여졌다. 그러자 토오루는 네가 살기 편하게 만들어야 한다고 말해줬다. 자신이 자유로운 손발을 요구한 것처럼 필요한 조치라고 말이다. 그의 말에 힘을 얻어 결심을 굳혔다. 충분히 설명했고 가족들도 동의해줬다.

내가 원한 얼굴은 언니와 많이 닮았다. 그래서인지 우리

가족은 얼굴이 보이지 않는 통화를 선호했다. 카에 씨가 토오루와 연락할 때, 생소한 어른 목소리만 들리는 것보다 채팅이나 화상 통화를 선호하는 것과 상반되는 듯하지만, 실은 똑같다.

나는 이 몸이 마음에 든다. 얼굴뿐 아니라 몸 상태도 좋다. 오랜 시간 나를 괴롭힌 두통과 이명도 사라졌다. 토오루와 보내는 나날은 신기하고 재미있다. 피를 나눈 육체를 버렸지만 가족들은 여전히 나를 핏줄로 대하려고 한다. 귀찮을 정도로 연락도 온다. 카에 씨는 토오루뿐만 아니라 나에게도 신경을 써준다. 이게 행복이 아니라면 뭐란 말인가.

열쇠 돌아가는 소리가 났다. 앨범을 닫고 선반에 꽂아 넣고는 곧장 현관으로 달려가 토오루를 부둥켜안았다. 비 냄새와 함께 바깥의 습기가 스며들었다. 토오루는 어이없다는 듯한 표정을 지은 뒤 나를 안고 욕실로 데려갔다.

실크 새틴 재질의 감색 파자마를 입고 보디로션의 장미향과 샤워 후의 온기까지 갖춘 상태로 저녁으로 양배추말이를 먹는다. 콩소메에 푹 삶는 것은 어머니의 레시피다. 가족에게 보내기 위한 사진을 찍은 뒤 숟가락을 넣는다. 걸쭉해진 양배추와 부드러운 고기. 가상 세계에서는 요리를 망치는 일이 거의 없을 듯하다.

항상 식사를 먼저 마치는 것은 나다. 토오루는 어떤 음식

이든 차분히 맛을 음미한 뒤 삼킨다. 처음에는 요리의 완성
도를 검증받는다는 느낌이 들어 싫었지만, 그가 식감이나
맛의 복잡함에 익숙하지 않다는 사실을 알고 나서는 잠자코
있는다.

이행 훈련용 가상 신체에서 삼키는 연습을 할 때는 무서
울 정도로 맛이 없었다는 둥 위에 직접 음식물을 넣어도 '맛'
의 차이가 느껴졌다는 둥 그가 느낀 불편함의 세세한 내용
을 이런저런 이야기를 나누며 알게 되었다. 맑은 국물만 떠
내는 숟가락을 보며 과거 그를 위해 믹서에 갈렸을지 모를
양배추말이를 상상했다.

4년이 지났지만 음식은 여전히 그에게 호기심의 대상인
듯하다. 음식은 그의 치아와 혀로 시간을 들여 해체되고 분
석된다. 다만 내가 직접 요리할 때만 짓는 편안한 표정을 본
뒤로는 신경이 쓰이지 않았다. 지금은 그가 식사하는 모습
을 마음 놓고 바라볼 수 있다.

그릇을 치운 뒤 토오루가 선물이라며 블루 그린에 은박
이 입혀진 작은 종이 상자를 내밀었다. 손가락 하나 정도의
두께로, 양손을 모은 손바닥에 딱 얹어질 정도의 크기다. 기
다란 빨간 리본을 풀어서 상자를 열었다. 내용물은 초콜릿
이었다. 한입 크기의 타일 같은 정사각형 모양인데, 카카오
의 비율 차이로 생긴 그라데이션은 색 견본 같기도 하다. 각

각의 표면에 잔물결 무늬가 새겨져 있었다. 만듦새에서 엄청난 집념이 느껴졌다. 그는 이런 것들을 잘 찾아 온다.

"이거 같이 먹자."

상자를 들고 토오루의 침대에 앉았다. 그의 방은 내 방과 나란히 있고, 주방에서 그가 마실 것을 준비하는 모습은 보이지 않는다. 식기가 부딪치는 소리에 귀를 기울인다. 그는 본인이 마실 위스키와 나를 위한 따뜻한 우유를 가져왔다. 메인 조명은 끄고 안개를 가두어 굳힌 듯한 반투명 유리 램프에 불을 밝힌다.

연한 색의 초콜릿을 집었다. 입속으로 옮기는 동안 표면이 손가락 열에 녹아버리고 만다. 바삭한 식감은 금세 부드럽게 변하여 달콤하게 혀를 맴돈다. 토오루는 어두운색을 하나 집어 들고는 천천히 입안에서 음미한 뒤 위스키를 머금는다.

우리는 번갈아 가며 상자에 손을 뻗어 말없이 맛보았다. 시트에 스며드는 두 사람의 체온에 마음이 편안해진다. 미지근해진 우유가 살며시 시간의 경과를 알려주고 있었다.

마지막 남은 다크 초콜릿을 토오루가 내 입에 넣어줬다. "하유루 것이니까."

나는 그것을 씹기도 전에 그의 입술을 빼앗아 녹아내리는 초콜릿처럼 혀를 집어넣었다. 그의 입에서 감돌던 위스키에 취할 것만 같았다. 두 혀가 서로를 탐하는 동안 달콤 쌉 싸름한 초콜릿 조각이 녹아 사라졌다. 입술을 떼는 순간, 마 치 가느다란 실처럼 타액이 늘어졌다. 토오루가 젖은 입가 를 손등으로 닦았다. 토오루도 나도 현실에서 술을 마신 적 은 없었다. 내가 술에 잘 취한다는 것도, 그가 꽤 술이 세다 는 것도 이쪽에 와서야 알게 되었다.

현실 세계에 어울리는 생활이란 무엇일까. 입술을 포개는 키스를, 사랑하는 사람과 살을 맞대는 기쁨을 나는 가상의 몸으로 느꼈다. 그런데 왜 무한한 평원을 달리거나 감각을 서로 빌리는 행위를 금지하는 것일까.

물론 나 역시 토오루가 만든 것들에 위화감이나 공포를 종종 느끼곤 한다. 예전에 아직 만지지 말라고 했던 수정 구 슬을 쿡쿡 찔렀더니 스르륵 굴러가 작업대를 뚫고 바닥도 관통해서 어디론가 사라져버렸다. 잘못한 것은 나인데 굉장 히 무서웠다. 아무렇지도 않게 저런 것을 만지작거리는 그 의 모습을 믿을 수 없었다.

토오루가 나에게 만져보라고 한 물건 중 가장 불쾌했던 것은 움직이는 병아리 인형이다. 기묘하면서도 탱탱한 소 동물의 감촉과 체온이 느껴져서 정말 힘들었는데, 도중에 내가 반사적으로 내던지자 그는 슬퍼했다. 어중간하게 살아 있는 느낌이라 기분 나쁘다고 말했지만, 그는 그 감각을 잘

230

이해하지 못하는 눈치였다. 그 일로 나는 비현실적인 놀이를 토오루처럼 아무렇지 않게 받아들일 수 없다는 것을 깨달았고, 이런 마음을 들키고 싶지 않았다.

토오루는 현실에 있던 육체와 확연히 다른 가상의 몸으로 살고 있다. 현실에서의 체험도 부족하다. 실재하는 풍경이나 사람 손으로 만든 그래픽이나 그에게는 똑같이 만질 수 없는 것들이었다. 어쩌면 그는 보통의 신체를 가진 나와는 처음부터 다른 존재였는지도 모른다. 나는 그와 동일한 감각으로 이 세계를 느끼지 못하는 것일까.

초조했다. 나는 토오루와 같은 사람이고 싶었다. 누구보다 그의 가까이에 있고 싶었다. 그를 알고 싶었다.

"외로워."

"나 여기 있어."

그가 내 머리를 감싸안는다. 술 냄새. 술을 마시면 그는 나에게 자신의 감각을 내어주지 않는다. 내 감각도 탐내지 않는다.

"싫어, 더 가까이 붙어 있고 싶어."

둘 사이를 가로막는 천을 벗겨내고 싶어서 토오루의 옷깃에 손가락을 건다. 내가 애쓰는 동안 토오루는 한 손으로 내 금색 단추를 푼다. 잠옷은 그 어떤 저항도 없이 내 피부에서 미끄러져 떨어진다. 실크 감촉이 어깨와 등을 가볍게 어루만진다.

맨살을 꼭 붙이고 껴안고 있으면 오히려 자타의 경계가 드러나 쓸쓸하다. 토오루는 무슨 일이 있어도 끝까지 내 곁에서 상냥하게 대해줄 사람이다. 하지만 그렇기 때문에 더더욱 마음이 떠날까 봐 불안하다. 언젠가 그가 내게는 보이지 않는 무언가를 쫓아갈 것만 같아서, 따라갈 힘이 나에게는 없다고 느껴서 두려운 마음이 생긴다.

허리 뒤편으로 열기가 느껴지는 그의 손이 닿았다. 제발 나를 좋아해줘. 당신과 함께라면 흩어져 사라져도 좋아. 이 몸도 아깝지 않아. 내 소원은 오직 하나, 다른 누구보다 당신과 가까이에 있는 것뿐이야.

* * *

쉬는 날, 토오루는 아침부터 지하에 틀어박혀 있었다. 초원이 사라지고 다시 하얀 방으로 변한 실험실에 점심용 샌드위치를 가져갔더니 또 이상한 것을 만들었다며 손짓한다. 작업대에는 빨강과 파랑, 노랑을 띤 털실 뭉치가 여러 개 놓여 있었다. 토오루가 파란색을 하나 집어 들더니 털실을 가위로 짧게 자른 뒤 마술사처럼 날렵한 손놀림으로 순식간에 나비매듭을 만들었다. 나비를 머리 위로 올리고 손을 떼자 굵은 털실 날개가 펄럭펄럭 움직이기 시작했다. 우리 주위를 파란 나비가 날아다녔다. 이어서 만든 다른 색의 한 마리도.

나도 잘린 털실을 받았지만 그 한 줄로 나비 모양을 만들기란 쉽지 않았다. 토오루가 몇 번이나 시범을 보여줘도 도통 이해가 가지 않았다.

"아무리 해도 못하겠어. 토오루 몸 좀 빌려줘."

그의 몸으로 초대됐다. 곁눈으로 옆에 멍하니 앉아 있는 내 모습이 보였다. 털실을 천천히, 명확한 움직임으로 묶으며 몇 번이나 확인시켜주듯 나비를 만들었다. 그의 손재주를 빌리며 사람의 손과 손가락의 정교함에 황홀했다.

"알았지?"

"아마도?"

다시 내 몸으로 돌아가 순서대로 따라 할 수 있게 되었지만, 그가 완성한 것보다 볼품없는 나비였다. 경쟁적으로 손을 움직이는 사이에 지하실은 온통 털실 나비들로 가득 찼다. 결국 토오루가 어디선가 곤충망을 가져와 수거하고 나서야 정리가 됐다.

"털실 작업, 누가 의뢰한 거야? 뭐가 잘 안 돼?"

"상당히 그럴듯하게 됐어. 질감은 좀 더 고민해봐야 할 것 같긴 한데. 조금 더 확실해지면 하유루에게도 보여줄게."

"알았어. 다행이다. 이런 거 만들고 있길래 뭔가 큰 고민
이 있는 줄 알았어."

"고민은 딱히 없어. 다만 세세하게 조정하다 보면 놀고 싶
어지니까."

"나는 즐거웠지만, 주인에게는 보여줄 수 없네."

"오후에는 성실하게 작업할 거야."

"설마 아침부터 계속 이 장난감을 만들고 있었던 거야?"

계속 놀고 있다고 해서 나쁜 것은 아니다. 토오루의 본업
은 가상 세계에 오기 전부터 프로그래밍이나 3D CG를 제
작하는 일이었고, 주된 고객은 현실 세계 사람들이다. 심부
름센터 일은 그저 취미일 뿐이다. 아는 사람의 부탁을 받아
개인적인 아이디어를 재현하거나 일상에서의 불만을 해결
하기도 한다. 그는 자신이 취미로 주말에 목공 일을 하는 사
람 같다고 말했지만, 때때로 본업 이상의 진지함을 보이기
도 했다.

그 방법으로는 일찍이 가상 세계에서 상품을 다양하게
변형하기 위해 사용되던 '재조합'을 유용한다. 형태를 바꾸
거나 다른 소재로 같은 모양의 상품을 만들기 위해 일일이
현실의 상품을 복사하는 것이 아니라 데이터를 조작해 해결
하는 방식이다.

소멸의 위험성을 몰랐던 초창기에는 정보 인격이 된 사

람이 물건의 파라미터를 재조합해 가지고 노는 경우도 있었다고 한다. 천처럼 펄럭이는 보석이나 철사처럼 자유자재로 휘어지는 목재가 기록에 남아 있다고 토오루는 말했다. 무엇보다도 물건의 특성 등이 현실 세계와 같아야 한다는 점이 중시되면서 재조합 기술은 쇠퇴해가고 있다고 한다.

그는 가상 세계가 한없이 자유로웠던 시절을 동경하고 당시의 기술을 습득해서 재현한다. 지금은 그가 전설이라고 평하는 사람의 작품을 비롯해 감각이나 물리적 개조를 수반하는 창작물은 공개조차 금지된 상태지만, 찾아보면 나름의 단서는 남아 있다는 것이다. 그래서 취미로 제작했을지라도 상품으로 통용되는 수준의 것들만 외부로 가지고 나간다. 만들 때는 상당한 양을 조사하고, 실험과 검증을 반복한다. 특히 의복과 같은 촉감이 중요한 물건은 위화감을 느끼기 쉬워서 어렵다고 한다.

작업하다 막히면 그는 잠시 휴식을 취할 겸 멋진 작품을 만들기 시작한다. 다이아몬드와 동일한 굴절률을 가진 통통 튀는 다면체의 슈퍼볼, 크레용 열매가 달린 나무, 물속에서 숨을 쉴 수 있는 수영장, 한숨만으로도 부풀어 공중에 붕 떠오르는 풍선, 흔들 때마다 다른 소리를 내는 핸드벨. 이들은 토오루가 직접 모양을 만들고 물체로서의 성질을 불어넣은 것이다.

토오루는 정답이 없는 놀이를 할 때 누구보다 자유로웠다. 그 세계에 없는 것, 진짜 현실에서는 재현할 수 없는 것을 만든다. 재미있는 물건을 손에 넣으면 나도 가지고 놀게 해준다. 손으로 만든, 쓸데없는, 공개할 수 없는 장난감들. 그가 정한 취급 방법을 지키지 않으면 기묘한 움직임을 보일지도 모른다. 그래서인지 정말 좋아하지만, 한편으로는 조금 무섭기도 하다.

이 세계에서는 인간이나 물체의 행동을 재현할 때 자동 생성 기술을 사용한다. 물론 제품에는 물리적인 특성이 세밀하게 설정되고, 용도에 맞춘 시뮬레이션이 정성껏 이루어진다. 그렇지만 한계가 있어서 상품으로 출시될 경우, 기획 당시에 미처 예상하지 못한 용도로 쓰일 것이 분명했다. 그럴 때 세계를 매끈하게 이어주는 것이 생성 기술이다. 현실 세계를 바탕으로 학습한 시스템은 이 세상을 그럴듯하게 가꾸어주지만 가상 세계에서, 더구나 독학으로 시도하려는 토오루에게는 장벽과도 같다. 안전을 생각하면 실험실에서 세상에 내놓기까지 허들이 꽤 높다. 그렇기 때문에 둘이서 제멋대로 즐기고 있을 때의 토오루는 아무런 걱정이 없는 것 아닐까.

그가 나를 같은 부류로 대해주는 것이 나에게 그 어떤 말보다 자신감을 안겨준다. 그리고 토오루가 그의 의지로 나를 만질 때, 혹은 나를 만지는 기쁨을 그에게 빌린 감각으로 짐작할 때, 나의 선택이 옳았음을 깨닫는다. 나약한 나는 가끔 외로워지기도, 저쪽 세상이 그리워지기도 한다. 그런 마음이 만에 하나라도 후회로 바뀌지 않도록 즐거운 감정은 특별히 소중하게 보관한다.

한바탕 놀다가 샌드위치를 먹고 나니 토오루가 역시 기분 전환이 필요하다고 했다. 코코아 브라운 컬러의 긴팔 원피스를 입고 토오루가 머리를 묶어줬다. 장식용 리본은 폭이 넓고 흰 바탕에 코발트블루의 작은 꽃무늬가 그려져 있었는데, 본가에 있던 고이마리(에도시대에 히젠[사가·나가사키현]에서 구워진 도자기를 말한다. 에도시대 초반인 1610년대 무렵부터 에도시대가 끝날 무렵까지 만들어졌다-옮긴이)풍으로 염색된 작은 접시를 연상케 하는 무늬였다.

"새로 만든 작품?"

"아니야. 그건 산 거야. 어울릴 것 같아서."

샌들은 리본에 맞춰 진청색으로 골랐다. 빗속을 뚫고 미나토의 집으로 향했다. 토오루가 큰 남색 우산을 씌워주었고, 나는 그에게 바짝 붙어 걸었다.

거리는 안개가 낀 듯 새하얗다. 익숙한 길인데 어디에도 도달할 수 없을 듯한 기분이 든다. 눈을 감고 토오루의 팔에 몸을 기댄다. 그에게 맡기면 어떤 길이든 문제없이 갈 수 있다.

눈을 감아도 나를 감싸고 있는 세계가 느껴진다. 그의 체온이 바로 옆에서 느껴지고 평온한 숨소리가 들린다. 빗방울은 일제히 우산을 두드리고, 미끄러져 떨어진 물방울이 샌들 틈으로 나온 발가락에 닿는다. 우산 밖은 빗소리가 메우고 있다.

눈을 떠보니 짙은 회색빛에 인기척 없는 거리가 우리를 둘러싸고 있었다. 이윽고 까칠한 연회색 돌담이 나왔다. 움푹 파인 부분과 이음새에 이끼가 끼어 촉촉하게 물기를 머금고 있었다. 이 맞은편이 미나토의 집이었다.

포도 덩굴을 본뜬 듯한 금속제 검은 문을 지나 돌담을 따라 걷다 보면 암갈색 현관이 드러난다. 봄이 되면 밝은 노란색 꽃을 피우는 미모사 나무와 1년 내내 시원한 잎을 자랑하는 프락시누스 그리피티가 주변에 짙은 그늘을 드리우고 있다. 외벽을 단단하게 나무틀로 마감한 단층집은 이곳에서 새로 지었다고 한다. 그러니 세월의 흔적이 느껴지는 부분도 디자인의 일부일 것이다. 비바람이 불거나 생활하면서 생기는 흠집이 전혀 보이지 않는 건물은 정갈한 분위기를 풍긴다.

무릎까지 비에 젖은 우리를 그녀는 쓴웃음으로 맞이했다. 회색빛 짧은 머리와 화장기 없는 얼굴. 여유 있는 칠부 소매의 밝은 회청색 셔츠와 레몬색 앞치마는 두툼한 구름을 통과한 거무스름한 빛 속에서 눈길을 끌었다. 흐린 날씨일수록 미나토는 선명한 색을 입는다.

미나토는 우리를 젊은 나이에 죽은 불행한 사람처럼 여기지도, 가상 세계를 인공적인 천국처럼 말하지도 않는다. 그녀 앞에서 우리의 젊음은 단순한 특징일 뿐이었다.

처음 그녀를 본 것은 신체를 잃기 전 어머니와 함께 참석한 인격 정보화에 관한 설명회장에서였다. 고개 숙이고 있던 옆모습을 기억한다. 마른 볼과 꽉 다문 입술이 만드는 수척한 인상이 마음에 남았다.

어쨌든 오래 살고 싶어 하는 참석자들 속에서 미나토는 불안이나 기대의 감정이 얼굴에 전혀 드러나지 않았다. 대신 안쓰러울 정도의 결의가 내비쳤다. 이행에 대한 의지는 굳건해 보였고, 육체는커녕 생명에도 미련이 없는 듯했다.

이행한 지 얼마 되지 않았을 때 다시 그녀를 만났고, 반가운 마음에 말을 걸었다. 갈 곳을 잃은 모습으로 상가에 서 있었으니까. 그 당시 나는 만족스럽게 바뀐 몸과 토오루와 시작할 새로운 삶에 대한 기대감에 날아오를 듯한 기분이었다. 누구에게든 나누어주고 싶을 정도의 행복감에 취해 주제넘은 짓을 해버렸을지도 모른다. 하지만 그녀는 나와 이야기하며 미소를 지어주었다.

이후 토오루와 함께 그녀의 집에 드나들게 되었고, 조금씩 서로의 과거를 공유했다. 미나토는 소중한 사람을 잃었으며, 그녀의 뼈는 그 사람 옆에 묻혔다고 했다. 빨리 소멸하고 싶다고 말하며 눈시울을 붉힌 날도 있었다.

지금은 자포자기한 듯한 모습이나 무거운 한숨 등은 보이지 않지만 그녀의 상처는 아물지 않았다고 생각한다. 만약 토오루가 먼저 죽으면 나는 견딜 수 없다. 사랑하는 사람이 없는 세상에서 다른 사람을 받아들이고 새로운 삶을 쌓아간 그녀는 얼마나 고매한가.

그녀를 보고 있으면 정보 인격도 육체를 가진 사람과 다름없이 변화한다는 설명서의 내용이 사실임을 깨닫는다. 딱딱했던 꽃봉오리가 물들어 조금씩 꽃이 피어나듯 그녀의 표정은 점점 온화해지고 색깔도 다양해졌으며 목소리도 여유를 되찾았다. 근사하지만 쌀쌀함이 감돌던 이 집에 이제는 손님이 끊이질 않는다. 그녀는 사람들을 환영하고 상냥하게 맞이한다.

미나토가 빌려준 수건으로 발바닥을 닦고 슬리퍼를 신었다. 어둑어둑한 복도 끝에 작은 창문이 나 있었고, 빗방울에 부들부들 떠는 푸른 잎사귀가 보였다. 이 집의 주인공은 정원인 것이다.

우리는 다이닝 키친으로 향했다. 바닥에는 잘 닦인 짙은 갈색 판자가 깔려 있었다. 벽은 새하얗고, 정원 쪽을 향한 벽에는 크기도, 가로세로 비율도 제각각인 창문이 달려 있어 정원을 이용한 미술 전시 같은 정취가 잘 느껴졌다.

정원을 둘러싼 액자 중 하나인 유리문에 손을 올린다. 수국을 보러 왔다고 하자 그녀는 매우 기뻐했다. 정원 일에 쓸 장화와 투명 비닐우산을 우리 두 사람에게 가져다주었다.

조용히 비에 젖은 정원은 숨이 멎을 정도로 짙은 초록색을 띠며 아름답게 빛나고 있었다. 잔디밭을 가로질러 화단을 돌아서 들어가니 나무들 사이로 바닥에 돌이 깔린 오솔길이 등장했다. 길이 워낙 좁은 터라 토오루가 앞서고, 나는 그 뒤를 쫓았다. 무성한 풀에 맺힌 물방울이 스며들어 원피스 자락이 묵직해져간다. 길은 구불구불하고 갈라지기도 한다. 익숙한 길이지만 가끔은 헤매고 싶어진다.

수국은 그야말로 한창이었다. 오솔길 주변으로 한껏 푸르게 부풀어 오른 관목. 그것을 뒤덮은 푸른색은 저마다의 농도나 색조를 띠고 있었다. 자그마한 꽃들이 서로의 중력에 이끌리듯 둥글게 모여 잎사귀 위에 비를 뿌린다. 투명한 물방울이 꽃에 잠시 맺혔다가 방울져 떨어진다.

"이 정원은 굉장히 호사스럽군요. 감각이 넘쳐흐릅니다."

토오루가 우산을 들지 않은 오른손을 뻗어 수국의 모양을 살핀다. 미나토의 정원에는 세심하게 설계되어 풍부한 정보량을 가진 제작물이 많다. 언제나 이 세상을 파악하기 위한 단서와 물건 제작에 활용할 만한 아이디어를 찾는 그에게는 안성맞춤인 자료였다.

"하유루, 잠시 손 좀 빌려도 될까?"

부탁을 받아들이자 그는 자신의 우산을 접고 내 우산을 들었다. 나는 두 손으로 연남색 수국을 만졌다. 손가락이 젖는다. 차갑지만 생생하고 탄력 있는 꽃잎의 감촉. 진짜다. 나는 이 정원에서 진짜 생명을 느낀다. 기계가 만드는 환상일 뿐이라고 해도.

"내 감각 어때? 재미있어?"

"하유루의 움직임은 꾸밈이 없어서 좋아. 나보다 솔직하다고 할까, 자연스러워."

"그건 그냥 서툴러서가 아닐까? 나도 네 손을 빌리고 싶어."

"그럼 반반씩 할까? 오른쪽이 나, 왼쪽이 너야. 동시에 하나의 수국을 만져보면 어때? 하나의 대상을, 둘이서 마치 한 사람처럼 느끼게 해보는 거야."

그가 가리킨 것은 그림 같은 하늘색 수국이었다. 네모난 꽃잎이 모자이크처럼 동그란 모양을 이루고 있다.

몸을 최대한 갖다 붙여도 그의 오른팔은 내 진짜 오른팔보다 멀리 떨어져 있었다. 게다가 손바닥의 크기부터 손목과 손가락의 움직임까지 모든 것이 다 달랐다. 마치 좌우에 다른 신발을 신은 것처럼 불균형했다. 우리는 호흡을 맞추고 울긋불긋한 수국을 양손으로 감쌌다.

내 팔과 그의 팔의 감각이 서로 다투며 하나여야 할 수국이 찢어져 흔들린다. 두 개의 수국이 있는 것처럼, 수국 자체가 뿔뿔이 흩어져 올바른 윤곽을 잃은 것처럼 느껴지기도 한다. 무서운 감정이 엄습한 순간 그가 감각 공유를 풀었다. 그는 젖은 오른손으로 나의 오른손을 잡았다. 힘이 빠진다. 손가락 사이로 빗물이 녹아내린다.

"왠지 피카소의 그림이 떠올랐어. 〈우는 여인〉이라든가."

어린 시절 집에 있던 화집에서 그 그림을 보고 펑펑 운 적이 있다. 색깔이 재미있어 가만히 바라보다가 불안감에 휩싸인 것이다. 분명 하나의 그림일 텐데 하나처럼 느껴지지 않아서 내 눈이 이상해진 것만 같았다. 언니가 천천히 이유를 물어봐줬고 답을 말로 표현했기 때문에 아직도 기억하고 있다.

"확실히 좀 전에는 두 팔의 감각을 무리하게 하나로 합치려고 했으니, 여러 시점을 하나로 통합하려고 했던 큐비즘 회화와 비슷한 점이 있을지도 모르겠네."

"그리고 보니 이 수국은 약간 큐브처럼 느껴지기도 해."

"네모난 꽃받침 조각이 네 장씩 달려 있어서?"

그는 웃으며 내 손등에 입을 맞춘다.

"이제 방으로 들어갈까?"

정원에서 돌아오니 손님이 와 있었다. 처음 보는 사람이다. 정말이지 매우 낯선 느낌의 할아버지가 벌벌 떨고 있었다. 새로운 환경에 당황하는 모습이었다. 옷차림은 단정하지만, 안절부절못하는 탓에 의지할 곳이 없는 듯 보였다.

미나토는 물론, 토오루도 정보 인격이 된 지 얼마 안 돼서 불안해하는 사람을 잘 다룬다. 상대에게 다가가 이야기를 끄집어내고 자신의 이야기는 거의 하지 않는다. 미나토의 집 단골손님의 권유로 이곳에 찾아왔다는 할아버지는 두 사람이 함께 설득하자 점점 안정을 되찾았다.

옆에서 보는 건 재미있었지만, 이야기에 동참하고 싶진 않았다. 때마침 자리를 뜨려는 순간 할아버지가 내게 시선을 돌렸다. 늦었다.

"그런데 두 분은 꽤 젊으시네요. 필시, 음…… 고생을 하셨겠지요."

"아, 아니에요. 저는 고생을 잘 모르고 살았고, 나이는 상관없다고 생각해요."

겸손하다고 생각했는지 그는 감탄한 듯한 표정을 지었다.

"하지만 이행을 결심하기까지는 여러 가지로 극복해야 할 일도 있지 않았습니까?"

"별일 없었어요. 저는 충분히 행복하니까요."

"강하시군요. 저도 본받아야겠습니다."

연약하고 기특한 사람을 바라보는 눈빛이다. 그는 나라는 사람 그 자체가 아니라 나의 젊고 예쁜 겉모습으로부터 스스로 만들어낸 이야기에 감탄하고 있었다. 우리에 대해 아무것도 모르면서.

"그런 거 아니에요. 강할 필요도 없고요."

호흡이 옅어진다. 얼굴에 핏기가 올라 뜨겁다.

우리는 당신과는 다르다. 정보 인격이 된 것은 타협의 결과가 아니다. 갖고 싶었던 것은 여생이 아니다. 현실과 다르지 않은 진짜 미래다. 그리고 그것은 오롯이 여기에 있다.

"저는 행복해요. 그러니 우리를 배려하기 전에 자기 자신부터 소중히 여기시는 게 어때요? 육체를 떠날 결심을 하기까지 힘들었을 테니까요."

토오루가 내 팔꿈치를 붙잡고 말리려고 한다.

"죄송해요. 이 사람 '아직 젊은데'라는 말을 극도로 듣기 싫어해서……."

그가 할아버지를 달래기 위해 억지로 짓는 듯한 미소도 참을 수 없다.

"토오루는 왜 뭐든지 다 받아주려고만 해!"

그의 손을 거칠게 뿌리쳤다. 슬리퍼를 벗어 던지고 맨발로 정원을 빠져나왔다. 아직 비가 내리지만 상관없다. 뚜벅

뚜벅 걸어 오솔길을 벗어나 잡목림의 축축한 낙엽을 발로
차버린다.

잠시 후 강을 마주했다. 도움닫기를 하면 뛰어오를 수 있
을 정도의 폭에 물도 완만히 흐르고 있었다. 근처 맨땅에 쪼
그리고 앉아 강물을 응시했다. 빗방울이 닿지 않는 물속에
서 느긋하게 수초가 흔들린다.

무례함에 대해 사과해야 한다는 것은 알고 있다. 그 할아
버지가 악의를 품고 그런 말을 했을 리 없다. 게다가 처음 만
나는 상대에 대한 내 태도는 정도가 지나쳤고 너그럽지 못
했다.

스스로 설득해보려 하지만 좀처럼 마음이 진정되지 않는
다. 아직 젊은데 육체를 잃어버려서 안타깝다는 말을 들을
때마다 세계가 좁아져가는 것 같아 괴로웠다. 이 세상은 막
다른 골목이어서 나는 어디에도 갈 수 없고, 아무것도 될 수
없다고 여겨지는 듯해서 싫었다.

토오루는 신체적인 어려움 때문에 가상 세계를 택했다.
나는 순조롭게 살았더라면 육체를 버리는 선택 따윈 하지
않았을 것이다. 나를 사랑해주는 소중한 사람들을 현실에
남겨두고, 많이 울게 하고, 여기에 있다. 하지만 환경을 이유
로 연민을 느낀다면, 우리는 언제까지고 불행해야 한다. 그
러면 우리 가족은 더 불행해진다.

246

머리와 옷이 젖어간다. 차라리 울면 조금은 진정될까.

"하유루, 여기 있었네."

그 목소리에 반사적으로 일어섰다. 뒤돌아보니 생각보다 가까운 곳에 토오루가 있었다. 순간 도망치던 방향으로 발을 내디뎠다. 하지만 그곳은 강이다. 나는 발이 미끄러지며 중력에 이끌린 채 물에 빠졌다.

차갑고 공기보다 밀도가 높은 것 아래로 몸이 가라앉는다. 흙빛으로 약간 탁해진 시야에서 물거품이 점점 멀어져간다. 수초가 나를 끌어안으려 한다. 분명히 얕을 텐데, 자세를 바로잡으려면 어떻게 해야 할지 모르겠다. 숨이 가빠져 물을 좀 마셨다. '이대로 물에 빠지는구나'라고 생각했을 때, 무언가 등을 떠받치는 느낌이 들었다.

미지근한 물을 토하다 사레가 들렸다. 비와 바람이 젖은 피부를 차갑게 식혀 으슬으슬하다. 물 밑에서 무릎을 꿇은 상태로 토오루에게 등을 맞았다. 뭐 하는 짓이냐며 그에게 혼나는데 갑자기 웃음이 났다. 진심으로 죽는다고 생각했다. 그 순간 내게 육체가 있다고 완벽하게 믿었고, 이 세계의 물이 나를 죽일 수 있다고 착각했다.

"있잖아, 우리는 물에 빠져도 안 죽지?"

"현실처럼 죽지는 않아."

"방금 진짜 괴로웠거든. 정말 죽는구나 싶을 정도로. 이 세계의 물은 사람을 빠트리려고 만들어진 것이 아니잖아. 대단해. 제대로 세계가 만들어졌어. 물건을 만들 때 토오루가 진지하게 고민하는 이유도 이런 식으로 자연스럽게 움직였으면 해서가 아닐까 하는 생각이 갑자기 들었어."

사람이 만들었으니 토오루가 취미로 만지작거린 수준일 것이라고 무심코 가상 세계를 얕보았는지도 모른다. 무의식적으로 세상의 밑바닥을 알게 될까 봐 두려웠다. 하지만 이제는 좀 더 이곳에 나를 맡겨도 되지 않을까 싶었다. 이 세상은 내가 생각한 것보다 훨씬 복잡하고 광대했다. 토오루는 그 안에 소소하고 정교한 그만의 부품을 더하고 있었다.

"토오루도 세계를 만드는 거였어. 모두에게 자랑하고 싶을 정도야."

"자랑하는 건 괜찮은데, 소동이 벌어지면 곤란하다고."

"안 해. 안 되는 거 알아. 그런데 정말 그 정도로 대단하다는 거지."

"고마워. 그런데 도대체 왜 이런 타이밍에 그런 생각을 하는 거야?"

토오루가 나를 일으켜 세우곤 머리에 붙은 썩은 낙엽을 떼어주었다. 물줄기가 다리를 간지럽힌다.

"내가 어른이 안 돼서 그런가 봐. 싫으면 바로 말하고 싶어지고, 감각과 충동으로 사는 것 같아. 토오루처럼 곰곰이 생각하고, 남에게 상냥하게 대할 수 없어."

"하유루는 지금 모습 그대로 괜찮아. 나는 다른 사람 마음에 들기 위한 말을 하는 것에 익숙해. 살아가려면 주위의 도움을 받아야 했고, 도움을 받으려면 호감을 사는 편이 좋으니까. 반발하는 건 전혀 도움이 안 됐어. 여기서는 솔직하게 화를 내도 좋을 텐데, 그런 버릇이 쉽게 없어지진 않더라. 그래서 하유루가 대신 화를 내줘서 좀 기뻤어. 일방적으로 저렇게 생각하는 건 나도 좋아하지 않아. 하지만 그런 마음을 전하는 방법에 대한 고민은 필요해."

"반성할게."

고개를 떨구는 내 어깨에 토오루가 손을 얹었다.

"그것보다 먼저 강에서 나갈까?"

집에는 미나토만 있었고 할아버지는 돌아가신 듯했다. 그녀에게 욕실을 빌려 둘이서 꽁꽁 얼어붙은 몸을 녹였다. 건조대에 걸렸던 우리 옷은 그사이에 포근하게 말랐다. 화장실에서 토오루가 드라이어로 머리를 말려주었다. 내가 직접 하는 것보다 왠지 잘 정돈되는 기분이다.

"그 할아버지한테 사과할 수 있을까?"

"연이 닿으면?"

태연한 토오루의 태도가 부러웠다. 하루아침에 얻을 수 있는 여유가 아니라는 사실을 알지만. 꽁해져서 입을 꾹 다

물고 있는데 갑자기 셔터음이 울린다. 항의하려고 고개를
들자 토오루가 단말기 화면을 내게 보여줬다.

"우라라 씨한테 보내도 돼?"

채팅 앱에는 이미 "지인의 정원에서 강에 빠져 반성하고
있는 하유루입니다"라는 글과 함께 지금 막 찍은 사진이 첨
부되어 전송 버튼을 누르기만을 기다리고 있었다. 이런 나
의 모습에서는 언니가 전혀 보이지 않는다. 언니는 어렸을
때도 이렇게 앳된 표정을 짓지 않았다.

"안 된다는 말은 안 할 거야."

토오루의 속셈은 짐작하고 있다. 언니와 닮지 않은 가장
나다운 순간을 골라 무해한 설명을 붙였다. 가끔 토오루가
생각하는 거짓말은 간결하면서도 아름답다.

언니에게서 바로 답장이 왔다.

"좀 더 반성해야겠는데. 항상 하유루 모습을 스스럼없이
보내줘서 고마워요. 언니로서 동생다운 모습을 볼 수 있어
서 행복하지만, 토오루 씨가 곤란하면 제가 혼낼 테니까 말
씀해주세요."

언젠가 가족들에게 우리 생활을 거짓 없이 이야기할 날
이 올까? 지금은 공개할 수 없는, 그가 만드는 멋진 세계를
보여줄 수 있을까? 그때쯤이면 내 얼굴에도 언니와는 다른
나만의 표정이 새겨져 가족들도 새로운 내 모습에 익숙해질

지도 모른다.

문득, 결혼식을 올려보고 싶다는 생각이 든다. 물질세계와 가상 세계를 가능한 한 깊이 이어서 토오루가 만든 것들로 결혼식장을 꾸미고 싶다. 예를 들면 내 얼굴을 가리는 베일은 나비 모양으로 만들어 토오루가 손가락을 대면 날개를 퍼덕여 흩어지는 것이다. 언니의 예쁜 손가락에, 어머니의 기쁨의 눈물로 젖은 손수건에, 아버지의 긴장된 어깨에, 오빠의 단정한 목덜미에, 씩씩하게 앉은 카에 씨의 무릎에 레이스 나비가 내려앉고, 토오루는 마치 처음인 듯 키스할 것이다.

"갑자기 즐거워 보이네?"

"그래?"

상상의 나래를 펼치면서 싱글벙글해졌나 보다.

"응…… 그렇지. 즐거운 일이 많잖아."

지금까지도, 앞으로도. 꼭.

미나토가 다시 차를 준비해주었다. 나도 그녀를 도와 쿠키를 접시에 담고 컵을 데운다.

초인종이 울렸다. 미나토가 잽싸게 현관으로 향한다. 말도 없이 드나드는 사람이 많은 이 집에선 드문 일이다. 혹시나 하는 예감에 토오루에게 눈짓을 한다. 그도 눈동자로 고개를 끄덕인다.

좀 전에 본 할아버지가 파란색과 흰색 리시안셔스 꽃다
발을 들고 나타났다. 그는 내게로 다가와 그것을 내밀었다.
내 머리를 묶었던 리본과 같은 색상이다.

"아까는 실례가 많았어요. 만난 지 얼마 안 됐는데 민감한
부분을 파고들었네요."

화가 난 건 그 부분이 아닌데. 나는 웃으며 고개를 흔든다.

"저야말로 무례하게 행동해서 정말 죄송했습니다. 다시
와주셔서 감사해요."

그는 나를 무례한 사람이라며 잘라버리지 않고 일부러
꽃까지 사서 사과하러 와주었다. 상대가 상냥하게 대해주면
미안한 마음이 커지고, 사이좋게 지내고 싶은 마음이 피어
오른다. 그렇다고 해서 서로 이해할 수 있으리라는 생각은
들지 않는다.

내가 무엇 때문에 화가 났는지 이 사람은 영원히 이해 못
할지도 모른다. 이 사람이 진정으로 이해받고 싶은 부분을,
나는 아무리 노력해도 모를 것이다. 그래도 그냥 이대로 좋
지 않을까. 누군가를 이해할 수 없다는 것은 이 세상이 복잡
하다는 증거다. 그래서 우리는 현실에 있는 사람들과 다를
바 없이 미래를 기대할 수 있다.

미나토가 모두에게 홍차를 따라주었다. 토오루가 설탕 가
루가 뿌려진 스노볼 쿠키를 집어 든다. 미소보다 빨리 눈동

252

자가 움직인다. 너도 먹으라며.

많은 기능을 잃은 육체에 사로잡혀 지낼 때부터 그의 눈동자는 자유로웠다. 내게 말을 걸어주고, 내 말을 받아주고, 내 희망이 되어주었다. 지금도 그 눈동자는 나를 인도한다. 토오루가 보는 것을 나도 보고 싶다. 그가 가는 길을 조금이라도 이해하고 싶다. 소멸을 두려워하지 않고, 그가 만드는 것들을 느끼고, 그의 손과 발이 되어주고 싶다. 힘이 되고 싶다. 아직 미덥지 않을 수도 있지만, 언젠가는.

나도 토오루와 같은 것을 입에 넣는다. 쿠키는 부드럽게 부서지고 버터와 아몬드 향이 달콤함 속에 두둥실 피어오른다. '그것 봐' 하고 내게 가장 소중한 사람의 눈동자가 말한다.

사실은 하늘에 사는 것조차

꼬치 가게 미닫이문은 기분 좋은 감촉으로 미끄러진다. 손가락 끝에 전해지는 진동도, 스르륵 밀리는 촉감도 처음 방문한 6년 전 그대로다. 부자연스러울 정도로 정비나 점검이 필요 없다. 어떤 의미에서는 부실하다고 할 수 있지만, 계산 자원에는 한계가 있고 문을 여닫는 느낌의 변화로 세월의 흐름을 실감하는 사람이 흔치 않다는 점을 고려하면 결함이라고까지는 말할 수 없다. 후루야 세이지는 연기가 자욱한 가게 안을 둘러보며 약속 상대를 찾았다.

"후루야, 여기야."

시키시마 아야메는 밝은색 오크 원목 카운터에 한쪽 팔꿈치를 붙인 채 맥주잔을 잡고 있던 다른 손을 치켜올렸다. 세이지보다 세 살 많은 71세. 젊게 꾸민 것은 아니지만 활력이 넘치면서도 세련된 분위기 탓에 나이를 가늠할 수 없다. 손톱과 입술은 모란꽃 빛깔에 눈꼬리의 깊은 주름 끝에 가늘게 곡선을 그리는 아이라인. 멋들어진 백발은 단정하게 묶여 있으며, 귀에는 은빛 장미창을 닮은 정밀하게 제작된 귀걸이가 흔들리고 있다. 좌우로 비대칭 칼라가 달린 원피스 차림에 밑창이 두꺼운 검은색 운동화를 신었다.

카운터에 있던 주인이 그녀에게 말을 걸었고, 익숙한 웃음소리가 터져 나왔다. 옅은 상아색 치아가 드러나게 입을 벌리고, 평소에는 위압적일 정도로 강한 눈동자가 절반쯤 주름에 파묻힌다. 알코올이 들어가자 그녀는 쾌활해졌다. 세이지는 이 가게에서 처음 시키시마를 보고 기시감을 느꼈다. 그녀가 누구인지 깨닫기까지 십여 분이 걸렸는데, 머릿속에 새침한 얼굴의 인물 사진이 맴돌았기 때문이다.

시키시마 아야메는 건축가다. 대규모 공공 건축에 수없이 이름을 올린 이 나라에서는 몇 안 되는 인물로, 해외에도 그녀가 설계한 작품이 수두룩하다. 건축을 업으로 삼는 사람이라면 그 얼굴과 이름을 당연히 알 정도다. 예순이 넘었을 무렵 갑자기 은퇴를 선언, 육체를 버리고 가상 세계로 옮겨 간 것도 업계에서는 충격적인 뉴스였다.

대체 어디서 봤는지 생각나지 않아 답답해하다가 닭꼬치를 들자마자 기억이 떠오르는 바람에 그만 작지 않은 목소리로 그녀의 이름을 입 밖에 냈다. 물론 시키시마는 세이지 따위 알 도리가 없었지만, 그 일을 계기로 같이 일해보면 어떻겠느냐고 제안했다. 그녀가 가상 세계 내부에 한해 설계를 계속하고 있다는 건 금시초문이었다. 생면부지의 타인을 선뜻 끌어안으려 한 것도 술기운 때문이었는지 모른다.

언젠가 그녀가 현실 세계를 떠난 이유는 맛있는 술을 계속 마시기 위해서라고 말한 것을 세이지는 백 퍼센트 사실이라고 여기진 않는다. 하지만 이렇게 즐겁게 술을 마시는 모습을 보고 있으면 술을 전혀 하지 못하는 자신은 이해할 수 없는, 술꾼의 기쁨이라는 것이 확실히 존재한다고 생각한다.

세이지가 시키시마 옆자리에 앉자 주인은 인사와 함께 우롱차가 담긴 잔을 내려놓았다. 꼬치 다섯 개를 시킨 뒤 따뜻한 물수건으로 손가락을 닦고 나서 세이지는 그녀에게 시선을 돌린다.

"의뢰받은 일이 아니라면, 혹시……."

"맞아. 내 집 겸 사무실. 같이 해줄 거지?"

그녀가 던진 직구와 의연한 눈동자에 압박을 받아 세이지의 두 눈이 흔들린다.

"어떤 심경의 변화죠? 예전에 물어봤을 때는 근사한 사무실 같은 건 차려봤자 괜히 의뢰만 늘어난다고 싫어했잖아요."

"뭐야, 기쁘지 않아? 예전이라고 하면 오히려 후루야가 더 불만스러워 보였는데."

이쪽 세계에서 일할 생각이 없었던 시키시마의 거처는 날림 공사로 지은 아파트였다. 현실 세계에서 30년 이상 비바람을 맞은 외관은 허름하고 디자인적으로도 아주 격조 높다고 할 수 없다. 시공주의 감각과 예산 형편과 법률적 제약이 옥신각신하며 만들어진 것처럼 보이는 건물이다. 그녀도 자각은 하는 듯 실내에는 온라인 회의를 위해 '장식용 선반'으로 벽을 가린 곳이 있고, 사람을 만날 때는 카페나 렌털 공간을 이용한다.

이행한 뒤로 취재나 광고도 거절하고 홈페이지도 없지만 일은 계속 늘어나 한계를 느꼈으리라. 멋대로 기사화된 것일 뿐 널리 알려지고 싶지 않았다던 말과 달리 그녀는 좀처럼 의뢰를 거절하지 않는다. 이야기만 듣고 오겠다며 핑계를 대고 나갔다가 아이디어와 스케치를 산더미처럼 들고 돌아온다.

그녀 정도 되는 사람이 왜 그런 장소에서 머무는지 세이지도 궁금했다. 업무를 하기 위한 공간으로 충분치 못하다고 느끼기도 했다. 하지만 새로운, 아마도 특수한 설계가 포함될 일에 관여하려니 망설여졌다.

"정말로 파트너가 저예요?"

"그럼 다른 사람 누가 있어?"

시키시마는 모집 공고를 띄우면 가상 세계 안팎에서 지원자가 쇄도할 것이라고 말했다. 애초에 세이지와 함께하려는 이유가 가까이에 있기 때문이라는 것 말고도 있는지 의문이었다.

지금까지 그녀가 세이지에게 부탁한 구조 설계는 주택뿐으로, 일관성 계산 소프트웨어로 충분히 가능한 일이었다. 그녀로서는 부담 없는 일일 것이다. 그래도 세이지는 그녀가 건축 디자인 설계에 천부적인 재능을 가졌음을 절감하고 있었다. '재능이란 이런 건가' 하고 숨이 멎을 정도로 놀라운 순간이 그녀 옆에 있다 보면 자주 찾아온다.

세이지가 아무 말 없자 시키시마가 "어떤 심경의 변화가 있는지 물었던가?" 하고 중얼거린다.

"대충 건축이 내 직업이라고 인정하기로 했어. 이거로 됐지?"

"그럼 지금까지는요?"

"취미였으려나."

그녀는 어깨를 으쓱해 보였다. 나이에 어울리게 주름진 목을 스쳐 귀걸이가 흔들린다.

"그래서 마지막 취미 활동으로 나를 위한 건축을 해보려고 해. 후루야가 없었다면 사무소 따위는 열지 않았을 거야. 그러니까 책임져."

"나는 필사적으로 당신을 쫓아…… 아니, 끌려다닐 뿐이
에요."

"무책임하네."

"죄송합니다."

"싫어지면 확실히 말해. 싫다고 말하기 전까지는 안 놔줄
테니까."

그녀는 아무렇지 않은 듯 가슴을 폈다. 세이지는 고개를
떨구고 이마에 손을 가져다 댄다.

"싫을 리가요. 저는 당신을 동경했어요."

"왜 과거형이야?"

"동경해요, 지금도."

어쨌든 현실에 남겨둔 가족에게 할 수 있는 단 하나의 자
랑이 그녀와 일한다는 것이다. 그녀는 만족스럽게 고개를
끄덕이고는 맥주잔을 기울였다.

* * *

단골 찻집의 후미진 칸막이석에 진을 치고 시키시마 아
야메는 대형 스케치북을 펼쳤다. 종이는 새하얬다. 평소라면
그 위에 그녀의 사고 흐름이 듬뿍 새겨져 있고, 세이지는 그
것을 더듬는 형태로 제안해나갔을 테지만.

262

"아무 생각도 안 난다니, 그럼 아직 내가 할 수 있는 일이 없잖아요."

세이지의 역할은 구조 설계다. 건축가의 아이디어를 물리적으로 가능하면서 안전한 건축 구조로 구현하는 일. 그래서 그녀가 하고 싶은 것을 보여주지 않으면 단서를 잡을 수 없다.

게다가 세이지가 그녀를 만나기 전에 종사한 일은 주로 중소 규모의 수리 공사였다. 이미 존재하는 낡은 구조를 어떻게 살려서 경제적으로 환경 성능을 만족시킴과 동시에 새로운 모습으로 재탄생시킬지, 제약은 많고 예산은 적었다. 건축 구조 1급 건축사 자격증은 있지만 이것이 필요한 규모의 일은 손에 꼽을 정도였다.

저명한 건축가의 분방한 상상력과 콤팩트한 주택을 설계할 때조차 대담하게 펼쳐지는 구상, 그녀에게 의뢰하는 시공주의 어마어마한 자금을 확인할 때면 매번 현기증이 난다. 평소에도 그렇다. 그녀가 진심으로 간판이 될 건물을 만든다면 과연 세이지는 따라갈 수 있을까.

"대화하다 보면 아이디어가 나올 수도 있지. 후루야는 어떤 것이 좋다고 생각해?"

"시키시마 씨가 결정해주세요. 현실 세계에서 사무실을 지을 당시에는 어떻게 생각했죠?"

사진으로 본 시키시마의 사무실은 작지만 공들여 만든 구조였다. 섬유 강화 콘크리트 쉘의 매끈한 곡면이 천처럼 두둥실 걸려 있는 지붕, 그 일부가 흘러내려 현관의 가림막이 되었다. 쉘 안쪽에 반사된 간접광이 닿는 통로에는 이끼나 양치류 같은 그늘에 적합한 식목을 설치했으며, 현관문에 칠한 실버 그레이의 시원함이 돋보였다. 내부는 콘크리트 바닥이지만, 미장으로 입자를 거칠게 마감한 벽이나 나무로 만들어진 생활용품의 질감 덕분에 온기가 느껴졌다. 응접 공간에서 바라다보이는 안뜰에는 아담한 수변이 자리 잡고 있었다.

"생각한 아이디어들이 베스트가 아니었어. 하고 싶은 것만 잔뜩 있고, 앞으로 이루고 싶은 내 모습과 미래에 대한 상상으로 머릿속이 터질 것 같았지. 하지만 허세 부리고 싶어서 필사적으로 다 뺐어. 어쩌면 그래서 좋은 평가를 받았을지도 모르지만, 지금은 그렇게 못하겠더라고. 그렇게 기세로 밀고 가는 설계는."

시키시마가 연필을 만지작거린다. 가끔 손이 스케치북 위에서 헤매기도 했지만 날카롭게 갈린 연필심이 종이에 닿는 일은 없었다. 세이지는 한숨 대신 뜨거운 커피에 입김을 불어 넣는다.

"콘셉트이든, 하고 싶은 모양이든 그런 게 안 나오면 시작

못 한다고요. 무리하게 지금 당장 착수하지 말고 시키시마 아야메의 대표작으로 내걸 만한 무언가가 떠오를 때까지 보류하면 어때요?"

"하지만 내가 아무것도 생각해내지 못하다니 이상하지. 기다린다고 해서 상황이 바뀔 것 같지 않아."

"현시점에서 해결해야 할 문제가 있다는 건가요?"

너무나도 자신감 넘치는 "노 아이디어"라는 말에 세이지는 당황했다. 확실히 그녀가 아무것도 떠오르지 않는다는 건 처음이었다. 그러나 아무리 세상이 인정한 천재라고 해도, 잘되지 않는 이유가 자신이 아니라 외부에 있다고 단언하는 태도는 이해할 수 없다. 그런데 그녀는 자신이 거만한 것이 아니라는 듯 가볍게 눈썹을 치켜세우더니 연필로 허공을 가리켰다.

"어쩌면 내가 가상 세계에서의 건축을 알지 못하는지도 모르지."

"집을 이렇게 많이 지어놓고요?"

"조건이 마련되면 구상은 쉽게 할 수 있으니까. 땅이 있고 의뢰자 요청이 있고 예산만 있으면 이후에는 흘러가는 대로 디자인하기만 하면 돼. 실례되는 얘기지만 나는 여기서 집을 지으려면 뭐부터 시작해야 하는지도 몰라. 땅 사는 방법도 마찬가지고."

적극적으로 일을 받지 않았기 때문에 의뢰인은 시키시마의 명성을 알고 실례가 되지 않도록 준비를 철저히 한 후 접촉해 오는 사람들뿐이었다.

"매번 땅이 마련된 상태로 의뢰가 들어왔으니까요. 시키시마 씨는 이행하면서 지금 사는 아파트 찾을 때 어떻게 하셨나요?"

"저쪽 코디네이터에게 임시 거처를 마련해달라고 하고 여기 와서 찾았지. 실제로 보고 결정하고 싶었으니까. 관공서에서 부동산을 알려주다니, 묘한 시스템이지."

"저는 이행 전에 희망 조건을 전달해서 적당히 받았습니다. 잠깐 머물다가 이사할까 싶었는데, 의외로 살기 괜찮더라고요."

"흠" 하고 시키시마가 기계적인 반응을 보인다. 그녀에게는 지루한 선택이겠지만, 무난한 것이 어쨌든 편한 법이다.

"빈 물건은 관공서에서 관리하지?"

"네, 토지는 특히 행정의 판단으로 지역을 확장하기도 해서 관공서에서 총괄하는 것이 편하죠. 집집마다 이행해 오는 사람과의 균형까지 고려하기에는 민간으로서 힘에 부칠 테고요."

가게 안에 바람이 들어와 시키시마가 입구 쪽을 본다. 손님이 문을 연 듯했다.

"그럼 직접 찾아가면 좀 더 이해가 빠르려나?"

말이 끝나기가 무섭게 그녀는 짐을 싸서 자리를 뜬다. 거의 입을 대지 않은 채 테이블에 남겨진 커피가 가엾어 보인다. 세이지가 자신의 컵을 비우려고 하는 사이에 그녀는 계산을 끝내고 먼저 가게를 나가버렸다.

시키시마는 사람을 잘 휘두른다. 답답한 듯 팔짱을 끼고 있는 모습을 보자 세이지는 그녀가 입을 떼기도 전에 관공서 가는 버스를 알아본다.

자율주행 순환버스를 타기까지 도보 이동과 대기 시간을 합쳐 20분이 채 걸리지 않았다. 도착까지 필요한 시간도 충분하다. 하지만 가상 도시 행정 청사 앞에서 내렸을 때 시키시마의 기세는 상당히 꺾여 있었다.

정면에서 청사를 본 그녀의 얼굴이 구겨졌다. 현재는 그다지 환경 보전에 도움이 되지 않는다고 알려진 재생 콘크리트 패널로 시공된 투박한 외벽. 입구는 유리로 된 자동문으로 고층에 채광과 환기를 위한 슬릿 형태의 개구부가 있지만 전체적으로 재미없고 딱딱한 인상이다.

세이지와 시키시마는 평소에 신청 등 수속 대부분을 온라인으로 처리해서 실제로 청사를 방문하는 일은 드물다.

"여기 오면 기분이 우울해져. 물질로부터 자유로워진 가상 세계의 관공서가 왜 이렇게 둔중한 건물일까?"

"아주 최근까지 이런 것이 일반적인 공공 건축물의 형태였다는 사실은 알고 계시잖아요."

"이 나라가 가장 보잘것없던 시절의 방식이었지. 게다가 이곳에선 건물이 낡지도 않아서 더 별로야. 현실이라면 시간이 지나면서 잘못된 점을 깨닫기도 하는데, 아무리 지나도 이게 옳다는 듯한 얼굴을 하고 있으니 말이야."

사회적으로 검소·견실해야 한다는 풍조가 특히 강했던 시대에 시키시마와 세이지는 건축사로서 첫발을 내디뎠다. 민간에서도 새로 건물을 지으려고 하지 않았다. 세이지는 무난하게 수리를 주로 담당하는 회사에 취직했지만, 시키시마는 과감하게 해외 건축 설계 공모에 도전해 성공을 거뒀다.

'시키시마 아야메'의 국제적인 명성이 높아짐에 따라 국내에서도 그녀의 건축을 채택하자는 의견이 나오게 되었다. 현실 세계에서 말년에 그녀가 설계한 작품 중 몇 점은 이런 목소리에 힘입어 이뤄진 것이다. 덕분에 현재는 이전보다 건축가의 일이 높게 평가된다. 공공 재산으로서의 건축이라는 생각이 드디어 자리를 되찾을 조짐이 보인다고도 할 수 있다.

"현실이 이보다 조금 더 나아졌다면 당신 덕분이겠죠."

"저쪽이라고 다르겠어? 여전히 궁상떨고 있겠지."

그녀는 흥미 없는 표정으로 입구로 들어간다. 세이지는 앞날이 걱정되어 무거운 발걸음으로 뒤를 쫓는다. 종합 접수 창구에서도, 담당자를 기다리던 소파에서도, 그녀의 표정이나 행동 하나하나에 초조함이 내비쳤다.

"너무 싸우려들지 마세요. 건축가로서 당신의 역할이 있듯이 관공서 직원도 책임지는 일을 하고 있으니까요."

"알고 있어. 나 어린애 아니야."

"하지만 표정에 다 드러나요. 잠깐 심호흡 좀 하세요."

그녀는 순순히 응하고 깊게 숨을 내쉬었다. 턱을 들어 올리고 숨을 들이마시며 가슴을 부풀리자 표정이 한결 누그러졌다. 반면 눈동자에는 답답한 기색이 비쳤다.

"현실의 아름답지 않은 것은 오랜 세월 함께하면서 익숙해졌지만, 이쪽의 볼품없는 것은 또 다른 느낌이야. 저쪽에서는 그런 것들이 보기 싫어질 때면 바다나 산 같은 사람의 손길이 닿지 않은 것을 보러 다녔어. 어차피 나는 사람이고 바다를 길들일 수도, 산을 움직일 수도 없으니까. 그렇게 생각하니 위로가 되더라. 그런데 이쪽은? 우리 인간이 처음부터 만들어낸 이 세계에서 사람이 자유롭지 못할 게 대체 뭐가 있냐고. 그런데 왜 이렇게 볼품없는지 모르겠어."

"인간이 만들었기 때문이 아닐까요. 만약 당신이 전부 만들었다면 원하는 대로 완성되었을지도 모르지만요."

시키시마는 이상하게 순진한 면이 있어서 수습하기 위해 내뱉은 말도 달래려는 것처럼 되어버린다.

"미적으로 당신을 만족시킬 수 있는 사람만이 이 세계를 디자인해온 것은 아니잖아요. 현실의 거리를 아름답지 않다고 느꼈던 것도 같은 이유고요. 다행인지 불행인지 가상 세계는 역사가 짧아서 당신의 건축이 세상 전체에 미칠 수 있는 영향이 현실보다 더 클지도 모르겠습니다. 사무실은 당신이 원하는 풍경을 좀 더 앞당길 수 있는 수단이 되지 않을까요?"

가상의 거리에는 여백이 많다. 거리의 확장이나 신설은 현실 세계보다 훨씬 쉽지만, 여기서 말하는 여백은 가능성을 의미하지 않는다. 가상 세계의 도시는 인구에 비해 필요 이상으로 넓다. 게다가 현실과 달리 빈집이 문제 되지 않고, 오히려 필요한 것으로 여겨진다.

가상 세계로 옮겨 올 때 현실의 집을 그대로 들여올 경우, 입지 조건을 되도록 맞추게 되어 있다. 현실의 몇몇 지역 기후를 모델로 만들어진 각각의 큰 지역 안에 현실과 마찬가지로 용도 지역 등 지역·지구가 설정되어 조건이 비슷한 토지를 선택해 집을 둔다. 사선 제한이나 접도 의무가 있는 것도 현실과 같다.

모양과 크기가 제각각인 가옥을 정해진 구획 안에 잘 배치하려면 행정 담당자들은 어려운 퍼즐을 맞추듯 할 수밖에 없는데, 기존 건축물 사이에 완벽하게 녹아들기란 불가능하다. 그렇다고 빈 땅에 공원이나 공공시설을 만들거나 공터인 채로 남기면 거리의 풍경이 이상해진다.

그래서 선택한 방법이 빈집으로 지어지는 모종의 공영주택이다. 단독주택이나 공동주택 등 형태는 다양하며, 주거지를 정하지 않고 이행하는 사람의 거처로 사용되기도 한다.

세이지가 사는 집도 이런 물건 중 하나였다. 가상 세계에서 가장 많은 주택을 짓는 것은 행정 기관이고, 그것은 거리의 단조로움으로도 이어진다. 낮은 인구 밀도도 맞물려 여기서는 다른 사람의 감성을 접할 기회가 현실보다 적다.

"나는 아무것도 바라지 않았어. 설계 요청을 받기 전까지는 확실히. 왜냐하면 이 세계는 중력으로부터 자유로워야 했음에도 내가 이행을 생각했을 때 이미 날개가 꺾인 상태였거든. 많은 사람의 끝없는 장수 욕구에 의해서."

이미 확립된 건축 구법밖에 사용할 수 없어서 답답하다고 그녀는 말했다. 현실의 구조기술사와 일할 때도 가상 세계를 위해서 일부러 실험적인 구조를 제안해 오는 상대는 없었다고 한다.

비용을 들여 구조 실험을 해봤자 새로운 시도가 건축에 응용되는 경우는 거의 없으며 일회성으로 끝날 때가 더 많다. 대규모 건축도 아닌데 자주 실험이 필요한 구조를 사용했다면 그야말로 저명한 건축가라서 특권을 누린 것이라고 세이지는 생각한다.

"가끔 생각해. 소멸이…… 뭐랄까. 정보로 만들어진 몸이라면 하늘에 살거나 해저에서 쉴 수도 있을 텐데, 그저 현실의 연장선으로서 계속 존재하고, 생존 기간을 몇 년이라도 더 늘리는 일에 전력을 기울이는 이유가 뭘까."

자신의 생각을 솔직하게 표현한 듯한 푸념에 세이지가 답을 하지 못하고 있을 때, 두 사람 앞에서 여직원이 걸음을 멈추었다.

고개를 든 시키시마와 시선이 마주치자 직원은 달려 나갈 듯한 기세로 이쪽을 향해 왔다.

"시키시마 아야메 씨, 맞으시죠?"

선명한 발음은 방을 구석구석 비추는 주광색 조명을 연상케 했다. 그늘을 허락하지 않을 듯한 차갑고 밝은 빛이다. 목 부분을 완전히 감싼 블라우스와 감색 재킷에서 성실함이 느껴졌다. 상냥하고 매끈매끈한 얼굴에 깔끔한 인상이지만 특별히 젊어 보이거나 하진 않고, 쓸데없이 기운이 넘쳤다. 40세라고 해도 60세라고 해도 이상하지 않았다.

미심쩍은 듯 그녀를 관찰하던 시키시마가 날카롭게 숨을 들이쉰다.

"당신 설마, 나미키 쓰바사 씨?"

"어머, 저를 알고 계시다니 영광입니다."

"여기 가상 세계에서 당신보다 유명한 사람이 있나요? 청사 일도 아직 하시는군요. 바쁘실 텐데."

"본업은 이쪽이니까요."

대화를 듣고 세이지도 상대가 누구인지 알 수 있었다. 이 나라에서 유일하게 시험 운용 시기부터 지금까지 살아온 사람이다. 소멸 현상이 발견되기 이전에 옮겨 온 '프로토타입 세대'라고 불리는 정보 인격 중 한 명이다.

그녀는 가상 세계가 생기고 나서부터 지금까지 변해온 과정을 아는 인물로 강연회나 홍보 매체 등에서 활발히 활동하고 있었다. 정보 인격이 되기를 강력하게 원한 가족들 때문에 설명회에 몇 번 방문하고 바로 이행을 결정한 세이지도 그녀의 존재는 기억하고 있었다.

"그건 그렇고, 나미키 씨가 저를 아시는 줄은 몰랐어요."

"건축에 조금이라도 관심 있는 사람이라면 당연히 알죠."

"관심이 있으신가요?"

"네. 도시 건설 부서에 소속되어 있으니 업무적인 관심사이기도 하지만요."

"저도 모르는 사이에 신세를 지고 있었군요."

나미키는 방긋 미소 지으며 고개를 숙였다. 자세를 되돌

리고 "그런데"라고 말하면서 다시 시키시마를 바라봤을 때
는 무언가 의미심장한 표정으로 바뀌어 있었다.

"시키시마 씨는 소멸이 두렵지 않으세요? 그보다는 육체
가 없으니 자유를 원하시나요?"

시키시마는 무심코 입술 끝을 들어 웅했다.

"자아에 미련은 없어요."

그녀의 단언에 세이지는 소름이 끼쳤다. 디자인의 수완이
나 실적보다도, 우선 이러한 상식을 벗어난 단념에서 자신
과는 근본적으로 다른 사람임을 깨달았다.

"그렇게 말씀하시는 나미키 씨는 어떤 재미있는 것을 알
려주실지 궁금하네요."

"계속 만나 뵙고 싶었는데 기회가 없었어요. 오늘은 어떤
용건으로 오셨나요? 잠깐 시간 좀 내어주시면 그동안 웅대
준비를 해놓겠습니다."

"사무소용 땅을 찾으러 왔어요. 모처럼의 기회이니 이야
기를 들어볼까요. 마침 무료하던 참이었거든요."

"감사합니다. 방을 준비할 테니 이쪽으로."

손으로 가리키며 빠르게 걷기 시작하는 나미키 뒤를 시
키시마가 쫓는다. 세이지는 따라가야 할지 망설여졌다. 그
녀가 자신을 두고 간 것이라고 받아들이고는 약간의 낙담이
섞인 안도를 느끼며 소파에 몸을 맡긴 순간, 시키시마가 돌

아서서 그에게 소리친다.

"후루야, 안 와?"

세이지는 황급히 일어나 달려간다. 시키시마의 목소리에는 세이지가 망설임과 거리낌을 버리게 하는 힘이 있었다.

나미키가 안내한 방은 아주 작은 면담실로, 기껏해야 1.5평 남짓으로 보였다. 연한 회색의 사각 테이블에, 연두색 인조 가죽이 덮인 의자가 네 개. 창문은 없고 천장의 매립 조명이 균질한 빛을 내고 있었다. 가장 안쪽 자리에 시키시마가, 그녀의 바로 맞은편에 나미키가 앉았다. 세이지는 시키시마 옆에 앉았다.

"소개해드리고 싶은 것은 현실의 대학과 제휴한 사업인데요. 간결하게 말씀드리면 가상 세계의 건축 재료가 가진 가능성을 찾는다는 내용입니다."

테이블에는 스테이플러로 철한 인쇄물이 놓여 있었다. 거친 느낌의 흑백 인쇄물에 적힌 글자에서 말로 표현할 수 없는 관공서 특유의 느낌이 강하게 풍겼다. '가상 세계의 첨단 건축 재료인 어쩌고 저쩌고'라는 딱딱한 제목 아래에는 협력 기관인 사립 대학의 이름이 쓰여 있었다. 지금은 어떨지 모르지만 세이지의 자녀들이 수험생이었을 당시에만 해도 가기 어렵기로 정평이 난 곳이었다.

"비공개 지구를 설정해 현실 세계에는 존재하지 않는 건축 재료를 이용한 실험을 하려고 합니다. 현재 계획으로는 실재하는 소재에 다른 소재의 특성을 더해보고 싶습니다. 예를 들어 유리처럼 비치는 철이나 대나무처럼 휘어지는 돌 같은 것을 만드는 거죠."

나미키가 눈빛으로 시키시마를 설득하지만 시키시마는 무표정으로 응한다.

"실험을 통해서 특성이 더해질 소재가 건축재로서 매력적인지와 유용성 등을 검토할 예정입니다. 그 과정에서 시키시마 씨는 신소재를 살린 건축을 설계해주셨으면 합니다. 설계된 것은 실제로 해당 지구에 건설됩니다. 출입 및 관람은 허가된 사람만 가능하지만 새로운 시도가 되리라고 확신합니다."

"이후에는 실용화할 계획이신가요?"

"물론이죠. 가상 세계가 현실 세계를 모방하고, 뒤를 쫓기만 하는 것이 항상 의문이었습니다. 물리법칙의 제약을 받지 않는 이 세계만의 새로운 모습을 찾아봐도 좋지 않을까 싶어요."

"하지만 이제껏 그러지 못한 이유가 소멸이라는 현상 때문이잖아요. 현실을 모방하는 것이 최선이라고 결론이 났고요. 이제 와서 소멸 위험을 감수하면서까지 독자적인 세계를 원하는 사람이 얼마나 될까요."

육체를 버리고 정보 인격으로 살기로 결정할 때, 사람은 머지않아 흔적도 없이 사라져야 하는 운명을 받아들이게 된다. 끝이 언제 올지는 예측할 수 없다. 인간으로서 자아를 잃고 산산이 부서져 이 세상을 떠도는 미래 모습은 정보 인격으로 살아가는 사람들의 머리 한구석에 자리 잡고 있고, 그래서 이곳 주민은 올바르고 건강한, 현실과 꼭 닮은 삶을 선택한다. 그것이야말로 유일하게 알려진 장수를 위한 방법이기 때문이다.

시키시마처럼 자아에 대한 미련은 없다고 단언할 수 있는 정보 인격이 얼마나 될까. 육체의 죽음으로 자신의 생을 끝내도 좋다고 생각한 적이 있는 세이지도 소멸을 피하고 싶은 건 마찬가지였다.

"비현실적인 체험이 소멸을 앞당긴다는 것은 통계로 증명된 사실입니다. 그러나 비현실성을 철저히 피하라는 해결책이 과연 적절했을까요? 무엇을 현실적이라고 할 것인가, 무엇을 규제해야 소멸을 유발하지 않을까에 대한 검증도 이뤄지지 않은 채 우리는 미래와 가능성에 대한 문을 막아버렸다고도 할 수 있어요."

나미키가 "저는……"이라고 말하며 가슴에 손을 얹었다. 그녀의 손등에는 연한 검버섯 몇 개가 나 있었는데, 현실 육체의 노화가 반영된 세이지나 시키시마의 것과는 질감부터 달랐다.

"서른여섯에 이행해 30년 가까이 이곳에서 보냈습니다. 초기에는 현실과 괴리가 있는 체험도 했고요. 보시면 알겠지만 이 몸에는 자연스러운 노화조차 반영되지 않았습니다. 육체에서 채취된 데이터도 현행 정보 인격과는 다릅니다. 하지만 저는 자아를 유지하고 있습니다. 물론 우연일지도 모르죠. 하지만 사실은 아직 알려지지 않은 방법이 있다면? 지금보다 한 걸음 더 자유로운 쪽으로 세계를 넓힐 수 있다면?"

"세계를 넓힌다라……."

시키시마의 시선이 허공을 향한다. 여기에 없는 풍경을 바라보듯. 나미키의 미소가 깊어졌다.

"혹은 그것이 현실 세계의 미래 모습이 될지도 모릅니다. 우리가 상상력으로 이룬 광경을 현실이 따라올 수 있으니까요. 시키시마 씨는 셔틀을 이용해본 적이 있나요?"

"네. 먼 곳에서 의뢰가 들어오기도 하니까요."

셔틀은 떨어진 지역을 연결하는 가상 세계의 독자적인 이동 수단이다. 역에는 창문이 없는 상자 모양의 방이 마련되어 있고, 손님들은 안에 있는 의자에 앉아 기다린다. 약간의 가속도만 느낄 수 있다. 소요 시간은 현실의 어떤 교통기관보다도 짧다. 설령 지구 반대편이라 하더라도 2시간 정도 있다가 문이 열리면 목적지에 도착한다.

초기에는 그야말로 문 하나만 건너면 다른 나라에 도착할 정도로 간편했다고 하는데 소멸이 문제가 되면서 폐지를 논의했고, 결국 지금처럼 이동한다는 느낌은 들지만 풍경은 보여주지 않고, 거리에 따라 대기 시간을 설정하는 형태로 굳어졌다고 한다. 편리성이나 새롭게 철도나 항공기를 정비해 차창의 풍경까지 조형해야 하는 수고를 고려하면 타당한 결론일 것이다.

"셔틀을 현실에 도입하면 어떨지에 관해 연구하는 사람이 있다고 합니다. 현재는 이론상의 이야기이지만, 미래에는 우주선의 항법에 응용될 가능성도 있다네요. 우리가 미지를 두려워하지 않고 상상력을 계속 발휘한다면 현실 세계의 발전으로도 연결되지 않을까요? 저는 현 상황에 안주하는 것을 좋게 생각하고 싶지 않습니다."

"잠시만요. 이건 당신의 사적인 의뢰인가요? 아까부터 개인의 희망처럼 들리는 부분이 있어서요."

세이지가 겨우 이야기에 끼어들었다. 나미키는 잠시도 머뭇거리지 않고 대답했다.

"사업으로는 공공의 것이죠. 제가 제안해 진행해온 것이기는 하지만 정식 절차를 밟아 기획하고 있으니 안심하셔도 됩니다."

언뜻 보면 차분한 듯한 그녀의 눈동자에 정체 모를 광기가 엿보였다. 세이지는 더 이상 추궁할 수 없었다. 두 사람을 번갈아 보던 시키시마가 웃음을 터뜨렸다.

"꽤 과격하시네요. 관공서 사람 맞아요?"

"직원은 맞아요. 다만 이런 신세다 보니 이런저런 예외를 두고 있어요."

"당신과 일하면 재미있을 것 같네요."

시키시마는 인쇄물을 넘기며 입술을 만졌다.

"조건을 잘 읽어보시고 제안을 받아들이신다면 동의서에 사인을 부탁드립니다. 안전성을 고려하고는 있으나 이 실험이 소멸과 전혀 관련이 없다고 보장할 순 없으니 차분히 검토해주세요. 대답을 독촉하진 않겠습니다."

시키시마의 눈동자가 문자를 따라 움직였다. 그러고 나서 고개를 들고는 오른손을 나미키에게 내밀었다.

"동의서를 주시겠어요?"

곧바로 나미키가 펜과 종이를 테이블에 늘어놓았다. 시키시마는 눈을 가늘게 뜨고 내용을 확인하며 아름다운 필체로 빠르게 자신의 이름을 적었다.

"저, 시키시마 씨, 저는……."

"후루야는 됐어. 평소에 하던 대로 의뢰가 들어오면 그 구조들을 설계해줘. 다 읽어봤는데 당신에게 부탁할 순 없어.

가족이 있는 사람이 할 일이 아니야. 이 건은 현실에서 구조 설계사를 소개받아 진행할 거야."

세이지는 시키시마의 팔 아래에서 사업 설명 종이를 빼내어 읽어봤다. 주의 사항은 조목조목 길고, 위협적인 문구도 조금씩 보였다.

"그렇다고 맘대로……."

위험한 일을 하고 싶었던 것은 아니다. 하지 않게 되어서 안심하기도 했다. 하지만 의향도 묻지 않은 것은 의외였다.

"너희 가족에게 원망을 사고 싶지는 않아."

쏘아보는 시선에 아무 말도 할 수 없었다. 입을 다물자 시키시마는 히죽거리며 웃었다.

"저번에는 '나로 괜찮나요?'라고 했으면서, 당신도 이상한 사람이네. 사무실 건은 일단 보류하지만, 언젠가 다시 부탁할 테니 각오해."

시키시마는 가족을 필요 이상으로 존중했다. 업무적인 파트너로서는 세이지를 거리낌 없이 거칠게 대하지만, 가정이 있는 사람으로 대할 때는 이상하리만치 신경을 썼다.

그녀에게 사생활을 함께할 상대는 없었다. 양육자였던 할아버지는 그녀가 대학에 입학한 직후에 돌아가셨다고 한다. 자신에게는 인연이 없다고 생각하기 때문에 그럴지도 모른다.

그러한 거리감이 느껴지는 배려는 그녀의 건축을 채우고 있던 조심스러운 애정과 통하는 면이 있었다. 콘크리트나 철골에 깃든 따스함은 편안함을 주고 살갗을 맞대고 싶게 하지만, 건물은 누구 한 명에게만 특별히 미소 짓지 않는다. 그녀는 현실 세계에서도 이런 식으로 가족이 있는 동료를 배려해왔을까.

동의 사인을 마치자 시키시마는 토지에 관해서는 나중에 다시 말하겠다며 일찌감치 이야기를 마무리 지었다. 나미키도 붙잡지 않았다. 두 사람은 나란히 관공서를 나섰다. 돌아오는 버스에서는 다른 안건에 대해 대화를 나누었다. 그녀와 일하는 것을 당연하게 생각한 적은 없지만, 건축에 관해 말하는 그녀의 목소리는 이미 세이지에겐 일상의 일부가 되었다.

결국 본심은 그녀에게 버림받을까 봐 두려웠다는 사실을 깨달은 것은 시키시마와 헤어지고 귀가한 뒤였다. 1인 가구에 맞춤한 단조로운 원룸 현관에 주저앉았다. 세이지가 가상 세계에서 얻은 단 하나의 큰 기쁨은 바로 그녀와 함께하는 건축이었다. 인생의 나머지 부분은 현실에 두고 왔다. 연락은 주고받지만 체온을 느낄 수 없는 가족, 여전히 직원으로 등록되어 있고 원격으로 가능한 업무를 받아서 하지만 두 번 다시 출근할 일 없는 직장, 실제로는 방문할 수 없는 건축물을 위한 도면과 설명서. 가족과 직장 동료들은 세이지의 부재에 익숙해졌을 테고, 그를 잊고 삶의 대부분을 살아갈 것이다. 하지만 세이지에게 현실 세계와의 관계는 내가 나로 존재하기 위해 꼭 필요한 것이었다.

문득 사람이 그리워진 세이지는 아내에게 메시지를 보냈다. 가족도 마침 시간이 난다고 해서 통화 준비를 한다. 카메라와 마이크를 세팅하고 화면에 비치는 범위만큼 물건을 치워 난잡함을 숨긴다.

아내가 화면 너머로 얼굴을 보였다. 수줍어하며 작게 손을 흔든다. 이런 형태의 재회가 그녀는 언제나 낯설다. 쭈뼛쭈뼛 인사를 나눈다. 번갈아 가면서 근황을 이야기하다 보니 어색함이 풀리고 아내는 집 안의 화제를 늘어놓는다.

둘째 딸 부부와 어린 손자 둘과 함께 살고 있으니 아이 얘기가 대부분이다. 이름을 부르자 귀가 밝은 네 살짜리 막냇손자가 달려온다. 항상 화면 너머로 대면하는 세이지를, 이 아이는 제대로 할아버지로 인식하고 있어 혀 짧은 소리로 "할아버지"라고 부른다. 여덟 살짜리 손주가 이에 질세라 학교에서 그린 그림을 보여주겠다며 다가온다. 이 아이는 아기 때 품에 안고 어루만진 적도 있는데, 기억하진 못할 것이다. 두 사람을 데리러 온 김에 둘째 딸이 몇 마디씩 재잘거린다. 모든 가족이 세이지를 잊지 않고, 연락을 하면 서로의 무탈함을 기뻐하며 근황을 전한다. 하지만 세이지가 보고 듣는 것은 아주 작은 창문으로 엿보이는 삶일 뿐, 그 밖의 풍경은 숨겨져 있다.

이제 두 번 다시 경험할 수 없는 일은 셀 수 없다. 손자의 운동회, 도예가 취미인 큰딸의 전시회, 작은딸이 케이크를 구울 때 집 안에 풍기는 달콤한 냄새, 직장에서의 티타임, 건설 중인 건물을 방문하는 일, 컨디션이 좋지 않을 때도 왠지 듣고 싶어지는 아내의 콧노래.

현실과 맞닿은 창은 열 수 없게 되어 있다. 냄새도, 온도도, 촉감도 세이지에게는 닿지 않는다. 오직 인공적인 환경에서 자신이 사라진 과거의 장소가 변해가는 모습을 보는 것만이 허용될 뿐이다.

다른 방에서 들려오는 웅성거림에 아내가 뒤를 돌아보고 세이지와는 관계없는 일상의 일을 큰 소리로 말한다. 자신이 있는 공간의 적막함을 뼈저리게 느낀다.

"나는 아직 필요한 존재인가?"

말이 저절로 새어 나왔다. 그러나 화면으로 시선을 돌린 아내의 안색이 안 좋아지는 것을 보고 바로 뉘우친다.

"아, 아니, 그런 게 아니야."

"그런 거라니, 어떤?"

"그러니까, 저기, 의심하고 있다던가."

"당신이 없어진다고 생각하면 싫어. 지금도 이렇게 쓸쓸한데."

아내가 금방이라도 울 것처럼 얼굴을 일그러뜨린다. 하지만 세이지는 그것을 사랑의 증거로 받아들일 수 없다. 아내 곁에는 살을 부대낄 수 있는 가족이 있고, 세이지와의 통화 빈도도 점차 줄고 있는데 그래도 여전히 가족을 위해서 계속 존재해야 하는지 의구심이 들었다.

누구보다 가장 그의 죽음을 말린 사람은 아내다. 하지만 그녀는 가상 세계의 불완전함을 공감하거나 채워주려 하지 않는다. 흔하고 풍요로운 일상 속 얼마 안 되는 시간을 그를 위해 내어줄 뿐이다. 그래도 고마워해야 한다는 건 알고 있다. 현실의 누구와도 교류하지 못하는 외로운 여생은 이 세상 곳곳에 널려 있다.

"걱정하지 마. 정보 인격은 죽지 않으니까."

"그래도 소멸이 있잖아. 당신이 사라진다고, 어떻게든 없어져버린다고 생각하면, 나……."

목이 멘 아내의 눈시울이 젖었는지 화면 너머로는 알 수 없다.

"지금은 가상 세계에서 그렇게 위험한 일은 허용되지 않아. 걱정할 필요 없다니까."

아내는 눈물을 훔치며 고개를 끄덕인다. 세이지가 수명을 다한 직후만큼 가족이 흐트러질 일은 이제 없다. 훗날 그가 사라지더라도 언제까지고 한탄하지는 않을 것이다. 지금처럼 현실과 가상 세계로 갈라져 사는 것은 천천히 부재를 받아들여가는 과정일지도 모른다. 다음에 또 이야기 들려달라는 아내의 말을 끝으로 통화가 끊어진다.

세이지는 가끔 자신이 가족을 위해 존재하는 유령 같다고 느낀다. 가족이 더 이상 그를 필요로 하지 않을 때 사라질 수 있다면 그나마 나을 것이다. 만약 아내와 자식에게 소외당하고, 그 이후로 긴 시간을 보내게 된다면 어떨까. 일도 은퇴했을 테고, 현실과의 관계는 완전히 끊어지지 않을까.

세이지에게 가족은 시키시마가 말하는 것처럼 엄청나게 기댈 수 있는 존재가 아니다. 자신도 완벽한 남편이나 아버지는 아니었다. 그러니까 지나치게 존중받을 만한 존재는 아니라고 생각했다. 하지만 육체를 잃고 다시 살고자 하는 이유의 대부분이 현실에, 가족에게 있었다. 몇 년 동안 가상 세계에서 지내고 있지만 여기서 쌓아 올린 것은 놀라울 정도로 적다는 것을 깨닫는다.

시키시마의 얼굴이 떠올랐다. 친척도 없고, 현실 세계의 건축에도 관여하지 않게 된 그녀는 세이지보다 더 절실하게 이 세계를 살아가며 이곳의 집을 지어왔을 것이다.

그녀를 새롭고 위험한 일에 홀로 뛰어들게 하고 자신은

안전을 선택했다. 그녀는 세이지와 일을 계속할 생각인 듯했지만, 왠지 그럴 수 없게 될지도 모른다는 불안감이 엄습했다. 가까운 미래에 그녀를 잃을 수도 있다. 그것은 과연 소멸에 의해서일까, 아니면 두 번 다시 따라잡을 수 없을 정도로 감각의 능력 차가 벌어져서일까.

도저히 가만히 있을 수 없어 전화를 걸었다. 신호음을 들으면서 어떻게 말을 꺼낼지 생각했다. 긴장으로 손바닥이 축축해졌다.

"후루야? 무슨 일이야?"

"시키시마 씨, 그 일 있잖아요. 관공서 동의서 작성해야 하는 건이요. 저도 끼워주시면 안 되나요?"

"진심으로 하는 말이야? 가족들한테 미안하니까 하지 마."

"가족들에게 저는 이미 반쯤 죽은 존재예요."

희미한 소음 사이로 얕은 숨소리가 들렸다.

"정말 괜찮아?"

"현실만 바라보며 살아봤자 내가 가족에게 해줄 수 있는 일이 별로 없으니까요. 그것보다는 여기서 잘 지내는 게 바람직하잖아요. 정보 인격이 되지 않았다면 시키시마 씨와 일한다는 건 상상도 못 했을 테죠. 모처럼 하늘이 기회를 주신 거예요. 조금 위험하더라도 같이 하고 싶어요."

"그래. 그럼 말리지 않을게. 나미키 씨에게는 연락해둘게."

　다음 날 아침, 세이지는 관공서에 가서 나미키를 불러 전
날 만났던 방으로 갔다. 절차는 사무적으로 진행되었다. 이
전에 보인 지나친 열의는 사라졌다. 좋든 나쁘든, 그녀는 세
이지에게 관심이 없어 보였다. 구조기술사로서 시키시마의
고객과 이야기할 때 자주 겪는 일이다.

　"어제 시키시마 씨에게 말을 거신 거 정말 우연입니까?"

　"우연이죠. 노릴 수가 없죠. 예약을 하신 것도 아니고요."

　"미안합니다. 너무 완벽하게 준비된 것처럼 느껴져
서……."

　"사업은 준비하고 있었지만, 협업하고자 하는 건축가에
대해서는 검토를 시작한 지 얼마 되지 않았어요. 설마 시키
시마 씨에게 부탁하게 되리라고는 생각도 못 했고요."

　나미키가 미소 짓는다. 사적인 분위기의 미소는 그녀를
더욱 젊어 보이게 했다.

　"예전에 현실에서 시키시마 씨가 설계한 병원을 방문한
적이 있어요. 도저히 평온할 수 있는 상태가 아니었는데 몸
이 먼저 건물에 마음을 허락한 느낌을 받았어요. 몸이 풀어
지면 마음도 풀어진다고 할까요. 그때 저는 시키시마 씨의
디자인이 육체와 맞닿아 있다고 생각했습니다. 육체적 감수
성이 뛰어난 건축가가 물질세계를 떠나 어떤 설계를 하는지
가까이서 볼 수 있어 기대됩니다."

시키시마의 여러 작품이 세이지의 뇌리를 스쳤다. 사진으로 본 것, 실제로 방문한 것, 가상 세계에서 함께 설계한 것.

그중에서도 감명 깊었던 것은 국내에서 가장 오래된 작품인 사설 필름 박물관이다. 건설이 결정되었다고 공표되었을 때, 세이지는 충동에 이끌려 예정지를 보러 갔다. 어린아이들을 두고 그까짓 공터 때문에 멀리 나가는 거냐며 아내는 어이없어했지만, 나이가 비슷한, 평소에는 먼 나라에서 활약하는 건축가의 일을 속속들이 알고 싶었다. 가설 울타리로 둘러싸인 그곳은 전원 풍경이 내려다보이는 작은 땅이었다.

이후 완공된 건물을 눈앞에 두었을 때는 디자인의 아름다움보다 먼저 이상한 기분을 느꼈다. 기사나 인터뷰에서는 언급되지 않은 세세한 구조상의 아이디어까지 찾아 참고하고 싶었지만 건물이 가진, 비현실적이기까지 한 존재감에 압도되었다. 당시 개성 있는 건축물은 대개 낡은 상태였다. 그래서 더더욱 최신의, 최첨단의 건축에 놀랐을지도 모른다. 직육면체를 조합한 수장동과 곡면으로 구성된 전시동은 복도로 연결되며, 섬세한 무늬가 돋보이는 금속 패널 외장은 수목과 하늘의 색을 희미하게 비췄다.

개관한 이후에도 틈틈이 이곳으로 발걸음을 옮겼다. 가족과 함께 간 적도 있다. 관내와 주변을 흐르는 공기, 방문객의 움직임과 표정, 그리고 시간의 흐름에 따라 땅과 건물이 자리 잡아가는 과정을 지켜보았다. 유지 보수를 했지만 금속판의 표면은 탁해지고, 접합부는 점점 오염되어갔다.

사람을 수용하는 건축물은 사람들의 사랑을 받고 시간이 지나면서 단순한 건조물이 아니라 사람들이 모이는 장소가 된다. 작은 주택이라도 가족과 친구, 이웃 등 건축물과 시간을 공유하는 사람이 결코 적지 않고, 누구나 오갈 수 있는 건물이라면 영향을 받는 사람이 월등히 많아진다.

시키시마가 이쪽 세계에 와서 작업한 것은 개인 주택뿐으로 누구에게나 열린 건축물이 아니었다. 우선 많은 사람이 오가는 건물 자체가 가상 세계에서는 드물었다. 관공서나 역 같은 최소한으로 필요한 시설만이 최소한의 노력과 비용으로 마련되어 있다. 만들어진 지 30년 가까이 된 그 청사도 세월의 변화와는 무관하고 이용자나 직원의 흔적도 거의 없다.

사람의 몸은 시간이 흐를수록 나이를 먹지만, 거리나 건물은 시간에 따라 변화하지 않는다. 새 집이 들어서거나 불필요해진 시설이 사라지는 것은 교체 가능한 부품을 끼워 넣는 일과 비슷했다.

신체에서 분리된 건축물은 공허하다. 거기서 지내는 사람도 마찬가지다. 그런데 아무도 불만을 토로하지 않는 이유

는 이 세계에서는 대다수의 사람이 현실을 바라보며 살아가
기 때문일까. 시키시마를 만나기 전 세이지가 그랬듯이. 그
렇다면 결국 가상 세계는 현실에 매달리기만 하는 부속품일
뿐 진짜 세계, 진짜 사회는 될 수 없는 것 아닐까.

＊　＊　＊

실험 첫날 아침, 시키시마와 세이지는 나미키와 함께 셔
틀을 타기 위해 역에 모였다. 이번에는 우선 현실 세계 담당
자와 미팅하면서 실연을 해 보인다고 했다. 시키시마는 바지
를 입고 슬림핏 검은 재킷을 걸쳤다. 나미키는 관공서에서
일할 때와 비슷한 모습이었지만 시키시마는 그녀에 대해 처
음 만났을 때와는 분위기가 다르다고 말했다.

전용 패스를 건네받았지만, 타는 방법은 평소와 다르지
않다. 노선별 승강장이 있는 것도 아니고 비행기처럼 목적
지에 따라 크기가 다른 것도 아니다. 몇 사람이 탈 수 있는
객실은 어디로든 통하는 작은 마법의 방이다.

짧은 승차 시간이 지난 후 문이 열렸다. 축축한 흙과 풀
숲 냄새가 났다. 이번 사업을 위해 마련된 구역은 사방이 산
으로 둘러싸인 평지였다. 분지라고 부르기에는 조금 작지만
자그마한 마을 하나쯤은 들어설 만한 규모다. 조립식 건물

인 역사와, 창고나 공장을 연상시키는 은회색의 실험동, 그
것들을 연결하는 도로만이 정비되어 있다. 산에는 수목이
우거지고, 땅은 깊게 자란 풀로 덮여 있다. 시키시마의 재킷
이 바람에 휘날리고 초목이 수런거린다. 그녀는 눈을 가늘
게 뜨고 주위를 둘러본다.

"아무것도 없네요."

"어떤 손길도 닿지 않은 땅입니다. 어떻게든 사용하실 수
있어요."

나미키의 말을, 시키시마는 미묘하게 내키지 않는 표정으
로 받아넘긴다. 너무 텅 비어서 그런지 이곳은 건물이 필요
없어 보였다. 앞으로 일이 시작된다기보다는 조용히 잊혀
망해가는 곳이라는 인상이 강했다.

"오늘은 저쪽에서?"

"네. 미팅 후, 소재의 조합을 몇 개 정도 시험할 예정입니
다. 오늘 상황을 보고 다음 단계 이후의 순서를 결정해나갔
으면 합니다."

실험동 외벽은 창문은 없고 은회색 금속 물결판으로 마
감했다. 입구는 역에서 가장 먼 곳에 있었다. 맞배지붕의 박
공 쪽에 해당하며, 용마루에서 처마 끝에 이르는 완만한 경
사를 담흑색 금속판을 씌운 지붕 끝부분에서 볼 수 있었다.
나미키가 자기 키의 두 배는 되어 보이는 슬라이드 문을 힘

겹게 열었다.

내부는 외관만 보고 예상한 것보다 밝았다. 콘크리트 바닥과 대들보, 환강 브레이스의 견고한 구조가 균일하게 드러나 있다. 주된 광원은 천창에서 들어오는 태양광이다.

건물 안쪽에 단출한 가건물이 있었고 나미키는 두 사람을 그곳으로 안내했다. 기다란 접이식 책상을 합쳐 테이블을 대신했고 접이식 의자가 있는 휴게실 같은 공간이다.

"여기가 대기 장소입니다. 작업복을 준비했는데 괜찮으시다면 두 분도 착용해주세요. 탈의실도 있습니다."

좁은 방 한편에 탈의실과 금속판을 덧댄 문이 있었다. 친절하게도 세 개나. 세이지와 시키시마는 얼굴을 마주 본다.

"작업복이라니 반갑네. 다신 볼 일 없을 줄 알았는데."

"저는 작업복 필요 없다고 생각하면서도 이쪽으로 가져왔어요. 회사 로고가 들어가 있어서 일단."

"안 입었잖아."

"그렇죠. 방치만 해놓고."

탈의실은 화장실 한 칸 정도 넓이로, 도장 합판으로 제작된 붙박이 선반에 작업복 한 세트가 놓여 있었다. 회색 작업복 상·하의, 흰색 헬멧, 안전화. 모두 새것처럼 보였다.

세이지는 현실에서 함께 일했던 현장 사람들을 떠올렸다. 이곳은 현장이 존재하지 않는 세상이다. 있다면 현실감을 높이기 위한 퍼포먼스에 불과할 것이다. 가상 세계에서 계속할 수 없는 일은 수없이 많다. 현실에서 해온 일을 가상 세계에서도 그대로 할 수 있는 그는 행운아였다. 현장에서 보낸 시간이 그리워졌다. 젊은 시절 돌봐주었던 시공업체 장인들의 얼굴이 떠올라 가슴이 먹먹했다.

세이지가 감상에 젖은 채 대기 장소로 돌아왔을 때 두 사람은 이미 옷을 갈아입은 상태였다. 나미키의 작업복 차림은 익숙하지 않아서인지 어울린다고는 말하기 어렵지만, 본인은 매우 즐거워 보였다. 나미키의 분위기가 바뀌었다는 시키시마의 말에 뒤늦게 수긍한다. 확실히 시키시마를 사업에 초대할 때와 비교하면 기세가 줄었다고 할까, 악령이 떨어져 나간 듯한 느낌이긴 했다.

"시간이 다 됐네요. 갈까요?"

작은 방에서 나오니 조금 전까진 없었던 철제 받침대에 예스러운 노트북이 열린 상태로 놓여 있었다. 영상 통화로 보이는 화면이 띄워져 있었는데, 사람은 보이지 않고 정돈된 책장만 비쳤다.

"가쓰무라 선생님."

나미키가 이름을 부르자 한 남자가 나타났다. 금테 안경에 풍성하고 구불구불한 갈색 머리가 속세를 벗어난 듯한 인상을 풍긴다.

"처음 뵙겠습니다. 가쓰무라 모토이라고 합니다. 잘 부탁
드리겠습니다."

"시키시마 아야메입니다. 저 역시 잘 부탁드립니다."

나미키가 시키시마와 세이지를 소개했다. 시키시마야 당
연히 알고 있겠지만, 가쓰무라는 평정심을 잃지 않고 세이
지에 대해서도 똑같이 정중하게 대했다. 가쓰무라와 나미키
는 이미 아는 사이인 듯했다.

"가쓰무라 선생님은 원래 게임 그래픽 제작을 전문으로
하셨고 나중에 건축으로 분야를 옮기셨습니다. 설계 지원
프로그램이나 프레젠테이션용 툴 연구·개발로 많은 실적을
쌓으셨고요. 정보 기술에 정통하셔서 가상 세계 건축 사업
에 관해서도 이전부터 많은 도움을 주셨습니다."

"구체적이고 실용적인 일로는 구조 설계용 소프트웨어를
만들거나 모형을 3D 프린터로 출력하기 위한 프로그램을
설계합니다."

"게임 쪽에서는 어떤 일을 하셨어요?"

시키시마가 적당한 열정이 담긴 목소리로 물었다.

"풍경이나 건물을 중심으로 물체 모델링을 했습니다. 주
로 생물 이외의 것들에 관해 글도 썼고요."

"처음부터 건축에 관심이 많으셨다고요?"

"그렇죠. 뚜렷한 계기라고 할까, 끌린 점이 하나 있었어

요. 그래픽은 겉모습을 만드는 일이기 때문에 내용물이 없습니다. 아니, 이 말에는 어폐가 있습니다만, 요컨대 외관을 비슷하게 구현하기 위해 제작자가 설정을 채워갑니다. 하지만 건축 분야에는 빌딩 인포메이션 모델링BIM이 있고, 여기에는 소재라는 정보가 이미 담겨 있죠. 설계상의 필요 때문에 그렇고 용량이 너무 커서 게임에서 사용하기는 어렵다는 것은 알지만, 내용물이 담긴 물체를 제가 태어나기 전부터 컴퓨터로 재현해온 분야가 있다는 것을 알고는 충격을 받았습니다. 그리고 저도 해보고 싶다는 생각이 들었어요."

"그래서 가상 세계에도 관심을 가지셨군요. 이곳의 물체에도 '내용물'이 들어 있으니까요."

"말씀하신 대로예요. 젊을 적 인격의 정보화가 기술로 확립된 직후부터 관여해왔습니다. 자유롭고 정보량도 풍부해서 매우 깊게 빠져들었습니다. 미래에 가상 세계에서 여생을 보내고 싶다는 생각도 들었고, 내가 살고 싶은 장소를 만들고 싶었죠. 그래서 소멸 현상이 발견됐을 때는 고민했습니다. 가상 세계 바깥의 안전한 곳에서 저도 모르게 다른 사람을 위험에 빠뜨리는 물건을 만들고 있었던 것이니까요."

시키시마는 턱에 손가락을 얹고 눈을 가늘게 떴다.

"고민하다가 결국 밖에서 계속 관여하는 쪽을 선택하신 건가요?"

자칫 비난으로 비칠 수 있는 발언에 세이지는 섬뜩했다. 가쓰무라는 장난스러운 몸짓으로 머리를 쓸어 올린 뒤 약간 민망한 듯 답했다.

"한번은 떠나기로 결심했는데, 부탁받은 일도 있고 해서 다시 관여하게 됐어요. 현실성을 갖춘 삶이 소멸을 늦춘다는 점에서 제가 이쪽에서 모은 데이터를 제공하는 일이나 현실을 재현하기 위한 기술 연구가 도움이 된다면 속죄할 기회라고 생각하기도 했죠."

"우리 사회에 끼친 영향에 대해 반성하고 계신다는 말인가요?"

"좀 더 개인적인 죄의식이라고 할까요."

이렇게 말한 후 가쓰무라는 나미키 쪽으로 시선을 돌렸다.

"그렇다고 해도 결국 변명에 불과하겠지요. 좋아서 어쩔 수 없었던 것 같아요. 혼자서 거대한 물체를 출현시킬 수 있는 세계도, 물질은 아니지만 공허하지도 않은 생산품도."

"그러시군요. 저는 혼자서는 절대 해낼 수 없다는 이유로 건축을 좋아했어요. 감당할 수 없는 것을 어떻게든 자리 잡게 한다는 점에서 재미를 느꼈을지도 모르겠네요."

"작품에서도 드러나잖아요. 그러한 기개가."

시키시마는 아주 싫지는 않다는 듯이 웃었다. 분위기가 무르익기 시작한 대화에 세이지가 들어갈 틈은 없었다.

나미키가 헛기침을 하고 대화에 끼어들었다.

"저…… 이야기가 한창인데 끊어서 죄송하지만, 이제 시작해도 될까요?"

정신을 차린 두 사람이 사과했다.

"그럼 오늘 순서를 설명하겠습니다. 첫 미팅이기 때문에 오늘은 구조재를 사용하여 제한된 조합 중에서 몇 가지를 시도해보려고 합니다. 바로 이 자리에서 선보일 수 있도록 가쓰무라 선생님께서 미리 소재로 쓰일 데이터를 준비해주셨습니다."

"시작으로 무엇이 좋을지 나미키 씨와 이야기했는데, 구조재라면 규격과 성질을 파악하기 쉬워서 알맞지 않을까 싶었습니다. 요컨대 철골이라든가 목재라든가. 그래서 골라주신 모양에 다른 질감을 입히려고 합니다."

"예를 들어 나무 외관의 철골 같은……?"

"먼저 그걸 해볼까요? 기둥이 이해하기 쉬울 것 같은데, H형강은 어떨까요? 각형강관은 단면을 제외하면 외형은 각목과 비슷하니까요."

H형강은 이름 그대로 단면의 형태가 알파벳 H와 비슷한 강재다. 평행하게 늘어선 2개의 플랜지와 그것을 연결하는 웨브는 모두 두께가 5밀리에서 15밀리 정도다. 목재라면 약간의 하중만으로도 무너질 것이다. 원목 바닥재보다도 얇다.

위태로워서 만지는 것도 무서운 물건임이 분명했다.

"……상상만 해도 불안해지는군."

세이지의 혼잣말을 시키시마가 주워 담는다.

"솔직히 나도 그래. 뭐, 어쨌든 해보자. 가쓰무라 선생님, 나무 종류는 무엇으로 할까요?"

"삼나무가 좋겠습니다. 이음매나 목재끼리 연결하기 위한 장부 가공이 가능하도록 내부까지 재현한 데이터를 사용할 수 있습니다."

"그런 게 있어요? 판매는 안 하나요?"

"상품화도 생각했는데 중단되는 바람에 판매까지는 가지 못했습니다. 이곳에서도 프리컷 공법이 대다수라 장인에 의한 현장 가공은 거의 사라졌고, 기업 관계자들도 그렇게 시간을 들일 여유가 없다고 말하더라고요. 죄송합니다."

"괜찮습니다. 제가 모르고 있었나 싶었을 뿐이니까요. 선반을 만들고 싶어서 재료를 구하러 다닌 적이 있는데 적당한 물건을 찾지 못해서 곤란했었거든요."

"가공이 필요한 소재는 확실히 어렵죠. 예산 문제도 그렇고, 데이터가 커질 수도 있고요. 현실적인 이야기입니다만."

"공정을 건너뛰고 완성품을 가져오는 게 값싸고 빠르고 정확한 세상이죠."

가쓰무라가 준비에 착수하자 나미키는 시키시마와 세이

지를 대기 장소로 안내했다. 그녀는 헬멧을 쓴 채 간소한 설비로 물을 끓여 차를 내리고, 개별 포장된 과자를 담은 바구니를 긴 테이블에 올려놓았다. 그 외에 정중한 동작이 눈길을 끌었다.

"최첨단 사업이라 최첨단 기술이 동원된 미팅일 줄 알았어요. 아바타나 홀로그램 같은 거요."

접이식 의자의 등받이를 삐걱대며 시키시마가 가볍게 말했다.

"그럴 만한 예산은 없어요."

거침없이 말하며 나미키는 조용히 차를 홀짝였다. 세이지도 따라서 마시려고 했으나 손에 들기에도 너무 뜨거워서 그만두었다. 나미키는 온도 감각도 보통 사람과는 다른 듯했다.

잠시 쉬고 있는데 15분도 지나지 않아 가쓰무라에게 연락이 왔다.

"빠르군요"라고 말하며 시키시마가 포장을 벗기던 초콜릿을 원래대로 정돈했다. 그녀는 그것을 바구니에 다시 넣지 않고 자신의 찻잔 옆에 두었다.

"차 마실 시간 정도는 있다고 생각했는데, 아니었나 봐요."

나미키가 문을 열자 넓은 공간 한가운데에 삼나무 재질의 기둥이 우뚝 서 있었다. H형강을 실제 크기 그대로 나무로 만든 듯한 것이었다. 얇은 가장자리에도 뒤틀림이 없고, 똑바로 천장을 향해 뻗어 있었다.

길이는 6미터 정도로, 자기 무게를 지탱하기도 어려워 보였다. 아랫부분 또한 나무로 된 베이스 플레이트와 나무 장난감 같은 앵커 볼트로 바닥면에 직접 고정되어 있었다.

"오브제 같네. 상부에 구조물을 떠받치고 있는 게 아니라서 그런지 생각보다 덜 무서워."

시키시마는 매우 가까운 거리에서 기둥을 바라보았다.

"저는 충분히 무서워요. 애초에 이건 어디에 쓸 수 있는 거죠? 그리고 철골 기둥은 기본적으로 내화피복(화재 시 철골 등 건물의 주요 구조부가 열로 변형되거나 붕괴하지 않도록 내화성이나 단열성이 뛰어난 재료로 덮는 공사를 말한다-옮긴이)이 필요하잖아요."

"'애초에'라고 한다면, 나는 내진이나 내화처럼 이곳에는 없는 위험에 대응하는 규제는 철폐해야 한다고 봐."

"그런데 그러려면 건축기준법을 바꿔야 하니까 차라리 현실에 없는 걸 만드는 게 편해요. 제가 초창기에 했던 공간 표현도 건축물이 아니라 입체 영상을 이용한 미술 작품 같은 것이었고요."

가쓰무라의 말에 나미키가 이어서 말한다.

"사실 소멸 방지를 위한 규제가 없던 시절에도 건축물은 현실과 똑같은 사양이었습니다. 가상 세계를 국가의 한 지역으로 취급한다면 현행 제도를 따라야 한다고 여겨졌으니까요."

"법이란 꽤 성가시네요. 그럼 이건 서류상으로는 철로 취급되는 건가. 우리 눈에 나무로 보일 뿐이고."

시키시마가 가볍게 손을 뻗어 기둥을 가운뎃손가락 마디로 쳤다. 금속을 쳤을 때처럼 무겁고 길게 지속되는 소리가 났다. 돌아본 시키시마가 한쪽 눈썹을 치커올렸다.

"이건 좀."

화면 속에서 가쓰무라가 고개를 끄덕인다.

"두드리는 것은 상정하지 않았어요. 촉각은 제쳐두더라도 소리까지는……. 다음 미팅 때까지 생각해오겠습니다. 나무의 울림이어도 이상할 테고요."

"빈틈을 잘 메우면 현실감이 강해질 것 같아요. 다만 이 기둥이 매력적이냐고 한다면 그렇지도 않아요. 나무라면 어느 정도 두껍게 만들어서 온기가 느껴지게 해야 좋지 않을까요. 쿠미코(못이나 쇠붙이 등을 전혀 사용하지 않고 가늘게 가공한 나무 조각을 조합하여 기하학적 무늬를 만들어내는 일본의 전통적인 목공 기술이다-옮긴이)처럼 틈새로 빛을 내보내기 위함이라면 모르겠지만, 단순히 얇다는 것뿐이니까요."

시키시마의 손끝이 기둥의 모서리를 따라가다 플랜지 안

쪽으로, 그리고 웨브와의 접점으로 미끄러진다.

"이게 RH죠?"

플랜지와 웨브가 만나는 연결부는 부드러운 곡면으로 되어 있다. 롤러로 압연하여 만들어지는 RHRolled H-beam는 철골조의 기본적인 구조 재료다. 반면 강판을 용접하여 만드는 것을 BHBuilt-up H-beam라고 한다. 비교적 비싸지만 두께와 사이즈를 자유롭게 주문할 수 있다는 이점이 있다.

"BH 형태로 판유리 기둥은 못 만드나요? 용접 대신 구조 실란트로 판과 판을 연결하면 어떻게 될지 궁금해서요."

"가능합니다. 외관은 일반 플로트 유리로 하면 되겠네요. 다만 비쳐서 들여다보이니까 자연스러워 보이게 조정할 시간이 필요합니다. 나미키 씨, 아직 시간 괜찮죠?"

"네, 세 시간 정도 더 쓸 수 있어요."

"그럼 충분하겠네요."

한 시간 정도 셋이서 차를 마신 후에 가쓰무라에게 불려 갔다. 큰 공간에 우뚝 선 유리 기둥은 역시 오브제 같다.

얼굴을 들이밀고 관찰하는 시키시마를 따라 세이지도 매우 가까이 다가간다. 조정은 훌륭했다. 조립법은 유리제 멀리언을 사용한 유리 커튼 월 구성법과 유사했다. 플랜지를 한가운데서 두 장으로 분할하고, 웨브와는 절단면을 맞대는 형태로 붙어 있었다. 사용하는 판의 매수는 늘어나지만 이렇게 하면 자연스럽다. 실링재는 투명한 실리콘 계열로, 용접으로 인해 생기는 울퉁불퉁한 자국 없이 깔끔한 줄눈에서도 세심한 배려가 느껴진다.

"가쓰무라 선생님은 상당히 집요한 분이시잖아요."

시키시마가 목소리를 높이며 실링 부분을 만진다. 세이지도 판유리 표면에 손바닥을 대본다. 질감은 유리 그 자체다. 끝부분은 사면 가공(소재의 모서리를 실처럼 가늘게 깎아내는 기술—옮긴이)으로 처리해서 닿아도 위험하지 않게 마감했다.

"현실감은 세세한 부분에 깃든다고 생각해서요. 현실에 없는 것을 있는 것처럼 느끼게 하려면 우선 사용자가 신뢰할 만한 만듦새여야 하지 않을까 싶었습니다."

"멋진 생각이네요. 현실에서 기둥으로 기능할 수 있을지를 떠나 아까보다는 사용하고 싶어졌습니다. 투명한 건축물은 실제로 존재하고, 선호돼온 것이기도 하고요."

시키시마는 유리를 구조체로 한 건축과 바닥이 비치는 전망대, 고층빌딩 외장 등 동서고금의 예를 열거했다. 그러고는 세이지의 떨떠름한 표정을 알아차린 듯 쓴웃음을 짓는다.

"유리 기둥만이 지지하는 필로티라면 역시 불안할지도 모르겠네요. 육중한 내 집이나 사무실을 떠받치고 있는 것이 투명하고 화사한 유리뿐이라면……."

세이지는 가느다란 유리 기둥이 나무처럼 죽 늘어선 광

경을 떠올린다. 천장이나 바닥도 마감이 안 되어 있고, 합성 슬라브 덱이나 배관도 노출되어 있는 모습을.

"통나무 기둥을 수정 같은 유리로 만들면 재미있을까요? 바닥과 천장도 곡면으로 만들고, 충고는 동굴처럼 낮고, 석화된 숲의 나무 같은 기둥은 위층에서 태양광을 받아 빛이 나는 거죠."

살벌한 공상이 시키시마의 말로 대체된다. 이런 것을 상상력이라고 부른다면 자신에게 없는 능력이라고 세이지는 생각했다. 가쓰무라가 흥미로운 듯 고개를 끄덕였다.

"다음번에는 그런 것도 할 수 있어요. 두 번째 미팅 이후에는 시도하고 싶은 내용이나 디자인을 알려주시면 원하는 대로 모델링할 테니까요."

"음, 고생시키면서까지 하고 싶은 건 아니에요. 생각이 떠오르면 바로 입 밖으로 내뱉는 나쁜 버릇이 있어서요. 처음이니까 단계를 밟으면서 일부나 세부적인 것부터 시도하고 싶습니다. 생각할 시간이 좀 필요한데, 혹시 나중에 연락드려도 될까요?"

"아, 괜찮습니다. 나미키 씨, 제 연락처를 시키시마 씨에게 전해주시겠어요?"

"알겠습니다."

시키시마가 갑자기 세이지 쪽으로 고개를 돌렸다.

"후루야 뭐 있어? 하고 싶은 거."

"저요?"

"구조적으로 재미있을 만한 거 없어?"

머릿속을 더듬었지만 아이디어는 꿈틀거리기만 할 뿐 무엇 하나 건질 수 없었다.

"아니요, 특별히는……."

"그럼 생각나면 알려줘. 가쓰무라 선생님은 어때요?"

가쓰무라는 가벼운 어조로 차례차례 의견을 말했다. 아쉬울 것 없다는 식으로. 특별히 소외된 것도 아닌데 세이지는 철저히 혼자 있는 것처럼 느껴졌다. 시키시마의 웃음소리가 들린다. 무언가 마음에 들 때 나오는 목소리다.

＊ ＊ ＊

앞서 처리해야 할 용무가 있어 세이지가 시작 시간보다 꽤 빨리 실험동에 도착했음에도 시키시마가 먼저 와 있었다. 그녀는 자신의 단말기로 그래픽을 만지작거리며 가쓰무라와 이야기하고 있었다.

화면에 비치는 것은 흰 정육면체다. 시키시마가 가쓰무라가 시키는 대로 조작하자 정육면체가 모래알로 변하면서 무너져간다. 어색한 손놀림을 보인 그녀는 미간을 찌푸린 채 화면을 노려보았다.

가쓰무라가 먼저 세이지가 온 걸 알아챘다. 두 사람의 인사 소리에 시키시마도 고개를 들었다.

"오늘은 빨리 왔네."

"회사 회의가 생각보다 빨리 끝나서요. 두 분은 뭐 하고 계셨어요?"

"간단한 코딩을 배웠어. 건축업계 소프트웨어는 시각적인 조작이 메인이니까. 문자에서 움직임이나 형태가 태어나다니 신선하네. 후루야도 해볼래?"

"아니요, 저는…….."

세이지는 반사적으로 거부한다. 호기심과 행동력만 보면 도저히 시키시마가 자신보다 나이가 많다고는 생각할 수 없었다. 정신적인 체력이 다르다고나 할까.

"바쁘지? 현실 세계의 회사 일도 있고 하니까."

바쁜 쪽은 시키시마였다. 그녀는 새로운 프로젝트와 병행해 지금까지 해온 대로 고객과 연락을 주고받고, 대량의 정밀한 도면을 그리고, 필요한 서류를 정리하고, 착실히 새로운 건축물을 가상 세계에 만들어내고 있었다.

세이지의 업무량은 그녀만큼은 아니었지만 어떻게든 따라가기 위해 필사적이었다. 현실 회사로부터 하청받은 업무도 있긴 하지만, 바쁘지는 않다. 그녀가 도면 체크나 건축물이 법령에 적합한지 확인해달라고 부탁할 때도 세이지는 배려나 복지의 일종이 아닐까 하는 생각이 종종 들곤 한다. 실제로 도움이 될 만한 부분은 점차 줄어들고 있었다.

시키시마는 자신의 단말기를 치우고 실험 준비를 시작했다. 세이지도 그녀를 따랐다. 가쓰무라는 두 사람이 자리를 비운 사이에 시키시마와 미리 정해두었던 구조물을 넓은 공간에 세팅했다. 햇볕에 말린 벽돌의 질감과 무쇠로 만든 나선형 계단 형태를 띤 그것은 모래성을 방불케 했다.

디딤널과 난간에는 오픈워크 기법으로 당초무늬가 새겨져 있어 까칠까칠한 입자가 튀어나온 흙의 질감을 더욱더 쉽게 부서질 것처럼 보이게 한다. 시키시마는 태연하게 그것을 오르락내리락했지만, 세이지에게는 유쾌하다고 말할 수 없는 체험이었다.

시키시마가 제작을 부탁한 것은 철망(익스펜디드 메탈)을 모방한 유리 바닥이나 골판지를 접어 만든 캔틸레버 계단과 같은 꽤 위험해 보이는 물건들뿐이었다. 가쓰무라는 현실과의 괴리가 심하다는 이유로 난색을 표했지만, 그녀는 억지를 부리면서까지 의견을 관철했다. 아무래도 스릴이 느껴지는 걸 선호하는 듯했다.

"위를 걸으면 조금씩 부서지는 것처럼 만들 순 없나요? 조각이 떨어진다든가."

"건축 재료로 생각하는 이상 인간의 일반적인 행동으로
는 깨지지 않도록 만들어야 하니까요. 게다가 이 실험에서
상호 작용은 최소한으로만 고려할 수밖에 없습니다. 쳤을
때 이상한 소리가 난 적 있었잖아요."

"소리는 생각하지 않았다고 하셨잖아요. 이상해도 두드
려서 소리가 난다면 상관없지 않나요?"

"제가 손댄 곳 말고 나머지는 여전히 '철' 그 자체의 특성
을 띤다는 말입니다. 사람의 행동에 대한 반응 조율은 시간
을 두고 해야 합니다."

두 사람의 이야기는 프로그래밍이나, 제품을 가상 세계
에 정착시키기 위한 자동 생성 기술 등과 같은 복잡한 주제
로 넘어갔다. 세이지는 논의의 흐름을 파악할 수 없었지만,
시키시마의 어조에서 지식이 뒷받침되고 있음을 느꼈다. 이
짧은 시간에 그녀는 도대체 얼마나 많은 것을 배웠을까 하
는 생각에 세이지는 공허해졌다.

"아, 재미없네."

가쓰무라가 확실하게 수긍하지 않은 채로 시키시마가 물
러났다. 아쉬워하는 것 같기도, 재미있어 하는 것 같기도 하
다. 실험에 참여할 때 그녀는 이상하게 무기력하다. 가쓰무
라에게 하는 제안도 상당히 엉뚱하고 맥락이 없다. 명확한
목표나 실현하고자 하는 디자인 없이 임시방편 같은 놀이에

흥미만 느끼는 것 아닌가 하는 염려가 고개를 들었다.

시키시마 본인이 마음속으로 갈팡질팡하고 있다면 시간 낭비가 아닐까. 하지만 세이지는 누구에게도 그 말을 하지 못했다. 평범한 자신의 쓸데없는 걱정이길 바랄 뿐이었다. 가쓰무라도 나미키도 의문을 제기하지 않았다. 특히 나미키는 참석 빈도가 점점 줄어들었고, 가끔 오더라도 시키시마가 신이 나서 떠드는 모습을 보며 기뻐하는 듯 보였기 때문에 의뢰 주체이긴 하지만 상의하기 어려웠다.

그리고 세이지가 가장 알 수 없는 것은 시키시마의 생각이었다. 건축가 '시키시마 아야메'와 술을 마시고 귀갓길에 들뜬 모습 등은 원래부터 매치가 잘 안 되었지만, 위험해 보이는 물건을 탄생시켜 쓰다듬거나 두드리는 그녀는 그 이상으로 종잡을 수 없었다.

실험이 끝날 무렵 둘이 이야기를 나누고 싶다며 가쓰무라가 드물게 세이지에게 말을 걸었다. 세이지도 마침 잘됐다 싶어 대화에 응했다.

"가쓰무라 선생님, 저와 단둘이 이야기하고 싶으시다니, 갑자기 무슨 일이에요?"

"상의하고 싶은 게 있어서요. 시키시마 씨에게 좀 더 현실적인 제안을 해달라고 말해주셨으면 합니다. 우스워 보일지도 모르겠으나, 제 눈에는 시키시마 씨가 위험해 보여 어쩔 수가 없네요."

세이지는 자기편을 얻은 듯한 기분에 화면 가까이 몸을 끌어당긴다.

"저도 사실 시키시마 씨가 하는 일이 좀처럼 이해가 안 가고 무섭다고 느낄 때가 있어요. 그냥 위험한 일을 하고 싶은 것처럼 보여서요. 생각이 있어서 그러시겠지만 선생님이 걱정하실 정도라면 역시 뭔가 이상한 거겠지요."

"조금 더 완만하게 진행해주시면 저희도 안심할 수 있을 텐데요. 후루야 씨가 무섭다고 해도 멈추지 않으실까요?"

"무서우면 언제든지 그만둬도 된다며 저를 끊어내시지 않을까 싶습니다."

"과연" 하고 가쓰무라가 중얼거렸다. 함께 쓸쓸한 미소를 짓는다. 상의할 수 있는 상대가 나타난 것에 힘을 얻어 이번 실험으로 염려되는 부분을 시키시마에게 전하기로 결의를 다졌다.

그날은 철근 콘크리트조 기둥을 아크릴 외관으로 재현했다. 콘크리트 부분은 투명하고, 세로로 뻗은 주근은 형광 핑크, 나선형의 띠근(스파이럴 후프 철근)은 형광 노랑이다. 마치 교재용 모형 같다.

"피복과 철근 부분만 아크릴로 만들고, 중심에는 물을 채워 넣어서 물고기가 헤엄치게 해봤으면 좋겠어요."

기둥이라면 의미가 불분명하지만, 장식용 수조라고 생각한다면 이상하다고까지는 할 수 없다.

"열대어라면 소재가 있으니 금방 만들 수 있어요."

가쓰무라는 표면과 철근에 해당하는 부분을 아크릴판으로 만든 수조를 한 시간도 안 돼 완성했다. 기둥에 갇힌 네온테트라와 에인절피시는 진짜처럼 보였다. 철근 모양의 형광색 아크릴로 장식된 물속에서 지느러미를 흔들며 헤엄치고 있었다. 오랜만에 모습을 드러낸 나미키가 억눌렀던 함성을 내질렀다. 이에 시키시마는 왠지 물고기가 안쓰러워졌다면서 얼굴을 찡그렸다.

"건축물 안에 있는 생물이라면 물고기에게도 친절하군요."

"친절하지 않아. 사는 데 무리가 가는 환경이 역겨울 뿐이지."

시키시마는 세이지의 말에 가볍게 응하고 가쓰무라에게 물었다.

"이 물고기, 데포르메(주로 회화 미술에서 대상을 일부 변형, 과장, 축소, 왜곡해서 표현하는 기법-옮긴이)를 할 수 있을까요?"

"예를 들면?"

"움직이는 장난감 같은, 아니, 그보다는 아트 같은 느낌으로요."

가쓰무라가 시선으로 도움을 청하지만 아트라고 한다면

의견을 낼 수 없다. 세이지의 담당 분야는 건축의 실용적인 부분이기 때문이다.

대기 장소로 이동했다. 시키시마는 채팅으로 가쓰무라와 계속 이야기를 주고받으며 쿠키를 집어 들었다. 차를 마시면서 들으니 시간 단축을 위해 가쓰무라의 오래된 작품 데이터를 사용한다고 했다.

"가쓰무라 선생님은 꽤 다양한 것들을 만드셨군요. 측정 데이터도 작품도 무엇이든 바로 내주시니."

"지금은 매매도 공개도 불가능하지만, 이 나라에서 초창기 정보 인격이라면 선생님의 작품을 접하지 않은 사람이 없을 거예요. 그만큼 다채롭고, 다작하셔서 인기가 있었어요. 솔직히 말하면 지금이라도 다시 아티스트로 활동해주시면 좋겠어요."

나미키가 강한 어조로 말했다. 가쓰무라에게도 요청하고 싶은 것이 많아 보였다.

"나미키 씨는 그 시절로 돌아갈 수 있다면 돌아가고 싶으세요?"

질문을 던진 시키시마의 시선이 나미키의 눈동자로 정확히 고정된다. 나미키는 미소를 지으며 눈을 내리깔았다.

"저는 그 시절에는 적응을 잘하지 못했어요. 강한 자극을 어려워했거든요. 그래서 돌아가고 싶지는 않아요. '소멸 현

상'이 없었더라도 그 무절제한 세계는 언젠가 무너졌을 겁
니다."

"그럼 당신은 왜 이 세상을 바꾸고 싶어 하나요?"

"보통이라면 '이 세상을 더 풍요롭고 즐겁게 살 수 있는
곳으로 만들고 싶기 때문입니다'라고 대답하겠죠. 하지만
두 분께 거짓말은 하지 않겠습니다."

나미키가 자신의 손을 빤히 바라본다. 손바닥, 손끝 그리
고 손톱.

"저는 가상 세계를 믿어요. 소멸하더라도 누구도 예상하
지 못한 현상일 것입니다. 그 밖에 개발자조차 모르는 비밀
이 숨어 있더라도 전혀 이상하다고 생각하지 않습니다. 여
기는 바로 세계이고, 우리는 이 몸으로 모험할 수 있습니다.
인류가 물리적 육체로 세계를 이해하고 개척해온 것처럼요."

그 말을 듣고 세이지는 의문이 생겼다.

"이 실험도 자극이 강한데, 이젠 괜찮으신 건가요?"

현실성에서 벗어나도록 시키시마를 부추긴 것은 그녀다.
강한 자극을 꺼리고 초기 가상 세계를 무절제하다고 말한
그녀가 왜 가쓰무라의 옛 작품을 그리워하고, 현실성을 포
기하면서까지 위험한 시도로 내모는 것일까.

"때로는 무섭죠. 그런데 변하고 싶거든요. 변해서 새로운
감각을 알고, 이 세계를 앞으로 나아가게 하고 싶어요. 그리

고 과거의 저처럼 변화를 두려워하는 사람도 감싸안을 수 있는 사회와 문화를 형성하고 싶습니다."

시키시마가 갑자기 움직임을 멈추었다. 번뜩이는 아이디어가 떠오르기 직전의 표정이다. 그때 가쓰무라가 완성했다는 소식을 전해 왔다. 그러자 시키시마가 방금까지 생각하던 것에서 시원하게 손을 떼고 일어섰다.

"예쁘네요. 역시 가쓰무라 선생님."

철근은 청색에 농담이 어우러져 있고, 투명한 물속을 일본 화지 질감의 소재로 만들어진 금붕어 떼가 헤엄치고 있었다. 색깔은 주홍색 하나로 눈동자도 없고, 화려하게 펼쳐진 꼬리지느러미는 여유롭게 흔들거렸다. 움직임도 상당히 왜곡됐지만, 자연스러운 물고기처럼 느껴질 정도로 요소를 억제했다.

가까이서 보니 비늘을 연상시키는 질감이나 가슴지느러미와 아가미의 음영, 극히 조심스럽게 금박을 입힌 부분 등이 눈에 띄었다. 세세하게 신경 쓴 부분들이 아름다움을 더했다. 가상 세계에서는 거의 실감할 일이 없는 근미래적인 신선함도 느껴졌다. 가쓰무라의 작품이 호평을 받은 이유도 이해가 됐다. 하지만 이것을 기둥으로, 건축 자재로 보기는 어려웠다.

시키시마의 위험한 발상을 멈추고 싶다는 염려가 진짜였

다고 하더라도 가쓰무라 역시 자신이 하고 싶은 것을 가상 세계를 통해 구현하고 있다. 육체를 현실에 둔 채로 말이다. 육체를 버릴 수밖에 없었던 세이지로서는 화나는 일이기도 했다.

"이게 바로 예술이네요. 훌륭합니다. 건축도 예술에 속한다고 할 수 있겠지만, 이건 또 다른 장르 같아요."

세이지는 말을 끊고 시키시마를 쳐다봤다.

"시키시마 씨, 지금 무슨 생각을 하시는 거예요? 정말 지어야 할 것, 짓고 싶은 것을 상정하고 실험에 참여하시는 게 맞아요?"

실험은 회를 거듭할수록 시키시마의 아이디어와는 다른 방향으로 진행되었다. 이 기둥은 시키시마의 말에서 시작된 것이기는 하지만, 그녀의 작품이라고는 할 수 없고 그녀다운 느낌도 없었다. 누구의 작품인지 정해야 한다면 가쓰무라의 것이라고 해야 맞다.

"제 개인적인 소감이지만, 당신의 건축은 항상 신선했어요. 새로운 시도가 있었죠. 하지만 지금의 흐름은 그것과 다르지 않습니까."

시키시마의 표정에는 아무런 변화가 없었다. 세이지에게 반론한 사람은 나미키였다. 그녀의 목소리는 살짝 날카로워졌다.

"저는 현실을 뛰어넘는 건축을 원한다고 말씀드렸습니다. 그렇다면 현실과는 다른 접근법, 다른 작풍이 될 수밖에 없지 않나요?"

나미키는 이 세계를 앞으로 나아가게 하고 싶다고 이야기했다. 가쓰무라의 작품을 좋아했다고도 말했다. 오늘 처음 들은 이야기였지만 시키시마가 나미키의 의견을 헤아려 무의식적으로 그녀의 바람을 염두에 둔 것이라면 정말 무시무시한 일이다. 있을 수 없는 일은 아니다. 일반 고객과는 성격이 다르지만 나미키는 의뢰자니까.

"잠깐만, 아무 말도 하지 마."

입을 열려고 하는 세이지의 팔을 시키시마가 붙잡았다. 모두가 숨을 죽이고 그녀의 다음 행동을 기다렸다. 그러다 갑자기 어떤 깨달음을 얻은 듯 놀란 표정이 선명하게 그녀 얼굴에 퍼졌다.

시키시마는 오늘은 여기서 끝내자고 말하며 발길을 돌려 빠른 걸음으로 자리를 떴다. 나이를 생각하면 엄청난 속도다. 그러고는 입구에서 돌아서서 외쳤다.

"생각하고 싶은 게 생겼어!"

어리둥절한 가쓰무라와 나미키보다 빠르게 세이지는 마음을 가다듬었다. 두 사람보다는 그녀와의 일에 익숙한 그는 이 정도쯤은 이 세계에서 흔히 겪었다는 투로 말했다.

“진정되면 연락이 올 거예요. 저 정도 반응이면 상당히 괜찮은 아이디어가 떠올랐나 봐요. 같이 일하는 사람으로서는 앞으로가 힘들겠지만요.”

일단 그쯤에서 헤어지기로 하고 세이지는 시키시마가 두고 간 옷과 가방을 들고 동네로 돌아갔다. ‘자기 물건 정도는 받아주겠지’라고 생각하며 집으로 돌아가기 전 그녀의 아파트에 들렀다.

외관은 핑크 베이지 타일 느낌의 세라믹 사이딩으로 시공한 벽에 서양식 출창, 금속판 지붕으로 되어 있었다. 세월의 흔적도 고스란히 가상 세계로 옮겨진 듯했다. 공용 복도의 콘크리트에 미세하게 금이 간 부분도 눈에 띄었다.

현관에서 벨을 눌러도 반응이 없었다. 호수가 맞는지 확인한 뒤 짐을 가져왔다고 문자를 보냈다. 역시 대답은 없었다. 혹시나 하는 마음에 현관문 손잡이를 당겨보니 열려 있었다. 안을 들여다보니 짧은 복도에서 거실로 통하는 문이 열려 있고, 그 앞에 그녀가 벌러덩 드러누워 있었다. 풀어헤친 머리가 마룻바닥에 펼쳐져 있었다.

“시키시마 씨.”

“뭐야”라는 소리가 돌아왔다. 그녀는 요지부동이다.

“들어가도 돼요? 짐 가져왔어요.”

“대충 놔둬.”

세이지는 신발을 벗고 짐을 그녀 옆으로 가져갔다. 심플한 주방, 그리고 중간에 리모델링을 했겠지만 바닥과 벽은 저렴한 마감재를 사용한 듯했고 게다가 시간이 흘러 낡아가는 모양새였다.

"그 근처 바닥에 놓으면 돼."

그녀가 시키는 대로 두었다. 하지만 그냥 돌아갈 생각은 없었다.

"가능하다면 내친김에 얘기를 듣고 싶었어요. 도대체 어떤 생각이 떠오르셨는지 궁금해요."

"아직 정리가 전혀 안 됐어."

"들려주세요. 저도 생각해볼 테니까요."

세이지가 바닥에 앉자 그녀도 일어나 무릎을 끌어안는다. 헝클어진 백발을 쓸어 올린 후 내키지 않는다는 듯이 입을 열었다.

"후루야가 한 말이 정곡을 찔렀어. 실험은 즐겁기만 하고 보람은 없었어. 하지만 그렇다고 대충 할 생각은 아니었어. 일이 진척되지 않는데도 이런 것들을 스스로 눈치채지 못했어."

평소와는 다른 허심탄회한 이야기에 당황한 세이지가 물었다.

"시키시마 씨에게 '외관과 성질이 자유롭게 조합된 건축

자재'는 미래의 이미지를 불러일으키는 재료가 되지 않았다고 하셨잖아요. 그럼 어떤 부분이 자유로워지면 새로운 시도를 할 수 있을 것 같으세요?"

"자유로움이 나한테는 좀 무거운 짐이 될 수도 있어. 자유야말로 나를 갈팡질팡하게 만든 원인일지도 몰라. 뭐든지 할 수 있다는 것은 밑바탕이 없다는 말이기도 하니까."

그녀는 바닥에 앉은 채 뒤로 손을 짚고 천장을 올려다보았다. 흰 십자 모양 이음새가 약간 들떠 있다.

"왜 이런 곳에 사는지 궁금했지? 나는 새 집이 싫었어. 전부 다 모델 하우스 같았거든. 가상 세계에서는 집에 생활 흔적이 전혀 남지 않잖아. 집이 생활에 영향을 주는 일도 드물고. 여기서는 집과 인간의 관계가 현실만큼 밀접할 수 없지. 그게 싫어서 오래된 물건을 찾은 거야. 비바람을 맞거나 사람의 삶에 상처받고 부서진 곳은 고치고, 이런 흔적이 있는 곳에서 살고 싶었어. 이 아파트는 많은 사랑을 받아온 것 같아. 막 지어졌을 때도, 수리됐을 때도, 가상 세계에 반입됐을 때도."

센스는 차치하고 출창과 사이딩 디자인도 시공주가 고집해 결정했을 것이다. 리모델링한 곳에는 이곳에 사는 사람들에 대한 배려가 담겨 있을 것이다. 그것이 세이지에게도 느껴졌다.

"건축은 사람을 위한 거야. 아무리 잘 꾸며도 그곳을 방문하는 사람, 사는 사람에게 해가 되면 소용없어. 그렇다면 이 세상 사람들에게 어울리는 건축이란 뭘까?"

시키시마는 일어서서 거실을 걸어 다니며 머리를 묶었다. 나이가 들어 피부는 중력에 패배하고 말았지만, 뼈는 꼿꼿하게 머리를 지탱하며 영리한 인상을 풍겼다.

"건자재 이전의 문제가 해결되지 않았어. 현실의 모방이 아니라 이 세상에 어울리는 건축이 어떤 것인지 이해하지 못했거든. 나에게 건축은 거대한 생물과 같았어. 나는 그 생물의 모습을 결정할 수 있지만, 골격이나 대사의 구조를 결정하는 것은 내가 아니야. 실제로 몸을 만들어가는 것도 내가 아니라 그것을 전문으로 하는 수많은 사람들이고. 그리고 그 삶이 어디로 흘러가고, 어떤 시간을 보내게 될지 만들 때는 알 수 없어."

그녀는 말하면서 벽면 선반에 늘어선 책등을 가볍게 쓰다듬었다. 거기에는 자료 외에 그녀의 건축에 관해 다룬 책도 있었다.

"미래를 아무리 열심히 생각한다 해도 인간의 뜻대로 흘러가지 않아. 하지만 상상한 것과 다르다고 해서 멈출 수도 없지. 어른이 되면 집도 마련해야 하고, 아이를 낳고 기르는 데도 돈이 들어가고 책임감이 커. 그런 긴장감이 좋았는데,

더 이상 책임을 질 수 없을 것 같아서 물러난 거야.”

그녀는 선반에서 스케치북을 꺼냈다.

“여기에 와서 ‘뭐야, 아직 할 수 있잖아’라고 생각했어. 하지만 이곳에서의 건축은 스케치에 가까워. 관련된 사람은 적고, 부실함이 생명과 연결되지도 않아. 완성된 뒤에 예기치 못한 오류에 시달릴 일도 없지.”

스케치북을 찬찬히 바라보며 책상으로 다가가 연필을 잡았다. 새것보다 많이 짧아진 육각기둥의 중심부를 그녀가 손가락으로 어루만졌다.

“연필은 깎을수록 짧아져. 하지만 집은 부자연스럽지 않을 정도의 ‘더러움’만 추가하고 나머지는 변화시키지 않는 경우가 대부분이지. 건물을 입주자가 스스로 부수거나 고치는 일은 별로 없고, 생필품보다 변화 속도도 느리니까. 일반적으로 10년 정도 지나면 없어지니까 무의미하다고 생각하는지도 몰라. 몇 년이 지나도 집이 너무 새것 같아서 이상하다고 여기는 사람은 적어. 하지만 또 의외로 짧은 시간에 변화의 흔적을 느끼기도 해.”

“그 꼬치집 미닫이문, 여닫을 때 느낌이 예전과 전혀 달라지지 않았어요.”

“후루야도 느꼈어? 맞아. 카운터 상판에도 흠집이 생기지 않았지.”

시키시마가 세이지 앞에 한쪽 무릎을 세우고 앉았다. 그러고는 마룻바닥 위에 새 페이지를 펼쳤다.

"종이에 그림을 그릴 수 있는 것은 그렇게 만들어졌기 때문이야. 건축물에 담긴 디테일은 그림으로 다 표현하지 못할 정도로 많기 때문에 변화를 계산하기 어려울 것이라고 상상은 할 수 있어. 이 세계에서 물체의 움직임을 조정하는 자동 생성 기술과의 균형도 시뮬레이션 기간이 길어질수록 헤아리기 어렵다고 하고."

연필을 쥔 채 그녀는 자신의 무릎 위에 턱을 괴었다.

"다만 나는 신이 허락한다면 다시 한번 살아 있는 건축물을 만들고 싶어. 믿을 수 없을 정도로 사람도, 돈도, 시간도, 장소도, 에너지도 쓰고, 고민하고 그리고 이야기하다가 잡무에 쫓기고. 그래도 나는 그런 것들이 정말 좋았어."

"저도요. 외람되지만요."

규모는 다르지만, 혼자서는 완성할 수 없는 일이기 때문에 재미있다고 느낀 것은 세이지도 마찬가지였다.

"그렇다고 시공하는 사람을 데려오라든가, 현실에도 같은 건물을 지어서 세월에 따른 변화를 반영하라고 말하려는 게 아니야. 현실을 충실하게 따라 하는 것만으로는 부족해. 여기서 새로운 건축을 생각한다면 먼저 가상 세계에서 산다는 게 어떤 의미인지 밝혀야 하지 않을까. 새로운 생명의 형태,

새로운 세계, 새로운 자유와 제약 위에 세우는 거니까."

"그렇다면"이라고 중얼거리는 시키시마의 목소리는 혼잣말에 가까웠다. 그녀는 스케치북에 몸을 가까이 대고 연필을 움직이기 시작했다. 간단한 그림과 그것을 보충하는 글자가 빠르게, 차례차례 쓰여 하얗던 종이에 의미가 새겨졌다.

"외적인 새로움보다 사람과 건축물의 관계를 바꾸는 일이 가장 중요할지도 몰라. 자동 생성 기술과 협력하기 쉽게 형태를 바꾼다든가. 물론 실험의 목적에서는 벗어나지만."

"요즘 생각나는 게 있어요."

그녀가 잠깐 한숨을 돌리는 사이에 세이지가 말을 꺼냈다. 시키시마는 그의 눈을 보고 대답을 재촉했다.

"여기서 살아가는 사람의 상당수는 가상 세계 내부보다는 바깥세상인 현실과 더 강하게 연결돼 있지 않을까요."

짚이는 데가 있는 듯 그녀의 입에서 "아" 하는 소리가 흘러나왔다.

"현실에서 하던 일에서 좀처럼 벗어나지 못하고 타성으로 하는 기분이 어렴풋이 들었던 이유가 그것 때문이었나."

활짝 뜨인 그녀의 눈은 이 자리에 없는 것까지도 비출 것처럼 빛났다.

"그랬구나. 나도 현실에서 벗어나지 못한 거였어."

"하지만 시키시마 씨는 가상 세계 안에서만 일하잖아요.

건축물 형태가 현실과 동일하기 때문인가요? 현실성에 관한 규제가 없던 초창기에도 건축기준법을 따라야 했다면 그야말로 개인이 해결할 수 있는 문제는 아니잖아요.”

“아니야. 나는 지금까지 내가 만들어온 결과물을 아는 사람들에게 나다움을 인정받음으로써 내 존재와 그 의의를 확인했어. 그리고 그들은 현재 바깥세상에 살고 있는 사람뿐이지. 육체를 가지고 있던 과거의 나에게 기대고 있었던 거야. 바꾸고 싶어. 그런 나도, 내친김에 이 지루한 세상도.”

그녀가 창문 쪽으로 시선을 돌렸다.

“그런데 솔직히, 상상하기 어려워. 활기가 넘치는 가상 세계의 모습을.”

“현재의 가상 세계는 사람이 모이기 어려운 상태잖아요. 사람들이 생활하는 곳이라고 실감할 만큼 거리가 기능하고 있지 않다는 생각이 들어요. 커뮤니티 형성이 늦어지고 있다고 할까요.”

“그렇구나. 사람과 사람 사이에도 상호 관계와 그에 따른 변화가 필요해.”

그러면서 “상호 작용”이라고 말했다. 가쓰무라가 이 실험에서는 최소한으로만 고려할 수밖에 없다고 한 것이다.

“그럼 여러 사람을 포용하고 사람들과 서로 영향을 주고받으며 함께 변화해나갈 수 있는 집. 아니, 더 크거나 작고, 깊거나 얕은 다양한 관계성이 생기는 건물이려나. 시간의 흐름과 사람 사이의 상호 작용, 살아 있음을 느낄 수 있는 곳. 새로움이 의도적으로 만들어지는 것이 아니라 삶 속에서 자연스럽게 생겨나는 환경이 마련되면 좋겠다."

세이지는 그녀의 말에서 광명을 보았다. 상상이, 기대감이 솟아났다.

"거리마다 만들어야 할 것 같아요."

"그럼 공부할래? 거리 조성에 관해서 말이야."

시키시마가 스케치북을 넘겼다. 눈부시게 빛나는 백지가 나타났다.

너의 흔적이 찾아오기를

값싸고 무난하며 누구의 손길도 닿지 않은 듯한 새 집 내부에 옆방과 연결된 문은 마치 오려 붙인 듯 이질적이다. 낡은 양옥에서 볼 법한 중후한 문으로, 칙칙한 금빛 손잡이는 호사스러운 조각으로 장식되어 있다. 뒤를 돌면 따분한 내 방이 보인다. 하얀 벽지도, 옅은 다갈색의 방바닥과 문도, 합판으로 만들어진 선반과 책상도 가상 세계에 온 지 30년 가까이 되었지만 예전 그대로 정감 없는 분위기를 뿜어낸다.

왼손에 가죽 장정의 두꺼운 일기장과 만년필을 들고 서양 동화에나 나올 법한 크고 무거운 열쇠로 문을 연다. 그곳은 가을이다. 가지각색에 모양도 제각각인 잎이 하늘에서 쏟아진다. 떨어지는 잎은 시각 효과일 뿐 피부에 닿을 일은 없다. 맨발로 낙엽을 밟고 걸어가 근처에 있는 정원 테이블에 가져온 물건을 올려놓는다. 벤치의 오른쪽이 내가 앉을 자리다. 앉으면 허벅지 뒤쪽으로 딱딱함과 차가움이 전해진다. 촉각과 시각, 청각 체험은 단순하면서도 정교하고 디테일한 현실감이 뒤따라온다.

족히 10년은 쓸 수 있다는 일기장을 칸자와 리치는 3개월도 안 되어 포기한 것 같다. 게다가 글자가 적힌 페이지도 여백투성이다. 그녀가 사라진 후, 나는 이어서 그녀에게 전달할 내용을 쓰기로 했다. 아주 짧은 문장으로 매일. 끈기 있게 계속하는 것은 리치보다 자신 있다. 가득 채워서 쓰다 보니 페이지에 인쇄된 날짜는 점점 먼 과거가 된다.

산들바람이 불어 떨어지는 잎의 움직임이 흐트러진다. 눈을 감고 신체 감각에 집중한다. 다른 사람의 기억이 닿기를 기다린다. 내 눈동자가 비춰본 적 없는 광경이 아련하게 떠오르기를, 이마에 입술이 닿는 환상을, 희미한 속삭임을.

"들어와도 돼"라고 중얼거려본다. 복도에서부터 내 방을 지나 이곳에 이르기까지를 상상한다. 하지만 오감은 이질적인 것을 아무것도 포착하지 못한다. 기다리는 사람의 기억이 찾아온다고 해도 눈치챌 가능성은 낮다. 다른 사람의 기억이 꽂히는 시간은 찰나이며, 내용은 흔하고 잡다하며 단편적이니까.

인생에서 리치가 한 체험 중 내가 그녀의 것이라고 확신할 수 있는 장면은 적다. 나는 그녀에 대해 무엇을 알고, 그녀는 나의 무엇을 알고 있었을까를 생각하면 우리가 함께 쌓아 올린 시간이 그다지 길지 않음을 깨닫는다.

그녀와 함께한 시간은 이곳에서 3년, 현실에서의 9년을 합쳐도 12년밖에 되지 않는다. 사라진 지는 26년. 하루도 그녀를 잊은 적 없지만, 기억은 느리지만 확실하게 바래간다. 망각 시스템은 잘 작동하고 있다. 망각이야말로 인간을 인간답게 만드는 것이라고 말하려는 듯이. 그래도 포기하지 않고 휴일에는 예전 모습을 고스란히 간직한 집에서 그녀에 대한 기억을 더듬고, 이 가을 방에서 그녀에게 하고 싶은 말을 생각하며 보낸다.

"잘도 그런 걸 기억하네, 쓰바사는."

놀랍게도 젊은 시절 그녀의 목소리가 되살아난다. 그래, 과거를 신경 쓰는 것은 언제나 나의 몫이었다.

＊ ＊ ＊

리치에 관해서는 최대한 짧게 언급하기로 결심했다. 대부분의 경우, "나를 가상 세계로 인도해준 둘도 없는 친구입니다"라고만 말하고 서글픈 듯이 웃어 보이면 괜찮았다. 그러면 나머지는 자기들 마음대로 해석했다. 그런 사람들은 내가 나답지 않게 절친이란 말을 쓰고 눈물을 흘리며 그녀의 흔적을 지우지 말아달라고 호소하던 모습을 영상이나 기사를 통해 보았을 테니까.

소멸한 인격의 단편을 삭제해 정보 자원을 절약하려는 움직임이 일었을 때, 나는 반대 운동의 중심에 서 있었다. 정면으로 부딪친 것은 그때가 처음이었다. 당시의 기록을 보면 내 말투도 표정도 조금 이상하다는 느낌이 들 정도로 뜨겁고 격렬했다.

소멸 현상조차 예상하지 못한 기술자들이 불필요한 데이터를 선별할 수 있을 리 없다, 우리의 기억에서도 소멸한 친구들의 정보를 빼앗아 가지 않겠는가, 절약을 위해 죽은 자를 유린할 것인가. 동영상 속 나는 울며 말했다. 벌게진 얼굴, 내가 생각해도 박진감이 느껴지는 연기다.

우리는 현실 세계에서는 이렇다 할 관심을 받지 못할 정도로 짧은 기간에 사람의 형태를 잃었고, 다시 계속 존재할 권리를 얻었다. 함께 성명을 낸 사람 중 정보 인격으로 남아 있는 사람은 나뿐으로, 나머지는 문자 그대로 소멸 후의 안녕을 누리게 되었다.

끝까지 살아남았다는 이유만으로 나는 많은 사람에게 말할 기회를 부여받았다. 나의 경력이라면 얼마든지 화려하게 꾸며 화제로 삼지만, 리치에 대한 언급만큼은 최대한 피했다. 말하면 말할수록 사실은 왜곡되기 마련이다. 나는 이제 다시는 그녀를 망가뜨리지 않기로 결심했다.

그것이 핑계라는 것은 어렴풋이 눈치채고 있다. 나는 옛날 일을 금방 잊어버리는 리치 때문에 몇 번이고 우리 둘 사이에 있었던 일을 설명해왔다. 머릿속으로 소리와 광경, 촉감을 재생할 수 있을 정도로 극명하고, 리치가 감탄할 정도로 상세하게. 그녀의 일에 대해 정확히 전달하고 싶다면 방법은 얼마든지 있었다. 면밀하게 계책을 짜면 머릿속에 박힌 비극적 인상마저 뒤집을 수도 있었다.

내가 견디기 어려웠던 것은 그녀를 과거로 이야기하는 일 자체가 아니었을까. 어릴 때부터 리치는 항상 먼발치에서 앞서 달리고 있었고, 가끔 발을 멈추고 친근하게 돌아봐주는 존재였다. 나에게는 그녀가 가리키는 쪽이 미래였고, 그녀가 말하는 것이야말로 전망이었다.

서로 다른 학교에 진학하게 된 고등학교 시절보다 더 시간이 흘러 1년에 한 번쯤 만나던 시기, 그녀의 말을 들을 때마다 하늘을 날아다니는 새의 시야를 얻은 듯한 기분이었다. 안정적으로 집과 가까운 학교에 진학하고 회사에 들어간 나와 달리, 그녀는 곧바로 본가를 탈출해 도시에 있는 대학에 들어갔고 국가공무원이 됐다. 그녀의 이야기에는 미지가 담겨 있었고, 넓은 세상의 편린을 느낄 수 있었다.

현명하고 행동력 넘치는, 그러면서도 다른 사람에게 거의 무관심한 그녀가 나를 말동무로 선택한 것이 은근히 자랑스러웠다. 그녀의 칭찬 때문에 사람의 감정과 과거 체험을 언어화하는 능력을 갈고닦으려 했다. 잘 살지 못해서 그녀에게 모든 걸 의지하며 생활하던 와중에도 어떻게든 도움이 되고 싶어 발버둥 친 것은 그녀가 슬며시 보여준 희망 때문이었다.

리치는 더 이상 인식할 수 없는 존재가 되어버렸다. 나는 기억 속에서만 그녀를 볼 수 있다. 하지만 언젠가 나도 그녀처럼 사라질 것이기에 그녀가 있는 곳은 내 미래이지 과거가 아니다. 사람들이 기대하는 상실의 이야기는 여기에 없다.

그렇다면 에피소드 자체가 무슨 의미가 있다는 말인가. 그녀와의 시간에 관해 아무리 알기 쉽게 정리해 줄거리를 내놓아도 오해는 생기게 마련이다. 기억을 더듬을 때는 그녀의 눈동자가 어디를 향하고 있었는지를 떠올리기만 하면 된다. 그녀의 말을 반추하여 다시 풀기만 하면 된다.

천천히 확인을 거듭하면서 머릿속에 쌓아둔 대화에야말로 미래로 가기 위한 실마리가 있을지도 모르지만, 유감스럽게도 기억에 선명히 남는 것은 강렬한 사건이다. 냉정한 논의는 세세한 부분까지 떠올리기 어려운 반면, 감정이 흔들렸을 때의 기억은 사소한 계기로 되살아난다. 예를 들어, 목 언저리의 상흔, 매끈한 선 모양으로 부풀어 오른 그곳을 더듬으면 거의 본 적 없던 사나운 표정의, 상복을 입은 리치의 모습이 떠올랐다.

스물일곱 살이었다. 새하얀 손수건을 상처에 댄 채 꽉 누르고 있었고, 차갑고 둔해진 팔다리와는 반대로 그 부분만 뜨겁고 맥박이 뛰고 있어 나는 무의식적으로 몸을 비틀어 피하려고 했다.

리치가 "가만히 있어"라고 중얼거렸다. 어찌할 바를 몰랐다. 기도하는 듯한 목소리가 뜻밖이었다. 언제나 먼 미래까지 내다보는 것만 같은 명쾌함으로 가야 할 길을 말하던 그녀였으니까.

상처는 내가 직접 칼로 찔렀다. 나에게 부엌칼이란 요리 도구이기 이전에 어린 나를 감싸며 엄마가 떨리는 손으로 아버지를 향해 겨눴던 것으로, 약한 자가 자유를 쟁취하기 위한 수단이라고 여겼던 때가 있었다. 현관으로 달려갔을 때, 칼날에 깃든 은빛이 눈 가장자리를 스쳤다. 무기는 아버지를 겁먹게 했을 뿐이었지만, 덕분에 엄마는 딸과의 평온한 삶을 얻었다. 내가 심신이 지쳐 회사를 그만두었을 때부터 무너지기 시작해 마침내 망가져버리긴 했지만.

도망치고 싶었다. 아픈 것도 아닌데 몸은 제대로 움직이지 않고 무겁기만 했다. 엄마가 허송세월하는 시간과 나의 노화가 스스로를 궁지에 몰아넣는다는 걸 느끼면서도 엄마의 걱정에 일일이 신경이 곤두섰다. 머릿속이 저주와 폭언으로 가득 차 더 이상 제대로 된 대화를 할 수 없을 것만 같은, 어쩔 수 없는 나 자신을 어떻게든 하고 싶었다.

결국 나에게는 각오도, 단호한 결심도 부족했다. 그래서 어중간한 상처를 낸 채 리치에게 전화를 걸었다. 무슨 짓을 했는지 말할 생각은 없었다. 나의 상태를 들켜도 멀리 떨어져 있어 오지 않으리라 생각했다. 그런데 그녀는 친척의 장례식 때문에 몇 년 만에 본가로 돌아온 상태였고, 사정을 묻지도 않고 달려와주었다. 이 우연 때문에라도 나는 운명을 믿고 싶다.

그녀의 손에 이끌려 인근에서 유일하게 응급 외래 진료가 가능한 오래된 병원에 찾아가 수납을 기다리고 있을 때, 리치가 자신과 함께 살면 어떻겠느냐고 말했다. 나는 폐를 끼치고 싶지 않아서 망설였지만, 그녀가 끈질기게 설득하는 바람에 결국 고개를 끄덕였다.

"그럼 우리 집에 간다는 뜻으로 안다."

그렇게 말한 이후 리치가 보여준 행동은 대단했다. 우리 집에 가서 엄마가 귀가하기 전에 짐을 싸고, 나에게 동네 주차장에 세워둔 차에서 기다리라고 했다. 그녀는 나의 엄마와 홀로 대면한 뒤 달려와 운전석으로 미끄러져 들어갔다.

직접 운전대를 잡는 사람이라는 사실을 그때 깨달았다.

본가에서 사용하는 차라고 하니 그녀의 부모님도 직접 운전을 하실 것이다. 적어도 둘 중 한 분은. 리치와 그녀가 싫어했던 부모의 공통점을 잊으려다 실패하고 만다.

그녀 집으로 가는 동안의 일을 매우 선명하게 기억한다. 우리가 나고 자란 마을 풍경이 밤의 차창 밖으로 흘러갔다. 너무 기대해서는 안 된다는 것을 아는데도 마음은 자연스레 고양되었다.

운전 중인 리치는 계속 무표정으로 말이 없었다. 하지만 어릴 적 보였던 공허한 얼굴이 아니라, 깊숙한 곳에 있는 것들을 정성껏 칠해 보이지 않게 한 얼굴을 하고 있었다.

"나는 리치가 생각하는 것보다 더 쓸모가 없을 거야."

"도움이 되든 안 되든 상관없어."

"제로는커녕 마이너스야. 말솜씨도 형편없어졌고."

"네가 죽으면 곤란해."

"왜?"

그녀는 핑계를 대려고 입을 열지만 망설이다가 멈추기만 할 뿐 생각을 정리하지 못했다. 마지막에는 혀를 차며 초조한 듯 낮은 목소리를 냈다.

"딱히 뭘 원해서가 아니야. 내가 싫어. 너라면 뭐라고 말했을까, 혹은 어떤 표정을 지었을까 생각할 테고. 그리고 상대가 이제 없다는 걸 깨닫고 **쓸쓸**하다고 말하겠지."

집에 도착하자 그녀는 기분 좋게 나를 불러들였다. 둘이 살기에는 비좁은 원룸. 리치의 침대 옆에 깐 이불이 내 자리가 되었다. 바닥에 놓인 물건을 대충 치우기만 한 공간은 먼지투성이였고, 이불의 가장자리는 살짝 들떠 있었다. 작은 동물이 만든 둥지 같았다.

함께 살기 시작하면서 리치와 두 가지 약속을 했다. 일기를 쓸 것과 상태가 안 좋을 땐 병원에 갈 것. 기록이 중요하다고 그녀는 말했다.

"언젠가 네가 겪는 어려움에 이름이 붙을 날이 올지도 몰라. 그때 꼭 필요하니까."

결국 끝까지 내 상태에 이름이 붙지는 않았다. 하지만 리치의 권유로 남긴 기록은 가상 세계로 넘어올 때 중요한 자료가 됐다. 진찰 기록은 증거로 유용했다. 일기도 복사하기 전에 다시 읽어 보니 확실히 육체를 가지고 사는 어려움이 느껴졌다. 힘없는 글자와 조잡하게 선택된 단어로 이루어진 짧은 기술을 무수히 쌓아 올린 데 따른 효과다.

리치는 정말 강력한 이유가 있을 때만 나에게 조언하려 했다. 그래서 나는 항상 망설임 없이 그녀의 말을 믿고 따랐다. 그녀가 단언한 것은 대체로 현실이 됐다. 나의 엄마가 사고로 돌아가셨을 때도 리치가 장례식에서 취해야 할 태도를 알려준 덕분에 우리는 누구에게도 트집 잡히지 않고 무사히 마칠 수 있었다. 예상하고 연습한 조문객과 주고받는 대화도 무심코 웃음이 나올 정도로 들어맞았다.

"다른 사람의 감정을 잘 헤아리지 못하는 거 아니었어?"

상복을 옷걸이에 걸고 있는 그녀에게 묻자 담담한 대답이 돌아왔다.

"실제 상대방의 심정은 모르겠어. 보편적인 언행의 패턴을 알고 있을 뿐이지."

그녀는 잠시 나에게서 휴대폰을 빼앗아 불효자라며 비난하는 친척들로부터 지켜주었다. 내가 그것을 견디지 못하리라는 것을 알고 있었다.

엄마의 죽음 이후, 나는 리치와 생활하며 조금이나마 회복되었던 몸을 다시 괴롭혔다. 말도 없이 도망가 연락 한 번 하지 않은 것은 나였음에도 말이다.

비가 계속 내려서인지 아니면 그저 기분 탓인지 다 나았을 목의 상처가 쓰라렸다. 손가락 끝으로 쓰다듬어 통증을 달래려던 때의 감촉을 기억한다. 방 귀퉁이에 쌓인 먼지를 바라보며 이불에 웅크린 채, 리치가 반찬이나 도시락을 먹는 것을 기름진 냄새나 일회용 용기 뚜껑을 여닫는 소리로 알아챘다. 처음 그녀의 집에 왔을 때와 똑같았다. 이후 꽤 많은 집안일을 맡게 되었고 그것에 상당한 시간과 노력을 기울였으나, 모든 것이 원점으로 돌아가버렸다는 생각에 낙심

했다.

"한심하지? 모처럼 움직일 수 있게 됐고, 조금은 네게 도움이 되지 않을까 싶었는데, 이런 일로 처음보다 더 폐를 끼치고 있네."

"우선 부모의 죽음은 그들과 어떤 관계였건 간에 '이런 일'이 아니야. 쓰바사 덕분에 생활이 제대로 돌아가서 고맙기는 하지만, 집안일은 네가 어느 정도 건강해진 것에 대한 부산물이지, 원래 목표하던 일은 아니잖아. 그러니까 그런 고민은 본말이 전도된 거나 마찬가지야."

다른 사람에게는 냉정하게 들릴 정도로 담담하게 리치는 말했다.

"필요하면 내가 할 수도 있어. 네가 하는 걸 봤으니까."

"안 할 거잖아."

"맞아. 즉 필요 없다는 말이야."

그녀는 내가 살아 있기만을 원했다. 곁에 있거나 대화를 나누는 것조차 중요하지 않다고 했다. 멀리 떨어져 다시는 볼 수 없다고 해도 존재하지 않는 것보다 낫다고. 왜 그렇게 느꼈는지 온전히 이해할 순 없지만, 리치의 그런 잘난 척하지 않는 태도와 거짓말이나 겉치레와는 무관한 모습에 나는 구원을 받고 있었다. 어리광을 부리기도 했다. 싸움으로 감정이 격해져 내가 신세 지는 사람에게 해서는 안 될 폭언을 했을 때, 그녀가 아니었다면 상대가 용서한다고 하더라도 같은 방에서 계속 지낼 수는 없었을 것이다.

나는 다시 집안일을 조금씩 내 것으로 만들어갔다. 지저분한 방도, 방치된 빨래도, 군것질뿐인 식사도 그녀가 나를 위해 만들어놓은 빈틈 같았다. 청소하다 보면 우울한 기분이 잦아들었다.

세탁기는 한낮의 1인 가구용 맨션을 맴돌던 고요함을 깨워주었다. 영양을 고려한 음식을 만들면서 칼의 올바른 용도를 손에 익혔다. 생물 재료들을 손질하면서 역시 칼은 생명을 주고받는 일에 사용하는 도구라고 어렴풋이 생각했다.

현실 세계에서 나의 요리는 물질적인 의미에서 그녀의 피와 살이 되었지만, 꼭 필요하냐고 묻는다면 아닐 것이다. 리치는 외식을 싫어하지 않고 경제력도 있었다. 게다가 우리의 육체는 생활 습관으로 인한 문제가 생기기도 전에 빨리 활동을 멈추었고, 정보 인격이 되면서 요리는 더욱 무의미해졌다. 리치는 나와 식탁에 둘러앉기는커녕 혀를 즐겁게 하는 정도로만 음식을 입에 담았다.

그런 그녀가 내가 부탁하지 않은 식재료를 사 온 적이 딱 한 번 있다. 서른두 살이 되던 해 이른 봄이었다. 몇 달 전부터 리치는 목적지를 알리지 않는 외출이 갑자기 늘었고, 나는 마음을 졸일 수밖에 없었다.

그날도 그녀는 휴가를 내고 아침 일찍 집을 나섰다. 금요일이었다. 귀가는 전에 없이 늦었고, 막차가 끊겼을까 봐 걱정될 즈음 겨우 돌아왔다. 살아 있는 바지락 한 팩이 담긴 흰 비닐봉지를 들고.

얼굴을 내밀고 "어서 와"라고 말하자 약간의 틈을 두고 건성으로 "다녀왔어"라는 답이 돌아왔다. 금방이라도 금이 갈 듯한 굳은 표정이 현관의 희미한 불빛에 비치고 있었다.

"무슨 일 있어?"

그녀는 대답하지 않고 중요한 물건인 듯이 비닐봉지를 내밀었다. 나도 두 손으로 받았다. 바스락바스락 소리가 나는 봉지 바닥에 물이 가득 찬 듯한 무게감이 아래를 지탱하는 왼쪽 손바닥에 느껴졌다.

"해감하는 법 알아?"

그릇에 농도를 맞춰 소금물을 만들고, 그 안에 바지락을 넣었다. 젓가락으로 구멍을 뚫은 알루미늄 포일을 그릇에 덮었다. 어둠 속에서 바지락이 꿈틀거리는 기색이 느껴졌다.

내가 만든 저녁을 먹는 동안에도 리치는 말이 없었다. 그녀 안에 내가 빛을 비출 수 없는 부분이 존재한다는 사실을 알지만, 무력감과 외로움이 밀려오는 것은 어쩔 수 없었다. 리치도 내가 본가에서 잠만 자고 지냈을 때 같은 기분이 아니었을까.

불을 끈 후 리치는 침대를 빠져나와 주방 스툴에 앉았다. 알루미늄 포일이 작은 소리를 냈다. 나는 이불 속에서 그녀를 올려다보았다. 그릇을 들여다보고 있었다. 커튼을 뚫고 들어온 도시의 푸른 불빛이 그녀의 옴츠러든 어깨 실루엣을 드러나게 했다.

다음 날 아침이 되어서야 리치는 클램 차우더를 만들어 달라고 했다. 그녀가 가리키는 그릇 안에서는 바지락이 느릿느릿한 움직임으로 입수관과 출수관, 발을 구불거렸고 바닥에는 모래알이 깔려 있었다. 그녀의 목소리와 표정은 평소대로 돌아왔지만, 요리하는 내 곁에서 떠나지 않고 떠들고 싶은 듯 보였다. 단맛이 나도록 볶은 채소와 조금 전까지 살아 있던 바지락을 넣은 건더기 가득한 국물은 깊은 맛이 우러나 맛있었다.

이따금 우연히 마주치는 시선을 느낀 지 일주일 남짓 됐을 때, 마침내 그녀는 진지한 말투로 나를 불렀다. 복잡한 이야기라고 하면서 이불에 눕혔다. 자신이 앞으로 얼마 못 산다고 말하며 그녀는 어려운 신경병 이름을 명료하게 발음했다. 하지만 내가 그 이름을 알고 있었던 이유는 치료제가 보험 적용이 가능해졌다는 뉴스를 보았기 때문인데, 그렇다면 왜 그녀는 죽을 수밖에 없는 것일까 하는 의문이 들었다.

"근데 그거 약이 있다고 일전에 봤어. 진행을 거의 멈출 수 있다고."

"나는 해당이 안 돼. 보험 적용되는 조건을 보면 특정 유전자를 가지고 있어야 하는데, 즉 치료 효과에 그 유전자가 영향을 미치는 거야. 그런데 나한테는 그게 없어."

"그럼 자비로는?"

말을 하다가 입을 다물었다. 그녀가 나 때문에 쓴 돈은 결코 적지 않았다.

"계산해봤는데 그만한 비용을 들일 수 없어. 효과를 볼 가능성도 낮고."

"내가 없었다면 달랐을까?"

"다르지 않아."

"나를 버려도 좋으니까 조금이라도 살 수 있는 길을 선택해, 리치."

머리맡에 앉아 있던 리치의 손목을 잡았다. 그거로는 부족해 몸을 일으키려 하자 그녀가 어깨를 누르며 말렸다. 나는 다시 이불 속으로 가라앉았다.

"잠시만 가만히 좀 있어봐. 너 전혀 이해하지 못하고 있어, 지금."

그녀는 한숨을 내쉬었다.

"내가 할 수 있는 모든 것을 할 거야. 하지만 그렇다고 죽음을 피할 수는 없어. 나는 서서히 신체 기능을 상실해갈 거고, 나나 너나 지금처럼 살 순 없게 되겠지. 그러니까 서로 이야기를 나눠봤으면 좋겠어. 나는 어떻게 죽는 게 좋을까, 어떻게 하면 내가 죽은 뒤에도 네가 살아갈 수 있을까.”

“생각하고 싶지 않아……. 그런 건 없어. 왜 하필 너야.”

그녀가 죽지 않았으면 했다. 나를 두고 가지 않았으면 했다. 어째서 쓸모없는 내가 아니라 리치인 것일까. 죽음에 이르는 병이라면 내가 걸렸으면 좋았을 텐데. 자기중심적인 감정을 입술을 깨물어 억누른다. 리치가 나의 목 언저리까지 담요를 끌어 올렸다.

“왜 하필이 아니야. 현실에서 일어나는 일이니까 어쩔 수 없지. 내 생각엔 일상생활을 스스로 할 수 있는 동안 너랑 살면서 시설을 알아보고 들어가면 어떨까 해. 내친김에 너도 어딘가에서 받아주면 좋겠는데. 혼자 살면서 일까지 할 준비를 하기에는 시간이 촉박할 것 같고.”

“네가 제일 괴로울 텐데, 나를 가장 먼저 생각해주네.”

똑바로 리치를 바라봤다. 그녀의 눈동자가 나를 향한 것을 확인하고는 솔직하고 상냥한 말투로 말했다.

“나는 리치가 가능한 한 오래 살 수 있는 방향을 선택하면 좋겠어. 네가 사라지는 것은 이 사회에도 손실일 테니까.”

“연명한다고 한들 의미 없어. 움직이지 못한 채 죽음을 기다리는 시간이 늘어날 뿐이니까. 의사소통도 잘 안 될 테고.”

"네가 그 상태를 괴롭고 견디기 어렵다고 생각한다면 수명을 연장하려고 노력하지 않아도 돼. 하지만 그럼에도 나는 네가 살았으면 좋겠어. 나한테 말했잖아. 딱히 뭘 원해서가 아니라고. 존재하기만 하면 된다고. 나도 네가 살았으면 좋겠어. 비록 만질 수 없게 되더라도 내가 말과 감정을 나눈, 소중히 간직하고 싶은 기억을 만들어준 네가 이 세상에 존재하는 것이 나에게는 곧 구원이니까."

리치의 손바닥이 이마에 닿았다. 그러고는 살며시 쓰다듬듯이 내 눈꺼풀을 쓸어내렸다.

"이렇게 되고 나서야 너한테 그런 말을 듣게 되네. 나도 있잖아, 계속 그런 기분이었어. 말로 잘 표현은 못 했지만."

침대가 삐걱거리는 소리에 눈을 떴다. 리치는 엎드린 채 베개에 얼굴을 묻고 있었다. 나는 "리치"라고 부른 뒤, 이어 갈 말을 찾지 못해 다시 이름만 불렀다.

"미안한데 그냥 내버려둬. 괜찮으니까. 이제 자."

베개 때문에 흐릿하지만 알 수 있었다. 가시 돋친 목소리였다. 뭐라고 더 말하면 그녀가 나가버릴 것만 같았다. 방의 조명을 끄고 머리끝까지 이불을 덮었다. 아무것도 보고 듣지 않도록. 목의 상처에 둔탁한 통증이 느껴져 흉터가 남은 피부를 천천히 만지작거렸다.

이날 밤 일은 지금도 후회한다. 그것은 리치의 하소연을 들어줄 처음이자 마지막 기회였다. 그런데도 내가 더 어리광을 부리고 리치에게 매달리고 말았다.

비록 거절이나 분노의 반응이 돌아올지라도 그녀에게 말을 걸었어야 했다. 쓸모없는 몸 대신 마음의 전부를 너를 위해 쓰겠다고 선언했어야 했다. 병이라는 무거운 짐을 갑자기 떠안게 된 그녀에게 그 무게를 내가 짊어져도 좋다고 말해야 했다.

그녀는 일하면서 병원에 다니고, 필요한 것들을 조사하고, 우리 모두를 위한 대책을 고민했다. 나는 집안일에 집중했다. 적어도 그녀가 안심하고 편안하게 잘 수 있는 환경을 만들어주고 싶었다. 가볍게 그녀에게 부탁하곤 했던 장보기는 온라인으로 해결했다.

내가 그녀 대신 해줄 수 있는 일은 많지 않았다. 자기 몸하나 간수하지 못하는 인간이 누군가의 짐을 대신 짊어지기란 불가능하다. 무리하면 도리어 폐를 끼칠 뿐이다.

그 후로 1년 정도 지났을 무렵 여권을 발급받았다. 리치는 밖에서는 지팡이를 짚고 다니게 되었다. 검은 바탕에 금색으로 포인트를 준 세련된 디자인으로, 카리스마 있는 그녀의 얼굴과도 어울렸고 무기가 숨겨져 있을 것만 같은 분위기를 풍겼다.

나는 태어나서 처음으로 비행기를 탔다. 어린 시절 '성장세가 두드러진 국가'라고 배운 나라의 수도가 세계 최대의 의료 도시가 된 줄은 몰랐다. 주변국들이 잇따라 안락사를 합법화한 시기에 이 나라는 반대 입장을 고수했다. 필요한 것은 죽을 권리가 아니라 고통을 극복하는 방법이라고 주장하며 병원과 연구 기관에 대한 지원에 힘썼다. 결과적으로 이곳에는 살아서 고통에 항거하기 위한 지견과 다른 사람을 살리고 싶은 사람, 병이나 무거운 장애를 안고 여전히 살고 싶은 사람이 모이게 되었다고 한다.

목적지였던 병원은 테라코타색을 띤 거대한 생명체 같았다. 윤곽은 모두 곡선을 그리고, 파도가 넘실거리는 듯한 벽면은 볼록한 지붕과 하나로 연결되어 있었다. 곳곳에 설치된 모양이 각기 다른 창문은 햇빛을 반사하고 있었다.

맑은 하늘로 뒤덮인 곳이었다. 주변 호텔과 음식점은 치료를 원하는 여행자와 최첨단 기술을 배우러 온 의료인, 연구자 등으로 북적였다. 주변 마을을 구성하는 각양각색의 건물들은 멀리서 보면 병원으로 몰려드는 작은 생물, 혹은 병원을 위해 깔린 난잡한 색깔의 쿠션처럼 보였다.

나는 보호자로 동행했지만 할 수 있는 일이 없어 불안에 떨 뿐이었다. 리치는 차분한 얼굴로 덩그러니 대기실에 앉아 나와 심심풀이로 이야기를 나누고, 이름이 불리면 진찰실이나 검사실에 홀로 들어갔다. 병원 내부는 미로 같았는데, 막상 들어갈 방이 정해지면 찾아가기는 매우 쉬웠다.

시간이 걸리는 검사가 있으면 그녀는 꼭 '빛의 방'에서 만나자고 제안했다. 입원 환자나 방문객 누구나 사용할 수 있는 실내 정원 같은 공간이었다. 바닥 타일에는 소박한 필치로 동식물이 그려져 있었다. 타일에 발린 유약은 짙은 초록, 짙은 파랑, 강한 노랑, 차분한 빨강을 띠고, 달걀색 벽은 부드럽게 물결치며 높은 천창을 지탱했다. 맑은 하늘에서 쏟아지는 빛이 퍼져나가는 층에는 원하는 곳으로 위치를 옮길 수 있는 나무 의자가 여러 개 놓여 있었다. 벽이 움푹 들어간 곳에도 벤치가 설치되어 있었는데, 살짝 어두운 것중 하나가 나의 지정석이 되었다.

그곳에서는 누구나 말이 없었다. 문병객도 환자도 의사도. 희망을 찾기 위해 병이나 죽음에 저항하지만, 그런 행위 자체에도 괴로움이 따른다. 최첨단 병원이기 때문에 오래도록 치열하게 싸워야 하는 사람이 많아서 휴식을 위한 여유 공간이 필요하다는 것을 느꼈다.

나는 그곳에서 자주 졸았다. 호텔에서는 선잠밖에 못 잤는데도 빛의 방 벤치에서는 자연스럽게 깊이 잠들 수 있었다. 리치의 병을 알고 나서부터 온몸의 근육이 딱딱하게 긴장된 상태로 지내는 날이 늘었다. 내가 할 수 있는 모든 것을 하겠다고 항상 각오하고 있었던 탓이다. 하지만 여기서는 그렇게 심각한 마음으로 있지 않아도 됐다. 마음보다 몸이 먼저 녹아내렸다.

만날 때마다 자는 모습을 보여서인지 리치가 호텔 근처 기념품 가게에서 손으로 뜬 무릎 담요를 사 주었다. 빛의 방 타일과 비슷한 배색에 살짝 짐승 털처럼 큼직하게 짜인 담요는 나를 더욱 편안한 잠에 빠뜨렸다. 덕분에 꽉 껴안고 있던 불안이 긴장이 풀린 사이에 새어 나와 크기가 조금은 줄어들었다. 리치가 시도할 수 있는 치료법은 결국 찾지 못했다. 체념하고 돌아가는 길이었지만 내 마음은 오기 전보다 한결 정돈되었다.

그 병원을 지은 사람은 우리와 같은 나라에서 태어난 건축가였다. 나이도 그다지 차이가 나지 않았다. 귀국 후 리치는 이 건물을 보여주고 싶어서 나를 데려갔다고 설명했다. 이 나라에서는 마지막 건축가일지도 모른다면서. 사라져가는 것을 이야기하는 목소리처럼 느껴졌다.

내게는 리치가 자신 역시 사라져가는 존재라고 생각하는 것처럼 들렸다. 먼 나라까지 와서 모든 검사와 검토를 마쳤지만 방도가 없음을 확인하고 죽음을 받아들이게 되지 않았을까 생각했다. 하지만 아니었다. 리치는 치료법을 찾는 한편으로 자신이 계속 존재하기 위한 포석을 마련하고 있었다.

여행에서 돌아온 지 얼마 지나지 않아 상황이 바뀌었다.

치료 외에 다른 길이 열린 것이다. 리치는 흥분한 기색으로 나에게 말했다.

"인간이 육체 없이 데이터로 살아남는 방법이 실용화된 대. 육체는 죽겠지만 인격은, 정신은 죽지 않고 가상 세계에서 계속 살 수 있는 거지."

시험 운용에 참여하지 않겠냐고, 그 나라 병원에서 인연을 맺은 상대에게 권유받았다고 했다. 개발자라는 젊은 천재의 이야기도 기술 자체도 너무 갑작스러워서 믿기 어려웠다. 하지만 리치는 나의 질문에 끈기 있게 대답해주었고, 무엇보다 그녀의 역설이 나를 납득시켰다. 저것이, 그녀가 바라보는 곳이 미래일 것이라고.

그녀는 기회를 잡으러 갔다. 사업을 이 나라에도 유치해야 했고, 공무원으로 일하며 쌓은 인맥을 활용해 정치인들을 만나 법적인 제도 정비를 재촉했다. 그녀의 은밀한 활동은 관련 부서에 소문이 난 듯했다. 일이 진행되자 그녀는 회사를 그만두고 더욱 직접적으로 사업을 추진했다.

"그, 정보 인격이라는 것이 돼도 리치와 평소처럼 말할 수 있는 거야?"

"현실 세계와의 연락 방법은 멀리 떨어진 지역과 연락을 주고받을 때랑 다를 바 없어. 전화나 영상 통화 같은 거. 장비만 갖춰져 있으면 다른 감각도 전달할 수 있게 되겠지. 수

요가 얼마나 있느냐가 문제겠지만. 결국 소통은 시청각 중심으로 이루어지지 않을까 싶어.”

“그렇게 되기만 하면 좋겠네. 죽는 것보다 백만 배 나으니까.”

“무슨 소리야. 쓰바사도 같이 갈 거잖아.”

이해하지 못하는 나를 아랑곳하지 않고 리치는 마치 정해진 것처럼 말했다.

“열심히 쌓아온 기록이 빛을 볼 때야. 너 정도 진행 상태면 거절당하지 않을 것 같긴 한데, 내가 어떻게든 승인 나게 해볼 테니까.”

이렇게 나는 리치와 함께 가상 세계로 넘어가게 되었다. 최첨단 기술과 거기에 종사하는 사람들 속에 던져져 갑자기 나를 둘러싼 세계가 변해버렸다. 당황스러우면서도 한편으로 기뻤다. 리치와 계속 함께할 수 있다는 것과 귀찮기만 했던 몸과 이별한다는 것이. 그리고 나를 괴롭히던 이름 모를 병이 육체를 버릴 만한 문제로 인정받았다는 사실이.

리치가 다루기 어려워하는 식기가 늘어나서 가벼운 나무 그릇을 마련했다. 외출할 때는 휠체어를 사용하게 되었다. 체력과 근력에 있어서 내가 별로 도움을 줄 수 없어 도우미를 고용하기도 했다. 확실히 병세는 진행되고 있었지만, 무섭지 않았다. 도망칠 곳이 있었으니까.

나도 리치도 정밀하게 신체검사를 받아 데이터를 넘겼다. 이행하면 리치의 운동 장애는 고쳐질 것이다. 나의 피로감에 대해서도 뇌의 활동을 정밀하게 조사했는데, 이상이라고는 할 수 없지만 원인으로서 의심스러운 점이 몇 가지 발견되어 그것들을 보정하면 병이 나을지도 모른다고 했다.

인격 정보화와 관련된 기술자들은 다들 더 나은 몸을 내게 주려고 했다. 의심을 모르는 듯한 순진한 눈빛으로 그들은 당연히 그러리라 예상하고 목에 난 상처를 지우겠느냐고 제안했지만, 거절했다. 갑자기 잠에서 깬 한밤중에 그 상처가 건드려져 리치에게 도움을 받은 기억이 떠오른 것이다. 이행으로 인해 통증이 사라지면서 상처는 단순한 장식이 되었지만, 그래도 나에게는 여전히 리치와 연결되는 중요한 표시다.

이 나라 가상 도시 최초의 주민이 된, 현실에서는 죽음을 기다리기만 했던 사람들의 행복한 얼굴을 기억한다. 꽃과 풍선으로 장식된 관공서 강당에서 세리머니를 한 날이다. 나는 십수 년 만에 가벼운 몸으로 예전처럼 총총히 걷는 리치를 뒤쫓았다. 접이식 의자의 감촉도, 마이크의 울림도 현실과 비교해 전혀 손색이 없었다.

우리는 각자의 방이 딸린 단독 주택을 받았다. 반짝이는 새 집은 재미는 없지만 기분이 좋았다. 리치는 관공서에 일

자리를 얻었고, 나도 권유를 받아 일하기 시작했다. 사람이 적어서 그런지 매일 소꿉놀이하는 기분이었다. 사무 처리부터 창구 업무까지 뭐든지 다 했다. 지칠 줄 모르는 몸으로 일할 수 있다는 사실에 매우 행복했다.

공공기관 업무에 익숙했던 리치의 활약은 엄청났다. 정보 인격으로 살아간 기간은 짧지만, 그럼에도 가상 세계 도시 계획에는 아직도 그녀의 흔적이 남아 있다. 내가 사는 나라의 가상 도시 중심지는 그녀가 구획한 이 동네이며, 관공서에는 그녀가 작성한 매뉴얼이 남아 있다. 그녀는 먼저 현실 세계의 구조와 기존 데이터를 이용해 신속하게 큰 틀을 잡았다. 외관보다는 기능을 우선해 조정해나갈 방침이었다.

"리치라면 더 멋지게 할 수 있을 것 같은데"라고 말하는 나에게 그녀는 "관공서 일은 원래 세련되지 않은 정도로 괜찮은 거야. 나머지는 사는 사람들이 저마다의 감각과 전망으로 발전시킬 테니까"라고 답했다. 그로부터 약 30년이 지난 지금은 다양한 민간 기업과 개인이 참여하게 되었다. 그녀가 마음에 그린 번영에는 미치지 못하겠지만, 임시로 설치된 촌스럽고 메마른 듯한 시설 등을 뒤엎고 경관을 가꾸어가는 것은 지금부터다.

시험 운용 기간 중 경과 보고 겸 마련된 모임에서 들은 바에 따르면 우리는 이행에 성공한 부류인 듯했다. 현실보다 생생한 느낌이 좀 덜하기는 했지만 건강하게 돌아다닐 수 있는 것만으로도 충분히 감사했다. 둔한 감각이 편안함을 가져오기도 한다고 생각했다.

한편, 몸에 대해 강한 위화감을 느끼거나 기대한 만큼 기능이 회복되지 않은 사람도 있었다고 한다. 조정을 아무리 해도 받아들이지 못하는 사람도 있었다. 그런 사람들이 현실에서처럼 어두운 표정으로 다니는 모습을 보면 마음이 복잡했다.

리치는 금방 새로운 세계에 빠져들었다. 물리적 제약이 없는 가상 세계에서 그녀는 마치 마법 같은 다양한 일에 도전했다. 처음에는 게임의 3D 그래픽 풍경 속을 걷거나, 깨진 달걀 껍데기를 역재생해 원래대로 돌려놓거나, 방에서 공중에 달해파리가 떠다니게 하는 등 무해한 듯한 놀이였다. 정식으로 제공된 서비스가 아니라 가상 세계 안팎의 개인이 개발해 배포한 프로그램을 사용한 것이다. 그녀는 직접 코드도 만들었다.

나는 그런 비현실적인 광경을 멀리했다. 리치 주변에는 현실을 모방한 것에 불과한 지루한 삶에 만족하지 못하는 이들이 모여들었다. 특히 과격했던 사람이 대여섯 명 있었는데, 그중 선두에 선 것이 리치였다.

그들의 놀이는 빠르게 확대되어갔다. 모두가 같은 환각을 보거나 불필요한 통증이나 상처를 일부러 만들고, 신체 일부를 개조해 동물이나 기계처럼 만드는 일 등을 매일 하고 있었다. 나는 도저히 이해할 수 없었다.

그러다 보니 리치는 집에 잘 들어오지 않게 되었다. 끼니도 잘 챙기지 않는 모습이었다. 나는 현실 세계에서 생활하던 때와 마찬가지로 요리를 해서 혼자 먹고, 혼자 잠들었다. 그녀가 돌아오기를 바랐지만, 실제로 그녀가 나타나 최신 발명품을 선보였을 때는 혐오감을 감추지 못했다. 그녀는 아쉬운 듯 살짝 미소 지으며 동료들 품으로 돌아갔다. 직장에서의 대화도 차츰 서먹해졌다. 일에 익숙해지면서 대화를 주고받을 기회 자체도 줄어들었다.

원래대로라면 그녀는 1년에 한 번쯤 나와 만나는 것이 딱 좋지 않았을까 하는 생각이 든다. 나를 통해 과거를 되돌아보고, 그것을 언어화하는 시간으로서 말이다. 둘이서 산 9년은 예외였던 것이다. 내가 약해져 있었고, 혼자 살 수 없게 되었기 때문에 계속 곁에 있어 주었을 뿐이다. 나는 미래를 다시 시작하는 그녀를 막을 권리가 없었다.

하지만 막상 그녀가 등을 돌리니 무서웠다. 그녀가 하는 일이 자해에 가까워 보였다. 그 당시는 정보 인격이 죽지 않는다고 여겨지던 때였다. 그녀와 나의 거리는 추운 황야를 사이에 둔 것처럼 돌이킬 수 없을 정도로 멀어졌다.

몇 달 뒤 현실 세계에 살면서 가상 세계 일에 관여하던 청년이 기류를 바꿨다. 그는 예술가였다. 단순히 지루함을 달래기 위한 자극이 아니라 매혹적인 것, 생각을 펼칠 수 있는 것을 형상화해 이들에게 제시했다.

리치는 가끔 그가 만든 소품을 가지고 돌아왔다. 불꽃처럼 빛나는 별이 담긴 큰 보석이 달린 반지라든가, 영원히 눈이 내리는 스노볼이라든가. 첨단 기술을 사용한 미술 작품이라고 생각하면 그다지 이상할 것 없는 구조였기 때문에 나도 즐길 수 있었다. 덕분에 우리 사이에는 약간의 대화가 회복되었다.

청년의 이름은 가쓰무라라고 했다. 리치는 가상 세계의 동료들을 제쳐두고 그를 '이념을 가장 잘 공유할 수 있는 상대'로 꼽았다. 언젠가 리치에게 걸려 온 전화에 끼어들어 그와 이야기한 적이 있다. 좌절을 모르고, 머릿속이 꿈과 가능성으로 가득 찬 젊은이였다. 첨단 기술을 활용하는 존재라는 이유만으로 그가 동경의 대상이 되자 나는 마음이 매우 불편했다.

그의 존재는 순식간에 정보 인격이 된 사람들에게 알려졌다. 보수적인 노인들도 그의 작품에 친숙해졌다. 전성기에는 다른 나라의 가상 도시에서도 거래가 이루어졌던 것 같다.

나와 리치가 특히 마음에 들어 한 것은 서른여덟 살 생일에 리치가 선물해준 주문 제작품이었다. 봄과 가을을 테마로 한 작은 방으로, 걸어 다닐 수 있는 범위는 각자의 방과 같은 크기였다. 다만 시각 효과로 형상화한 풍경은 광대하고, 더 멀리까지 퍼져 있는 것처럼 보였다. 입구는 각자의 방 사이에 놓인 벽에 설치되었는데, 내 방에서 리치의 방으로 갈 때는 가을이, 리치의 방에서 내 방으로 갈 때는 봄의 풍경이 나타나는 장치다.

리치의 방에서 나올 때 나타나는 봄 풍경에는 꽃피는 들판과 샘이 있었다. 부드러운 화초와 맑은 물에는 촉각이 설정되어 있어 간지러운 촉감을 느끼거나 발을 시원하게 적실 수 있었다. 샘에서는 가끔 하얀 꽃잎도 샘솟았다. 리치가 뭔가 조작했던 것 같은데 구체적인 방법은 모르겠다. 화창한 햇살 아래 꽃잎은 빛 그 자체처럼 물속에서 휘날렸다. 그곳에서 리치가 알려주는 새로운 것에는 이상하게도 거부감이 들지 않았다.

그녀는 자신과 주위 환경을 구성하는 코드를 풀어내는 것은 현미경과 망원경을 동시에 들고 세계를 탐색하는 일과 같다고 말했다. 직접 세계와 자신을 바꾸는 일의 즐거움을 열심히, 하염없이 말했다.

내 방에서 리치 방으로 갈 때 보이는 가을 풍경에서는 단풍이 흩날리는 밝은 숲에서 땅에 깔린 낙엽을 밟고 놀 수 있었다. 바깥 복도에서 사람이 내 방문 앞에 서면 바람이 분다. 홀로 가을 방에 머물 때면 나는 흩날리는 잎과 흐트러지는 내 머리카락으로 리치의 방문 사실을 알아챘다. 들어오라고 말하면 복도에 있는 상대의 귀에도 닿는다. 대답을 들은 그녀가 내 방을 거쳐 가을 숲으로 찾아왔다. 우리는 마른 잎사귀를 밟아 부수면서 옛날이야기를 나눴다.

내가 가지고 온 구운 과자나 간단한 핑거 푸드를 리치도 가끔 먹어주었다. 기억과 음식을 나누다 보니 과거로 돌아간 듯한 기분이 들었다.

"쓰바사는 여기보다 현실에 더 머물고 싶었어?"

가을 방에서 진지한 표정의 리치에게 질문을 받은 적이 있다.

"그렇지 않아. 나는 이곳이니까 일할 수 있고, 내 힘으로 생활할 수 있는 거야."

"그럼 잘된 건가. 사실 자신이 없었어. 나는 너를 이쪽으로 데려오고 싶었고, 네가 더 건강해질 수 있는 기회라고 생각했어. 그런데 요새는 네가 나와 있으면 힘들어 보였고, 혹시 후회하지 않을까 걱정했어. 그래서 만약 그러하다면 사과하고 싶었어."

"나를 여기에 데리고 와주어서 고마워. 리치처럼 요령이 없어서 적응하기는 쉽지 않겠지만."

떨어지는 잎사귀를 손으로 받아 던지면서 나는 가슴에 맺힌 답답함을 조심스럽게 털어냈다. 남몰래 간직한 후회의 마음까지 재구성하다니, 정보 인격의 기술력에 다시 한번 놀랐다.

"사과해야 할 사람은 나야. 도움만 받고 리치가 힘들 때 전혀 힘이 되지 못했어. 끝까지 응석만 부리고. 리치는 전부 스스로 해결하고, 나까지 구원해주었어. 정말 미안해."

"사과받으니까 좀 민망하네."

리치가 낙엽 위에서 경쾌하고 묘한 동작으로 수줍음을 감췄다.

"나도 도움을 받았어. 쓰바사를 내가 언제든 돌아갈 수 있는 곳처럼 생각했어. 아니, 지금도 생각하고 있어. 아, 뭔가 말로 표현을 잘 못 하겠네."

나는 갚을 수 없는 빚을 자각하면서 고맙다고 대답했다.

가상 세계는 리치와 그 동료들이 원하는 방향으로 급속히 나아갔다. 현실에서는 불가능한 체험이 예술이라는 이름 아래 퍼져나가고 있었다. 나를 추월한 많은 사람이 직접 세계의 구조를 개편하고, 그것을 공유하고, 즐기고 있었다. 나는 망설임을 떨치지 못하고 맨 뒤에서 멀어져가는 리치의 등을 바라볼 뿐이었다.

그 무렵에는 이미 소멸이 화제로 떠올랐다. 원인 불명의,

불가역적인, 예기치 못한 사건으로. 우리는 불사의 존재가 아니었다. 심신을 구성하는 데이터는 언젠가 터지고 뿔뿔이 흩어진다. 이 소식은 사람들 사이에 공포감을 심어줬지만, 나는 두렵지 않았다. 무겁고 더러운 육체를 끌고 살아온 것을 생각하면 이상적인 마무리로 받아들일 수 있었다.

리치도 또 다른 의미에서 소멸을 환영했다. 말하자면, 소멸이야말로 정보 인격이 생명이라는 증거라는 것이다. 육체에 죽음이 있듯이 정보 인격에는 소멸이 있다. 동식물을 구성하던 원소가 사후에 다른 형태를 취하듯이, 우리는 데이터의 단편으로서 세계로 돌아간다고 그녀는 말했다.

"그렇다면 이 세계가 '환경'을 형성하는 것은 지금부터야. 소멸한 인격의 기억이나 신체 감각을 주춧돌로 삼아 가상 세계는 분명히 변해갈 거야. 우리가 앞으로 다가올 세상을 만드는 셈이지. 그렇게 생각하면 인간이라는 형태에 연연할 필요가 없어."

리치는 서른아홉의 나이에 공중으로 흩어졌다. 전조도 인사도 없이. 그림자조차 남기지 않았다. 당시에는 소멸 인정 제도도 없었기 때문에 행방불명자로 조사 대상이 되었다. 현실 세계 연구자의 이야기를 들으면서 나는 여전히 그녀가 돌아오기를 기대했다. 어디선가 정신없이 놀고 있지 않을까 생각했다.

그러나 리치를 구성하고 있던 코드의 단편으로 추정되는 것이 여러 개 발견되어 그녀의 소멸이 정식으로 인정되었다. 그렇게 일단락되면서 나는 스스로를 이해시키기로 했다. 그 전까지 들어가지 않았던 리치의 방에 아침부터 밤이 될 때까지 앉아 남겨진 물건들을 손에 쥐거나 바라보았다. 리치가 쓴 일기는 너무도 짧았지만 손글씨에서 그녀가 존재했던 흔적이 강렬하게 느껴져 몇 번이고 읽었다. 나도 리치에게 무언가 말하고 싶어졌다. 혼자서 살아간다고, 이제 너를 만날 수 없다고. 남은 그녀의 일기장에 처음 쓴 글은 그런 결의 내용이었다.

각국의 가상 도시에서 소멸한 사람이 늘어남에 따라 타인의 기억을 느꼈다며 하소연하는 이들이 생겨나기 시작했다. 가장 유명한 초창기 사례는 '지인의 눈으로 본 자신의 모습이 눈앞에 나타났다'고 하는 내용이었다. 사라진 정보 인격의 단편이 세계를 떠돌고 있다면, 그것이 다른 정보 인격에게 파고들어 간접 체험을 불러일으켜도 이상하지 않을 것 같았다.

오늘날에는 소멸한 인간의 기억(노이즈)을 체험하는 현상이 많은 사람에게 사실로 받아들여지고 있다. 엄밀히 말하면 입증되지는 않았지만 몇 가지 간접적인 증거가 있고, 그 기억은 너무나도 타인의 것이라는 느낌이 명확했다.

소멸 현상 자체도 그 원인이 정확하게 밝혀지지 않았다. 하지만 이것은 정보 인격에게는 문자 그대로 사활이 걸린 문제였기에 소멸을 피할 방법이 다양하게 연구되었다. 최종 적으로, 우리는 물질세계와 너무 동떨어진 생활을 감당할 수 없다는 결론이 내려졌다. 보고된 내용을 읽고 리치가 했던 놀이에 대해 느꼈던 혐오감이 떠올랐다. 나는 무의식적으로 살아남는 쪽을 택한 것일까. 왠지 모르게 스스로가 한심하게 느껴졌다.

우리의 봄과 가을 풍경 방은 개정된 법률에 위반되는 것이었다. 방의 내용보다 실생활 공간과 작품 공간이 겹쳐 있어 물리적인 모순이 생기는 것이 문제였다. 비공개로 소유하는 조건으로 허용되었지만, 가쓰무라의 작품 대부분은 공포심을 느낀 소유자에 의해 폐기되었다고 들었다. 하지만 나는 버릴 생각이 없었다. 리치와, 그녀가 존재했던 시간과 밀접하게 연결된 곳이니까.

나는 가상 세계의 상식이 급격히 바뀌는 혼란 속에서 가쓰무라와 연락을 이어갔다. 그는 리치를 잃은 나를 걱정했고, 작품의 취급 방법에 관해서도 설명했다. 그뿐만 아니라 개정법에 위반되지 않게 개조하면 어떻겠느냐고도 제안했다. 작품 공간은 우리의 개인 방과 정확히 같은 크기이므로 주인이 사라진 리치 방을 설치 미술을 위한 전시실로 만들면 모순을 해소할 수 있다고 말했다.

그는 내가 비현실적인 물체에 대해 거부감을 느낀다는 것을 알고 있었기 때문에 소멸도 두려워한다고 생각하는 듯 보였다. 하지만 그 오해는 풀지 않고 그대로 두었다. 만약 사라져도 상관없다고 말한다면, 소멸을 조장하는 물건을 만든 데에 책임감을 느끼는 듯한 그에게 상처를 주게 된다. 리치가 사라짐으로써 내가 죽고 싶을 정도로 고통받고 있다고 생각할 것이다.

작품은 기존 형태대로 유지하기로 했다. 그렇다고 리치의 방에서 문을 연 적은 없다. 혼자 보는 봄 풍경은 너무도 쓸쓸할 테니까. 샘에서 꽃잎이 솟구치는 모습을 보며 웃는 모습이, 풀숲을 어루만지는 이상하게 진지한 얼굴이, 끝없이 들려오는 목소리가 떠올라 상처받지 않고서는 견딜 수 없었다.

가을 방은 항상 내가 그녀를 기다리던 공간이었다. 떨어지는 잎의 종류가 무엇이고, 바닥에 깔린 잎이 어떤 소리를 내며 갈라지고, 그녀가 찾아올 때 부는 바람이 어떤 패턴을 띠는지, 그런 것들을 훤히 알고 있었다. 정든 나를 위한 자리였다. 마찬가지로 봄의 방은 그녀의 것이었다. 나는 보고 있었을 뿐 봄의 풍경을 빛내는 것은 리치였다. 흰 꽃잎이 무엇을 계기로 솟구치는지 가쓰무라에게 묻지 않은 이유는 리치를 위한 기능에 손댈 마음이 없었기 때문이다.

나는 모든 곳에서 리치의 흔적을 찾았다. 그녀의 노이즈가 찾아오기를 기다리기만 하는 것은 답답해서 견딜 수 없었고 머플러의 촉감, 꽃의 빛깔, 멀리서 들려오는 종소리, 심지어 다른 사람의 미소 속에서 그녀의 흔적을 찾고자 했다.

가쓰무라에게 부탁해 코드 읽는 법을 배우기도 했다. 리치처럼 세계를 읽고 풀다 보면 거기서 그녀를 찾을 수 있을지도 모른다고 생각했다. 물론 바람은 이뤄지지 않았다. 나는 그녀를 읽을 수 없었고, 설령 그녀를 드러내는 코드를 알아낸다 해도 산산조각이 나 흩어진 그녀의 조각을 자력으로 모으기란 불가능했다. 세계를 구성하는 요소의 방대함에 비해 내가 접할 수 있는 정보의 양은 극히 적었다.

하지만 노이즈를 기다리는 일도, 어쩌다 가끔씩 코드를 읽어보는 일도 습관이 되어 그만둘 수 없었다. 죽은 자에게서 떨어져 나간 원소를 밖으로 나가 찾는 것보다는 쉬울 테니까. 코드는 유전자보다 순수하게 어떤 형태나 기능으로 변환된다고 알고 있으니까.

세계를 자세하게 보는 일이 리치를 생각하는 일과 겹친다는 사실은 나를 격려해준다. 소멸한 사람들이 사라지지 않고 계속 떠도는 지금의 가상 세계 모습은 내가 유일하게 승리해 얻어냈다고 자랑할 만한 것이다.

소멸 방지를 위한 법 정비를 마친 뒤 소멸 데이터 삭제 발 안이 이루어졌다. 정보 자원은 무한하지 않고 사라진 사람 들을 되돌릴 방법도 없으며 유지 비용을 생각하면 불필요한 데이터는 없애야 한다는 것이다.

그 사실을 알고 나는 살이 타들어가는 듯했다. 절박함에 가슴이 조여왔고, 찌릿하게 저린 손가락 끝에서 맥박이 뛸 때마다 불꽃이 뿜어져 나올 것 같았다. 초조함과 울분에 안절부절못하고 반대 운동을 기획했다. 물어볼 것들이 산더미처럼 쌓여 있었고, 우려에 대해서라면 얼마든지 격렬하게 논의했다. 가상 세계에 살아남은 다른 사람들도 모두 찬성했으며, 함께 화내고 슬퍼하고 공감해줬다.

시간이 흐른 뒤 우리를 쉬지 않고 달리게 했던, 내 것이 아닌 것만 같았던 그 열의는 과연 무엇이었을까 하고 몇 번이나 생각했다. 나는 수단과 방법을 가리지 않았다. 요구를 관철하기 위해서라면 자신을 속이는 일도 서슴지 않았다. 사람들이 나와 리치의 과거 이야기를 쉽게 여기고 깎아내리더라도 이기고 싶었다. 몸부림칠 정도로 감상적인 말을 늘어놓고, 밤새워 연설문을 적었다. 동영상을 찍어 내 모습이 어떻게 비칠지 연구했다. 하지만 부족한 게 하나 있었다. 눈물이다. 아무리 울 것 같은 표정을 지어도 눈이 메말라 있으면 의미가 없다.

가쓰무라에게 부탁해 계속 지적받으면서 코드를 썼다. 법률적인 제약이 생겼기 때문에 스스로 할 수밖에 없었다. 나는 나를 아주 조금만 변화시켰다. 잠시간 리치를 생각하면 눈물이 차오르도록. 가쓰무라는 나의 불법적인 행위를 걱정했다. 나에게 "당신은 변했어요. 아주 무서울 정도로"라고 말할 만큼.

이상했다. 바뀐다는 말만큼 내게 어울리지 않는 것이 있을까. 변하지 않기에, 과거에 사로잡혀 있기에 나는 리치를 영원히 동경할 수 있고 리치는 나를 기억을 맡길 곳으로 여긴 것이다.

가상 세계에서도 나는 과거 그 자체가 되어버렸다. 내 가상의 몸은 자연적으로 늙지 않는다. 만들어질 당시에 변화를 예상하지 못했으니까. 일반적인 정보 인격에 적응하도록 세월의 흐름에 따른 변화 시스템을 이용하면서 세부적인 이치를 맞추기 위해 정기적으로 조정받을 필요가 있었다.

이제 나와 같은 유형의 정보 인격은 손에 꼽을 정도밖에 남지 않았다. 아는 사람 중에서는 없다. 나는 변화가 부족하고 상처를 입혀도 죽지 않는 이질적인 몸으로 하루하루를 반복하고 있다. 끝이 보이지 않는 것은 지친 육체로 살아가던 때와 비슷했다.

지금껏 현실감 없이 미래를 찾아 발버둥 쳐왔다. 데이터로 만들어진 세계가 물질에 의한 세계로부터 자유로워질 수 있도록 움직여왔다. 확증 따위는 하나도 가질 수 없는 나날이지만, 리치가 나를 지켜봐준 9년간을 생각하면 견딜 수 있다. 앞으로 몇십 년이라도 아무렇지 않은 얼굴로 살아 보이겠다.

나는 고독하지 않고, 여기서 사람으로서 해야 할 일이 있다. 한때 가상 세계와 거리를 두었던 가쓰무라는 현재 건축 정보 설계 전문가로 현실에서 내가 하는 일을 지지해주었다. 리치와 함께 방문한 타국의 병원을 세운 건축가도 힘을 보태주고 있다. 그녀가 내놓은 '가상 세계에서 풍부한 커뮤니티란 무엇인가'라는 물음이 발단이 된 도시 구상은 이 세계에 새로운 바람을 일으킬 것이다.

관공서 대기실에서 한 건축가와 눈이 마주쳤을 때, 희미한 끌림을 느꼈다. 가슴에 열이 스쳤고, 정신을 차리면 넘어질 듯 그녀 앞으로 다가가 나는 그 이름을 말했다. 당돌한 충동은 내게서 **친구를 빼앗지 말라**고 외치게 했던 그 느낌과 매우 흡사했다.

건축가의 얼굴과 이름뿐만 아니라 정보 인격이 된 것도 알고 있었다. 하지만 그 장면에서 그 속도로 다가가 말을 걸 정도의 집념은 분명히 없었다. 그녀, 시키시마의 건축에 대한 추억이 있다는 말을 어디선가 한 기억도 없다. 내 의식을 그녀에게로 향하게 할 존재는 리치 정도다.

그 생각에 다다랐을 때, 나는 리치를 잃고 나서 처음으로 그녀가 아직도 이 세상에 존재하고 있음을 확신했다. 부서지지도, 사라지지도 않았다. 형태를 바꾸어 지금도 곁에 있다는 생각이 머릿속을 관통하면서 눈이 휘둥그레졌다.

타인의 기억을 건드리는 체험을 '바람'이라고 가장 먼저 부른 사람은 누구였을까. 흩어져 간 사람은 바람이 되는 것이다. 정말이다. 물질세계에서 바람이 꽃을 피우고 바위를 깎듯이, 그들은 가상 세계의 사물을 만지고 사람들을 미래로 재촉하고 있음을 직감했다.

그녀는 나를 움직이는 열의, 그 안에 있다. 그녀의 흔적을 품은 그것에 나는 등 떠밀리고 있다. 그것은 기쁜 일이지만 시간을 흐르게 하는 힘은 리치 혼자서가 아닌, 소멸한 사람 전체가 모여 만들어내는 것이다. 오래된 인간인 나는 리치를 사람으로 기억하는 일밖에 할 수 없고, 항상 그녀와 재회하는 꿈을 꾼다. 내 머릿속에 남아 있는 그녀의 모습을 따라 하는 일을 멈출 수 없다.

리치의 흔적이라면 그 어떤 것도 잃고 싶지 않았던 것처럼, 리치에 대해서 조금도 잊고 싶지 않다. 목소리와 모습을 그대로 기억하고 싶다. 어쩌면 나도 과거에 집착함으로써 계속 리치를 망가뜨리고 있는지도 모른다.

하지만 지금, 인간의 모습으로 투덜대는 동안에는 부디 용서해주길. 언젠가 리치가 몸과 마음을 바람에 실어 보내주길 바라는 일조차 내 기억 속 그녀의 모습에 기대어 기도할 수밖에 없다.

만년필을 휙 돌려 일기장에 펜촉을 올렸다. 하루의 기억을 더듬어가며 문자를 늘어놓는다. 가을 밤에 또 바람이 불었다. 무한히 떨어지는 향기 없는 잎사귀가 바스락바스락 울리며 사람이 찾아오지 않는 나의 집에, 더 이상 나 이외에 아무도 서지 않는 나의 방 앞에 누군가가 찾아왔음을 알린다.

"응, 들어와."

한 호흡을 사이에 두고 누군가가 손목을 잡는 느낌이 들었다. 매달리는 듯한 힘이었다. 나도 예전에 그녀에게 그런 식으로 필사적으로 손을 뻗은 적이 있었다.

리치, 거기 있으면 대답해줘.

「사실은 하늘에 사는 것조차」

건축정보학회 감수, 『건축정보학으로建築情報学へ』, millegraph, 2020

아사부키 가나코·사토 유키에·시라이 아쓰시·마쓰무라 고타로·나가오 아코·도미나가 쇼코·후쿠시마 가쓰야, 『건축 재료 신 텍스트建築材料新テキスト』, 쇼코쿠샤, 2014

일본건축학회 편저, 『세계의 구조 디자인 가이드북 I 世界の構造デザインガイドブックⅠ』, 건축기술, 2019

에지리 노리히로, 『세계에서 가장 쉬운 건축 구조 증보개정판世界で一番やさしい建築構造 増補改訂版』, X-knowledge, 2023

뷰로베리타스재팬주식회사 건축인증사업본부, 『확인 신청 매뉴얼 컴플리트판 2024-25確認申請マニュアル コンプリート版 2024-25』, X-knowledge, 2024

건축지식 편저, 『건물용어도감 완전판建物用語図鑑 完全版』, X-knowledge, 2023

건축지식 편저, 『주택에서 점포, 사무실까지 건축 디테일 대전住宅から店舗、オフィスまで 建築ディテール大全』, X-knowledge, 2023

〈건축지식建築知識〉 2022년 6월 호, 10월 호/2023년 10월 호, X-knowledge

수록 작품 출처

「바람이 되기에는 아직」, 『Genesis 이 빛이 떨어지지 않도록』, 도쿄소
　겐샤, 2022년 9월

「손안의 꽃 따위」, 〈종이 물고기 수첩〉 vol. 12, 2023년 8월

「유한한 밤이라 해도」, 〈종이 물고기 수첩〉 vol. 21, 2025년 2월

「그 자유로운 눈동자로」, 새로 씀

「사실은 하늘에 사는 것조차」, 새로 씀

「너의 흔적이 찾아오기를」, 새로 씀